FATALE HERKENNING

In dezelfde serie:

Vergelding

Joop van Riessen

Fatale herkenning

Nieuw Amsterdam Uitgevers

Eerste druk april 2010
Tweede druk mei 2010

Omslagontwerp Annemarie van Pruyssen
Foto omslag © Arcangels / Hollandse Hoogte
Foto auteur © WFA / Jeroen Oerlemans
NUR 305
ISBN 978 90 468 0719 4
www.nieuwamsterdam.nl/joopvanriessen

Voor mijn moeder (93)

I

'Anne, telefoon.'

'Straks, nu niet,' riep ze.

Herman stak zijn hoofd om de deur. 'Het is de secretaresse van de hoofdcommissaris,' hield hij aan.

'Niet nu,' herhaalde ze maar ze griste toch de hoorn van de haak. 'Cok, met Anne.'

'Anne, hij wil dat je meteen hierheen komt.'

'En ik wil graag eerst een belangrijke vergadering afmaken.'

'Moet ik zeggen dat je niet komt?' vroeg Cok. Haar spottende toon maakte duidelijk dat ze het antwoord al wist.

Na een diepe zucht stemde Anne in. Ze legde op, kwam overeind en liep met een haastig excuus naar de verbaasde aanwezigen de vergaderruimte uit.

Onderweg naar de kamer van Eerenberg maakte ze een korte stop in de toiletruimte om haar kapsel te controleren. Ze vroeg zich af wat er zo belangrijk kon zijn dat ze op stel en sprong moest komen. Ze bracht snel haar haren in model en haastte zich verder.

Cok zat achter haar bureau, de deur naar de kamer van Eerenberg was nog dicht.

'Wat wil-ie?' vroeg Anne op een samenzweerderig toontje, maar Cok hief haar handen op. 'Ik weet het echt niet. Ga maar gauw naar binnen. Hij had echt haast.'

Eerenberg zat aan de telefoon en wenkte Anne naar een van de twee stoelen voor zijn bureau. Hij was pissig, dat kon ze duidelijk merken. Ze vroeg zich af of dat met haar te maken had; de aandacht voor de reeks liquidaties die ze had opgelost was immers al een beetje geluwd. Ze probeerde uit het verhitte gesprek op te maken met wie hij sprak, maar al snel smeet hij de hoorn op de haak. Zonder iets te zeggen kwam hij overeind en liep naar het raam. Toen draaide hij zich om.

'Koffie, Anne?'

Ze schudde haar hoofd. Gealarmeerd bleef ze op haar stoel zitten wachten en sloeg haar armen en benen over elkaar, een verdedigende houding die ze aannam als ze onzeker was.

'De redactie van *Pauw en Witteman* heeft gebeld, ze willen jou in hun uitzending hebben.'

'O,' zei ze, maar haar hart klopte direct in haar keel. Dit zou haar tv-debuut worden.

'De redactie wil niemand van het Openbaar Ministerie, ze willen de cheffin van het bureau Zware Criminaliteit zelf.'

'Over die liquidaties?'

Eerenberg knikte. 'Hafkamp maakt bezwaar,' ging hij verder.

Nu begreep Anne dat Eerenberg zojuist ruzie had gemaakt met de hoofdofficier van justitie.

'Hafkamp wil geen publiciteit zolang de zaken niet voor de rechter zijn geweest,' zei Eerenberg met ingehouden woede.

Ze snapte dat wel; je kon door domme uitspraken te doen in een tv-programma de rechtsgang behoorlijk beïnvloeden en advocaten munitie aanreiken waarmee ze jou vervolgens in je voet konden schieten.

'Dan ga ik toch gewoon niet,' antwoordde ze. 'Ik durf erom te wedden dat ze heel snel een ander onderwerp hebben gevonden.'

'Jij gaat naar die uitzending,' baste Eerenberg, 'en je doet gewoon geen uitspraken die moeilijkheden veroorzaken.'

Hij wilde kennelijk zelfs geen kleine buiging maken voor Hafkamp in hun stille strijd die al een tijdje gaande was.

'We hebben heel lang onder vuur gelegen. Steeds vaker wierpen de media de vraag op of de politie wel in staat was om die liquidaties op te lossen. Er werd geroepen dat er koppen moesten rollen. De jouwe, de mijne. En nu, nu we hebben laten zien wat we kunnen, moeten we onze mond houden?' De hoofdcommissaris sloeg met zijn vlakke hand op het bureau. 'Ik dácht het niet! Het wordt tijd dat de Amsterdamse recherche ook eens de waardering krijgt die ze verdient.'

Een positief beeld bij *Pauw en Witteman*, begreep Anne. En zij moest de kastanjes voor hem uit het vuur halen.

'Anne, jij kunt het.' Hij leunde achterover op zijn stoel.

Ze mocht Eerenberg wel: een strenge hoofdcommissaris die in het korps desondanks op handen gedragen werd. Zijn woede leek verdwenen.

'Laat je gewoon niet verleiden tot gevoelige uitspraken.'

'Wanneer is die uitzending eigenlijk?'

Niet vanavond, bad ze vurig. Ze wilde even aan het idee kunnen wennen, en bovendien had ze Marit beloofd bij haar uitvoering te zijn.

'Dat hoor je wel van Communicatie. Ze hadden het over volgende week, geloof ik.' De baas keek haar strak aan. 'Ik wil dat je daar in uniform naartoe gaat,' voegde hij eraan toe.

Anne knikte. Ze wist dat Eerenberg nogal voor uiterlijk vertoon was: een uniform kreeg je niet voor niets en de onderscheidingstekens die bij een rang hoorden, dienden om gezien te worden. 'Ik zal het uit de mottenballen halen,' zei ze.

Even later liep Anne met gemengde gevoelens terug naar de vergadering. Zo'n uitzending was spannend, ze zou in het middelpunt van de belangstelling staan en haar woorden zouden op een goudschaaltje gewogen worden.

2

'Dit is toch the limit!' riep de brigadier, terwijl hij over de schouder van zijn collega uit de nachtdienst die het rapport zat te tikken, meelas. De wacht was net gewisseld aan het politiebureau van Wijkteam Oost; alleen agent Niels Overweg was achtergebleven om de zaak waar zijn meerdere zich zo druk over maakte op papier te zetten.

De brigadier bekeek de foto van de oude dame die vannacht met hartklachten op de eerste hulp van het OLVG was binnengekomen. Na het onderzoek was gebleken dat ze kortademig was, mogelijk door te veel spanning. Ze hoefde niet opgenomen te worden, en aangezien de vrouw vlak bij het ziekenhuis woonde, besloot ze zelf in de vroege morgen naar huis te lopen. Hoofdschuddend las de brigadier hoe een jongen op een fiets haar tas had gegrepen terwijl hij langs haar reed. De oudere vrouw had wanhopig geprobeerd haar tas vast te houden, waarna de jongen op de fiets haar omver had getrokken. Met een klap was ze op de grond terechtgekomen. Resultaat: tas weg en weer terug naar het ziekenhuis, ditmaal met een bekkenbreuk.

'Lamstraal,' bromde de brigadier.

Achter op de fiets zaten grote zijtassen, las hij.

'Hé Niels, zou het een krantenbezorger kunnen zijn?'

Niels knikte terwijl hij verder typte. 'Kan best.'

'Waarom moest ze zo vroeg uit het ziekenhuis?'

Overweg haalde zijn schouders op. Ze hadden haar weggestuurd, meer wist hij ook niet. 'Overbezetting?' opperde hij.

'Stijlloos,' zei de brigadier verontwaardigd. 'Maak maar een speciale vermelding voor de ochtendbriefing. Die schoft moet heel snel van de straat.'

Niels verlangde naar zijn bed. Hij probeerde zo snel mogelijk alle feiten te verwerken en luisterde maar half naar de brigadier.

'Hebben we de laatste tijd meer berovingen door krantenjongens in de vroege ochtend gehad?' begon die weer.

Niels keek niet eens opzij en tikte gewoon door. De vrouw was door de pijn nauwelijks aanspreekbaar geweest. Ze had er triest bijgelegen. De ambulancebroeder had gezegd dat ze vast en zeker in de loop van de morgen geopereerd zou worden. Terwijl hij haar hand vasthield had Niels nog geprobeerd een paar woorden met haar te wisselen, maar dat lukte nauwelijks. Veel verder dan de vage beschrijving van een jongen met een petje en die fiets met grote tassen kwam ze niet. Even had hij om zich heen gekeken terwijl hij een enorme woede voelde opkomen. Misschien stond de dader wel van een afstandje te kijken naar de ellende die hij had veroorzaakt. Het zou niet de eerste keer zijn. Maar de straat was verlaten.

Het was jammer dat ze geen beter signalement had kunnen geven, maar zo ging dat meestal. Ze had haar aandacht op haar tas gericht, waardoor ze bijna niets van haar aanvaller had gezien.

Zuchtend tikte Niels een korte samenvatting voor de ochtendploeg en fietste even later naar huis.

De Oosterparkbuurt en de Dapperbuurt waren veranderd. Ooit maakten ze deel uit van de negentiende-eeuwse gordel rond het centrum van Amsterdam. In de laatste decennia hadden de wijken het karakter van volksbuurten gehad, voornamelijk bewoond door grote Marokkaanse en Turkse gezinnen. Pas in de afgelopen jaren was er fors gerenoveerd en werden er steeds meer mooie, nieuwe appartementen verkocht aan yuppies. Nieuwe winkels schoten uit de grond, de terrassen van de restaurants aan de Weesperzijde waren 's avonds afgeladen. Het beeld van armoedige wijken met veel achterstandsproblemen was daardoor snel vervlogen. Te midden van die ontwikkelingen was het Oosterpark nog altijd de plek waar buurtbewoners zich op warme dagen vermaakten. Vlak naast het slavenmonument in een hoek van het park dronken alcoholisten hun blikjes bier, uitkijkend op de immense voorgevel van het Onze Lieve Vrouwe Gasthuis.

In het wijkteam aan het 's Gravesandeplein werkten zo'n zestig agenten, onder wie sinds een paar jaar Niels Overweg. De meesten waren jong, vers van de opleiding. Dat betekende niet dat ze uit de wind gehouden werden. Integendeel, ze kregen met van alles te maken, van kleine ruzies tot zeer ernstige incidenten. Toen een grote vrachtauto een paar dagen geleden een moeder met haar drie kinderen van de tramhalte veegde, was dat voor alle betrokken agenten een dramatische ervaring. De overlast en criminaliteit door groepjes Marokkaanse jongens was van een andere orde, maar voor de jonge agenten óók moeilijk. Ze moesten heel wat beledigingen incasseren.

Wijkteamchef Floor van Raalte keek op uit een ordner toen Niels, na een verkwikkende slaap, fluitend het bureau binnenkwam, klaar voor zijn volgende nachtdienst.

'Môgge,' riep hij vrolijk en liep naar de balie waarop het dagrapport lag. Hij sloeg het boek open om te zien of er nog nieuws over de beroving was. Tot zijn spijt stond er niks over in; geen aanwijzing in de richting van de dader en evenmin iets over de toestand van de oude dame.

'Die vrouw van vanmorgen, van die tasjesroof, is daar nog iets over binnengekomen?'

Floor schudde haar hoofd. 'Niks,' antwoordde ze. 'Niemand sloeg erop aan. Maar de nachtdienstgroep houdt in elk geval extra controles op krantenbezorgers morgenochtend.'

'Als ik vannacht tijd heb, ga ik bij die vrouw in het ziekenhuis langs. Misschien is ze nu wel aanspreekbaar en kan ze meer over die overvaller vertellen.' Hij sloeg het boek dicht. 'Want ik geef het natuurlijk nog niet op.'

Een half uur later reed Niels met zijn collega Michel door de wijk. Hij zat als bijrijder in de auto en schakelde de mobiele dataterminal in. Terwijl Michel de straten doorkruiste, keek Niels uitgebreid om zich heen, speurend naar een jongen met grote tassen aan zijn fiets. Zonder resultaat.

Even na middernacht kregen ze een bericht dat er door twee knapen een overval was gepleegd op de snackbar aan het Beukenplein. De overvallers hadden de snackbarhouder met een mes bedreigd en waren na een greep in de kassa richting Wibautstraat gerend, las Niels op het computerscherm.

'Altijd rond sluitingstijd,' mopperde Michel, die de politieauto razendsnel draaide en het gaspedaal intrapte. Met zwaailicht en sirene scheurden ze naar het plein.

Toen ze de Derde Oosterparkstraat in draaiden, zagen ze op het trottoir een jongen lopen. Zo op het oog liep hij rustig en leek hij zich van geen kwaad bewust. Michel reed hem eerst voorbij, maar zowel Niels als hij observeerde hem in het passeren grondig. Hoe zag hij eruit? Hoe gedroeg hij zich? Keek hij nerveus? Hoe liep hij?

Niels kon niet precies zeggen waarom hij het niet vertrouwde. Er was niets bijzonders aan de jongen te zien, maar het tijdstip en de directe omgeving van de snackbar, het klopte niet. Hij wilde even checken of de jongen buiten adem was.

'Stop maar, ik wil even met hem praten.' Hij stapte uit en liep achter de jongen aan. Die bleef rustig doorlopen, zonder op of om te kijken.

'Hé, stop even,' riep Niels.

Toen hij vlak bij hem was, hoorde hij de knaap zwaar ademhalen. 'Mag ik je even wat vragen?' vroeg Niels.

Nukkig bleef de jongen staan en draaide zich toen langzaam om. 'Wat mot je?' zei hij in onvervalst Amsterdams.

'Wat is dat in je zak?' Niels wees op de broekzak van de jongen. Er puilde iets van textiel uit.

Direct was de spanning om te snijden: ze stonden als kemphanen tegenover elkaar.

'Rustig maar,' begon Niels terwijl hij zijn rechterhand op de kolf van zijn pistool legde.

'Rot op, man,' zei de jongen.

Vanuit zijn ooghoeken zag Niels dat Michel inmiddels uit de auto was gestapt en naar hen toe liep. De jongen draaide zich plotseling om en begon zo hard hij kon in de richting van de Wibautstraat te rennen. Niels kon nog net zijn bivakmuts grijpen en vloog vervolgens achter hem aan, de muts in zijn hand geklemd.

'Blijf staan!' brulde hij. 'Sta of ik schiet!'

Het dreigement had geen effect. De jongen was snel, hij had zijn voorsprong al vergroot tot zo'n vijftig meter. Hijgend rende Niels de hoek om, de Wibautstraat in. Terwijl Michel hem in de auto voorbij scheurde, zag hij hoe de jongen langs een trap het metrostation in verdween.

Even later rende Niels Overweg het perron op waar de jongen naartoe was gerend en keek om zich heen. Het was doodstil. Op een bankje hingen wat junks die hem schaapachtig aanstaarden terwijl hij hijgend op adem kwam. Van hen hoefde hij geen enkele betrouwbare aanwijzing te verwachten. Hij liep het hele perron af, maar zijn prooi was in geen velden of wegen te zien. Hij kon alleen nog bedenken dat de jongen de metrobuis in gelopen was, maar wie dat deed was werkelijk levensmoe. Aan de rand van het perron boog hij zo ver mogelijk naar voren en zag tot zijn schrik inderdaad iets bewegen in de tunnelbuis.

'Kom terug, idioot,' schreeuwde hij de buis in, terwijl hij begon te rennen. In de verte doemden lichten op, hij kon de metro nu ook horen. Hij graaide naar zijn portofoon. 'Assistentie voor zoekactie naar overvaller in de metro,' riep hij, zijn stem trilde van de spanning. 'Die lul loopt in een tunnel en er komt een metro aan. Bel het GVB en laat ze alle metro's stilleggen.'

Radeloos wachtte hij de gebeurtenissen af. Het naderende licht in de tunnel werd te fel en hij wendde zijn blik af terwijl hij keihard een hoorn hoorde schallen. De jongen was veel te diep in de tunnel om nog op tijd weg te kunnen komen.

Krijsend denderde het metrostel het station binnen en kwam langzaam tot stilstand. De deuren bleven dicht; kennelijk hoefde er niemand uit te stappen. Niels Overweg speurde nerveus de rails achter de metro af, bloed en een gesloopt lichaam verwachtend. Hij keek om toen hij haastige voetstappen hoorde naderen. Het was de metrobestuurder.

'Ik zag hem,' wist de man hijgend uit te brengen. 'Hij dook net voor me naar links. Ik heb geen idee of ik hem geraakt heb.'

Niels wilde antwoorden, maar op dat moment zag hij de schim die zich van de tunnelwand losmaakte. Zonder te twijfelen trok hij zijn pistool en laadde het in een snelle beweging door.

'Maak dat je wegkomt,' beet hij de machinist toe en richtte het wapen op de jongen. 'En nou heel snel hierheen of ik schiet je voor je flikker!'

Dat was geen tekst volgens het boekje, maar het werkte wel. De jongen wankelde op hem af; even later stond hij voor Niels op de rails. Op zijn gezicht was de hevige schrik van het voorbijrazende monster nog zichtbaar.

'Kom maar naar boven.'

Niels stapte weg van de rand van het perron en liet de jongen omhoogklimmen.

'Blijf op je knieën zitten!' gebood hij. 'Handen in je nek.' Achter zich hoorde hij zijn collega's het perron op komen. 'En draai je nu om, naar mij toe.'

'Waarvoor? Moet ik je pijpen?' De jongen ademde opeens diep in en een grote kwat zou Niels hebben geraakt als hij niet opzij was gestapt. De jongen vertoonde al geen spoor van angst meer. 'Fuck you, man.'

'Ja!' riep Michel, die hen inmiddels had bereikt. 'Fuck maar een end weg, zakkenwassertje. Wij hebben je. En nou doen wat ik zeg!'

De jongen draaide zich om en liet zich bijna gedwee door Michel in de boeien slaan. Hij is het gewend, hij weet hoe het gaat, bedacht Niels zich. 'Heb je een wapen?'

De jongen schudde zijn gebogen hoofd; fouilleren leverde inderdaad niets op. Op het eerste gezicht leek hij een Marokkaan, rond de twintig, kortgeknipt haar. Schone spijkerbroek, zwartleren jasje en modieuze schoenen, al waren die stoffig geworden. Gekleed om uit te gaan, dacht Niels. Misschien was dat ook wel de bedoeling geweest: gewoon wat geld ophalen in een snackbar en daarna door naar de stad. Het liep net even anders, deze keer.

'Hoe heet je?'

'Je moeder is een hoer,' was het antwoord.

'En jij bent lekker stoer,' kaatste Niels de bal. 'Hoe heet je ook alweer? Gaat lang duren als ik het zelf uit moet gaan zoeken.'

De jongen dacht even na en koos toen eieren voor zijn geld.

'Mo.'

'Jullie heten allemaal Mo,' antwoordde Michel. 'Mohammed B.?'

'Benhali,' haastte de jongen zich te zeggen. 'Niet Bouyeri. Ik heb niks gedaan, man!'

'Wat moest je dan met een bivakmuts in je zak, Mohammed B.?'

De knaap snoof minachtend en spuugde toen demonstratief op de tegels. 'Voor als ik het koud heb, agent C.'

'Dan was het zeker koud in die snackbar, tweehonderd meter hier vandaan?'

'Ik kom nooit in snackbars. Niet halal, snap je.'

'Nou, onze ontbijtjes zijn honderd procent halal, manneke.' Niels boorde zijn ogen in die van de jongen. 'Heb je een fiets?'

Benhali smaalde. 'Waarom denk je dat ik met die kut-metro moet, ziml?'

Michel pakte Benhali bij zijn oor. 'Geef je die aardige meneer die jou anders onder de volgende metro flikkert nou gewoon antwoord of niet?'

Kennelijk kneep de agent hard, want de jongen krijste als een speenvarken. 'Ja, ja. Ik heb een fiets. Ik loop kranten, man. *De Telegraaf!*'

'En die schrijft nog wel van die nare dingen over Marokkanen...' Niels boog zich naar hem toe. 'Ik zou geen poot voor ze uitsteken, vriend. Maar... onlangs nog een oud vrouwtje van haar tasje afgeholpen soms?'

'Wat voor vrouwtje?' Benhali trok een bedenkelijk gezicht. 'Ik doe geen oude vrouwtjes, man. Dat is laf. En maak me nou los.'

'Ik dacht het niet,' antwoordde Niels en trok de jongen aan zijn arm met zich mee.

Even later liepen Michel en hij met de hevig schreeuwende Benhali tussen hen in de trap op. Als de jongen al wat bij zich had gehad, lag dat nu ongetwijfeld ergens in de tunnelbuis. Overweg voelde er weinig voor om de tunnel in te gaan en liet dat graag aan een paar collega's over.

Het schelden ging achter in de politieauto gewoon door. 'Ik zal je zuster neuken!' De jongen bleef de agenten op alle mogelijke manieren provoceren in de hoop dat zij hem zouden slaan en hij een klacht tegen ze kon indienen. Het lukte niet, de agenten bleven stoïcijns. Er kon nu een proces-verbaal voor belediging aan het rijtje overtredingen worden toegevoegd, en waarschijnlijk kwam daar nog betrokkenheid bij die overval bovenop.

Nog drie beledigingen, besloot Overweg, dan zou hij de knul boeken als deelnemer aan de competitie Lelijke Woorden Brullen. Niet dat dat ook maar iets zou veranderen. Die gasten vonden het heerlijk als ze zagen dat je hapte op hun gebral en helemaal als je bang of geïntimideerd reageerde. Zijn methode had effect: de jongen deed er na een schampere opmerking over de kut van Michels grootmoeder het zwijgen toe.

Aan het bureau werd hij nog een keer, maar nu grondig, gefouilleerd voordat hij de cel in ging. Er werd niets gevonden, alleen de bivakmuts wees op mogelijke betrokkenheid bij de overval op de snackbar. Ook de uren daarna leverden het onderzoek geen nieuwe aanwijzingen op. In overleg met de officier van justitie viel uiteindelijk de beslissing dat Benhali moest worden heengezonden. Het wegrennen voor de politie en het in bezit hebben van een bivakmuts leverde onvoldoende argument op om hem ingesloten te houden. De agenten moesten machteloos toezien hoe de jongen het bureau uit liep. Even hield hij in, keek Niels recht in het gezicht en haalde in een snelle beweging zijn hand langs zijn keel. Michel zag het ook en vloog overeind, maar Niels hield hem tegen.

'Move,' zei hij tegen de jongen. 'Oplazeren. Maak dat je wegkomt.'

Niels zei het op zakelijke toon; er was nu eenmaal geen bewijs voor de overval op de snackbar en de beroving van de oude dame.

Benhali was inderdaad een krantenbezorger, hij kon de oude dame best beroofd hebben, maar zij had hem niet van de foto herkend. En fietsen met krantentassen waren er in overvloed in Amsterdam.

Hij staarde Benhali na. Hier hield het verhaal niet op, besloot hij.

3

Langzaam reed de scooter door de Ruyschstraat. Bij het passeren van de brasserie keken ze allebei opzij om te zien of er al voldoende klanten binnen zaten. Robbie was met het idee gekomen om die tent te pakken, er moest behoorlijk veel geld zitten. Naast het leeghalen van de kassa konden ze ook de bezoekers nog plukken.

Het was druk in brasserie Ruysch, langer wachten hoefde niet. Mo bestuurde de scooter. Het was al hun vijfde overval, maar iedere keer had hij weer kramp in zijn maag. Hij wist dat hij vooraf niets moest eten, omdat de kans dan groot was dat hij tijdens zo'n klus plotseling moest overgeven van de spanning. Hij kon niet begrijpen dat Robbie totaal niet bang leek te zijn, er iedere keer zelfs een kick van kreeg. Een restaurant vol mensen overvallen was geen kleinigheid, al hadden ze zich juist daarin gespecialiseerd. Overrompelen, hele groepen in bedwang houden door heel doortastend op te treden. Toeslaan en wegwezen. Ze hadden nooit op mensen geschoten; dreigen met een pistool was voldoende, maar af en toe knalden ze voor het effect in het plafond. Om te intimideren en zich een ongestoorde vluchtweg te banen. En zo'n schot voorkwam ook een boel ellende, realiseerde Mo zich. Hij was bezorgd, Robbie snoof als een gek de laatste tijd en zijn gedrag werd dan onvoorspelbaar. Als iemand hem een strobreed in de weg zou leggen, schoot die gek, daar twijfelde Mo geen moment aan.

En doden moesten er niet vallen, vond hij. Net als veel andere jongens was Mo al op jonge leeftijd de verkeerde kant op gegaan. School had hij niet afgemaakt en zijn ouders waren al lang geleden de greep op hem kwijtgeraakt. Ze hadden geen idee wat hij uitspookte. Dat maakte ook niet uit, want klappen kreeg hij toch wel.

Toen zijn vader hem een keer in blinde woede met een knuppel te lijf ging, was hij vertrokken en niet meer teruggekomen.

Mohammed was de tweede zoon in het gezin Benhali, zijn oudste broer Samir zag hij nooit, zijn jongere zusje Aïsha was het enige familielid met wie Mo nog contact had.

Nadat hij van huis was weggegaan, sliep hij de eerste tijd bij zijn vrienden. Soms bij Robbie, dan weer bij Mussie of Bennie. Een maand geleden had hij een kamertje gevonden, ergens driehoog-achter. Mo had een paar maanden met een krantenwijk wat geld verdiend om in leven te blijven, maar hij was er uiteindelijk mee gestopt. Het was iedere ochtend een marteling om zo vroeg op te staan. Vooral de koude wintermaanden waren een hel geweest. Hij had het baantje ook niet meer nodig, want sinds een tijdje hadden ze geld zat. Het groepje vrienden waren keiharde overvallers en straat-rovers geworden, die nergens voor terugdeinsden.

Robbies broer had via zijn contacten wapens geregeld en vanaf dat moment waren ze bezig geweest met overvallen op restaurants en kroegen. 'Ik zit in de horeca,' legde hij zijn vrienden van de straat met een brede grijns uit en daar was geen woord van gelogen, vond Mo zelf. Ergens voelde hij wel dat het een keer mis moest gaan, de kans om gepakt te worden werd steeds groter. Vorige week was hij door het oog van de naald gekropen toen de politie hem had gepakt. Voor een snackbar, nota bene, iets wat ze 'met twee vingers in hun neus even zouden doen'. Robbies bluf. Hém hadden ze niet gepakt, had hij Mo smalend toegevoegd toen die een dag later het politie-bureau uit gewandeld was omdat ze hem niks konden maken. In geuren en kleuren had hij het verhaal van de metro verteld, hier en daar natuurlijk wat aangedikt.

Het was stil in de Ruyschstraat, af en toe reed er een auto in de richting van de Amstel, soms passeerde er een tram.

Mo zette de scooter schuin tegenover de brasserie neer. Hij liet de motor draaien want hij wilde het risico niet lopen dat de scoo-ter niet zou starten. Dat het ding gestolen kon worden, kwam niet eens bij hem op. Binnen een paar minuten zou alles immers achter de rug zijn. Even later stormden ze samen de brasserie binnen in hun donkere pakken, met allebei een bivakmuts op en een pistool in de handen. Het geroezemoes van de gasten verstomde toen Robbie begon te schreeuwen.

'Stilte!' brulde hij. 'Dit is een overval!'

Alle gezichten keerden zijn kant op. Mo draaide langzaam rond, het pistool in beide handen geklemd. Zijn felle ogen vlogen van de ene gast naar de andere. Veel mensen verstarden en staarden met mes en vork in de hand naar de twee mannen.

'Iedereen legt nu zijn portemonnee op tafel!' schreeuwde Robbie weer. 'Nu!'

Mo liet het wapen zakken en liep schijnbaar kalm naar de bar om de kassa leeg te halen. Er stond een meisje dat hem met wijdopen mond aanstaarde, een theedoek tegen haar borst geklemd. Hij drukte zijn pistool hard tegen haar hoofd. Ze gilde van schrik. Uit zijn zak trok Mo een plastic tasje dat hij haar toestak. 'Alles uit de kassa hierin!'

Tevreden zag hij dat ze de la opendeed en het geld in het tasje propte. Op dat moment kwam er een grote man omhoog, die met een zelfverzekerde blik naar voren wilde stappen. De vrouw naast hem probeerde hem nog tegen te houden en trok hard aan zijn mouw.

Robbie en Mo zagen het gevaar en vuurden vrijwel tegelijkertijd in het plafond. In de besloten ruimte deden de ongenadig harde knallen de bezoekers naar de grond duiken. Hier en daar waren angstkreten te horen. Het meisje viel op haar knieën en begon vreselijk te huilen. Mo griste het tasje met het geld uit haar handen en kwam achter de bar vandaan.

'Geld op tafel!' brulde Robbie. Handen wierpen geld en portemonnees op tafel en zonder verdere problemen verzamelde Mo alles in zijn uitpuilende tasje.

De man stond nog altijd overeind en keek minachtend naar hen. Robbie richtte zijn pistool op hem. Dit was fout, realiseerde Mo zich. Hij pakte Robbie stevig bij de arm en drukte daardoor het pistool omlaag. Weer klonk er een schot, de kogel raakte de grond en verbrijzelde daarna een fles in een rek achter de bar.

'Blijf staan, lul!' schreeuwde Mo tegen de man. Je kon een speld horen vallen in de brasserie. Mensen maakten zich zo klein mogelijk onder de tafeltjes.

'We gaan,' zei Mo. Hij had niet de indruk dat Robbie hem hoorde, zijn ogen stonden vreemd. Daarom duwde hij hem aan de kant en rende naar de deur. Haastig stak hij zijn pistool in zijn jaszak en rukte de bivakmuts van zijn hoofd zodra hij buiten was. Op weg naar de scooter keek hij achterom waar Robbie bleef. Op dat moment knalde hij tegen een vrouw op. Ze smakten allebei tegen de grond. De buggy die ze duwde viel ook om en het kind dat erin zat begon onmiddellijk te brullen. Het pistool kletterde buiten zijn bereik op de tegels.

Zittend op straat staarden ze elkaar aan. Zijn mond viel open van verbazing. Een moment bleef hij nog zitten kijken, gebiologeerd door de vrouw en het kind.

'Nee,' hijgde hij toen. 'Fuck!'

In een flits had hij haar herkend. Het was de vrouw uit de Blasiusstraat, de moeder van Anouk, hij wist het meteen. Als het erg koud was had ze hem weleens binnengehaald en koffie gegeven. Goed bedoeld, maar hij voelde zich bij haar aan tafel niet op zijn gemak. Ze gedroeg zich als een oudere zus en dat had hem gekrenkt; hij was een man, ze hoorde tegen hem op te kijken.

Afgelopen Kerst had hij weliswaar een fooi van haar aangenomen, maar hij had zich eigenlijk vernederd gevoeld. En nu, in seconden die eeuwen leken te duren, betrapte ze hem hier.

Hij keek recht in haar gezicht en volgde haar ogen van het pistool op de stoep naar zijn gezicht. Er sprak totale verbijstering uit. In paniek graaide hij naar zijn wapen. Als zij naar de politie ging, was het gebeurd met hen, dan werden ze voor jaren opgeborgen. Hij moest haar duidelijk maken dat ze dat niet in haar kop moest halen.

Hij hoorde mensen schreeuwen. Nu moest-ie maken dat-ie wegkwam. Zij was inmiddels ook bij zinnen gekomen, want terwijl hij opstond, sloeg ze hem met haar tas. Ze raakte hem hard tegen de zijkant van zijn hoofd.

'Stomme zak,' brieste ze.

Hij greep haar lange blonde haren beet en trok haar hoofd achterover. 'Als je met de politie praat, gaat je kind eraan, bitch,' siste hij haar toe. Hij zette het pistool even tegen Anouks hoofd en keek haar nog een keer doordringend aan.

Robbie greep hem bij zijn arm en sleurde hem mee. Samen renden ze naar de scooter en scheurden weg in de richting van de Oosterparkbuurt. Als geen ander kenden ze de omgeving, binnen een paar minuten waren ze in de buurt van Robbies woning. Ze smeten de scooter in de bosjes en waren even later in een oude Golf onderweg naar Zandvoort. Als de grond te heet onder hun voeten werd, doken ze altijd een paar dagen onder in het huisje van Robbies ouders op camping de Zeereep.

'Wat gebeurde er nou, man?' vroeg Robbie.

'Shit man, ik liep zo tegen dat wijf op. Ze zat in mijn krantenwijk. Ze sloeg met haar tas tegen mijn kop en schreeuwde als een gek. Zij herkende mij, ik zweer het je.'

'Godgloeiende klere!'

Robbie sloeg hard met zijn vuist op Mo's schouder. De Golf maakte een zwieper naar rechts, raakte de stoep en schoot weer terug de weg op.

'Hou op, idioot,' gilde Mo, die uit alle macht de auto onder controle probeerde te houden. Achter hen klonk getoeter.

'Hou je bek!' brulde Robbie en schudde toen zijn hoofd. 'Draaien, we moeten terug. We moeten dat wijf pakken.' Hij legde zijn hand op de kolf van zijn pistool, dat hij in zijn broeksband had gestoken. Hier was Mo bang voor geweest, door al die coke van de afgelopen tijd was zijn vriend tot alles in staat. Zelf was hij helemaal niet van plan om terug te gaan, dat risico was veel groter dan dat ze zouden afwachten. Bovendien hadden ze een tas vol portemonnees achterin liggen; als ze gepakt werden, waren ze er gloeiend bij.

'Luister, jij fucking Marokkaan, we gaan terug!' schreeuwde Robbie, terwijl hij een hand op het stuur legde.

Mo hield de auto onder controle. Net voorbij het Amstelstation schoot hij de parkeerplaats achter de benzinepomp op. Achter een gebouwtje zette hij de wagen stil, trok zijn pistool uit zijn binnenzak en richtte op Robbie. Mo was door het dolle heen, niemand, maar dan ook niemand, schold hem uit.

'Wat voor Marokkaan?' vroeg hij scherp. 'Nog één keer zo'n woord en ik blaas je kop eraf, fucker.'

Robbie knipperde verbaasd met zijn ogen.

'Ze gaat niet naar de politie, man.' Mo probeerde zijn stem kalm en zeker te laten klinken. De blik waarmee ze naar hem keek toen hij zijn pistool op haar kind richtte, had hem iets duidelijk gemaakt. Hij zou haar in de komende weken op de knieën krijgen, letterlijk. Ze zou gehoorzamen. Mohammed Benhali liet zich niet door haar slaan, het krantenjongetje bestond niet meer.

'Hoe weet je dat zo zeker?' sputterde Robbie nog.

'Ik vermoord ze allebei als zij naar de politie gaat. Dat weet ze.'

'Hoe heet ze?' Robbie keek hem nu strak aan.

'Dat gaat je geen fuck aan, zij is mijn zaak.'

'Zij is ónze zaak, lul. Ik ga niet zitten door dat wijf.'

'Ik zeg je: die vrouw praat niet.' Mo zat rechtop met zijn handen op het stuur. Hij keek Robbie recht in de ogen. 'Ik zeg dat.'

In de verte vloog een politiehelikopter. Mo startte de auto en trok op.

'Heb je dat wijf geneukt?' wilde Robbie weten. Mo reed zwijgend door. Die klootzak raakte hem precies op zijn zwakke plek. O, hij had die vrouw geneukt als ze hem de kans had gegeven. Maar niet om de reden waar Robbie op doelde. Vol gas reed hij de parkeerplaats af richting de ringweg. 'Wilde ze je niet?' jende Robbie nog even, maar hij zweeg toen hij Mo's dodelijke blik zag.

Toen ze bij de camping aankwamen, zwaaide Robbie naar de beheerder die voor het wachthokje stond en de slagboom omhoogdeed. Mo parkeerde de rode Golf in een vloeiende beweging naast het vrijstaande huisje.

4

Anne reed over de A9 van Heiloo naar Amsterdam, naar Studio Plantage, voor de uitzending van *Pauw en Witteman*. Onderweg probeerde ze vragen te bedenken die haar gesteld zouden kunnen worden, maar na tien minuten gaf ze dat op.

Ze zette de radio aan en zong zo hard ze kon mee met André Hazes. 'Dit zijn voor mij de allermooiste uren, voor mij kan het niet lang genoeg meer duren.' Ze genoot, zo helemaal alleen met haar muziek.

Het viel niet mee om in de omgeving van Artis op de late avond een parkeerplaats te vinden, en toen ze de studio binnenstapte, stond de hal al vol mensen. Veel mensen keken naar haar; een vrouw in politie-uniform viel op.

Anne vroeg zich net af waar ze naartoe moest, toen er een vrouw op haar af kwam.

'Dag mevrouw Kramer, ik ben Wieneke van de redactie van *Pauw en Witteman*. Loopt u mee?'

Gedwee drentelde Anne achter haar aan. In de kamer zat een vrouw op een lage stoel die aan een glas thee nipte. Anne schudde de uitgestoken hand en plofte naast haar in een stoel neer.

'Allebei slachtoffer vanavond,' stelde Anne vast. De vrouw naast haar knikte. Ze vertelde dat ze een boek geschreven had, de reden dat ze was uitgenodigd.

Even later zette de redactrice thee bij Anne neer en liep de kamer weer uit. 'U wordt zo opgehaald voor de make-up.'

Anne roerde in haar thee terwijl de vrouw vertelde dat haar boek over hormoonbehandelingen ging. Annes gedachten dwaalden af naar de uitzending van zo dadelijk. Verdorie, ze was slecht voorbereid. Ze had zich niet zo moeten laten afleiden door André Hazes.

Op dat moment stapte Wouter Bos binnen en terwijl ze zijn hand schudde, besefte Anne dat een groot deel van de uitzending aan de economische crisis zou worden besteed.

'Dat uniform staat u goed.'

De stem deed haar opkijken. Jeroen Pauw stond naar haar te kijken, ze had hem door de binnenkomst van de minister niet opgemerkt. Omdat ze in een luie stoel zat, leek de presentator nog langer. Haar moeizame poging om overeind te komen, deed hem glimlachen.

'Blijf rustig zitten, hoor.' Jeroen schoof een stoel bij, een moment later zat hij schuin tegenover haar. Hij leek totaal geen oog voor de anderen te hebben.

'Tjonge zeg, wat was het moeilijk om u hier te krijgen.' Een venijnig lachje plooide zijn lippen. 'Maar dat uniform staat u echt geweldig.'

'Dan zou u me eens in mijn ME-uitrusting moeten zien,' zei ze. 'En zo moeilijk ben ik niet te vinden, hoor. Gewoon een kwestie van de juiste kanalen aanboren.'

Even vroeg ze zich af of hij wist van de spanning tussen Eerenberg en Hafkamp. Mogelijk had de redactie eerst met het Openbaar Ministerie gebeld en daar te horen gekregen dat er niemand zou komen. Toen Eerenberg daarna Anne naar voren schoof, waren de poppen natuurlijk aan het dansen. Je hoefde de door de wol geverfde redactie van *Pauw en Witteman* niet uit te leggen dat er een meningsverschil was tussen politie en justitie; de rooksignalen waren van grote afstand voor iedereen zichtbaar. Anne hoopte dat ze daar straks in de uitzending niets over zouden vragen. Doe alsof je van niets weet, zeg dat het jouw afdeling niet is. Van Cok had ze gehoord dat er ook later nog hoogoplopende ruzie was geweest, dus om geen olie op het vuur te gooien moest ze in de uitzending geen dingen zeggen die het liquidatieproces konden schaden. Misschien moest ze niet alleen haar eigen recherche, maar ook het Openbaar Ministerie een pluim geven, dan was iedereen tevreden.

'Uw mobiele nummer lijkt me wel een juist kanaal,' opperde de presentator. Toen ging de deur open en stapte er een vrouw op Anne af.

'Hallo, ik ben Kim. Gaat u mee voor de make-up?'

Ze was het meisje dankbaar dat ze de kamer uit kon en blij nam ze plaats op de stoel voor de spiegel. De vrouw legde geroutineerd een handdoek om Annes nek. 'Geen vlekken op dat mooie pak,' legde ze uit. 'Meneer Witteman vermoordt me...'

Anne schoot in de lach. 'Dat zal toch wel meevallen?'

'U hebt geen idee hoe streng die man is,' antwoordde de vrouw en lachte. Daarna bestudeerde ze met een kennersblik Annes gezicht. Met een kwastje bracht ze een dun laagje poeder aan, waardoor het gezicht van Anne een egale kleur kreeg.

'Mag ik u iets vragen?' In de stem van de jonge vrouw klonk een trilling die maakte dat Anne haar aankeek.

'Natuurlijk.'

'Heb je in Nederland ook dat mensen die getuige zijn onder kunnen duiken?' vroeg de visagiste voorzichtig. 'Dat de politie je verstopt en zo?'

Wieneke stak haar hoofd om de deur. 'Nog vijf minuten, mevrouw Kramer. Dan moet u in de studio zijn voor het geluid.'

Anne knikte en Wieneke verdween weer.

'Waarom vraag je dat?' vroeg ze aan de visagiste.

De vrouw legde haar poederdons weg en haalde de handdoek van Annes schouders.

'Eigenlijk zomaar,' antwoordde ze quasi-achteloos. 'Ik vroeg het me gewoon af. Hoe je dan beschermd wordt, of dat wel echt veilig is...'

Anne stond op uit de stoel en knoopte haar uniformjasje dicht.

'Heel veilig. Zo veilig dat ik zelf niet weet hoe het precies werkt,' zei ze gehaast. 'Dat is een heel bijzondere afdeling.' Even legde ze haar hand op de schouder van de visagiste. 'Het klonk bijna alsof je zelf wilt onderduiken.'

Haar lachje klonk nerveus, merkte Anne op. 'Heb je een probleem?' vroeg ze daarom.

De vrouw schudde haar hoofd. 'Welnee,' zei ze resoluut. 'Ik zag er laatst iets over op de televisie en toen dacht ik...' Snel veegde ze nog een weerbarstige haarlok uit Annes ooghoek. 'Ik ook met mijn rare ideeën. Twee keer links en dan de grote grijze deur door.'

Snel liep Anne naar de studio. Pauw wees haar een stoel aan de tafel en terwijl een technicus een microfoontje aan haar revers clipte, stelde de presentator haar voor aan Paul Witteman en de andere gasten. Ze maakte haar jasje los zodat het microfoonsnoer eronder verborgen kon worden en stak zelf het zendertje in haar broekzak. Die tip had ze gekregen van Eerenberg, die tv-ervaring had. Snel knoopte ze het uniform weer dicht en nam plaats aan de tafel.

De muziek startte, de presentatoren leidden de gasten in en keerden zich direct naar Wouter Bos, die uitgebreid werd doorgezaagd over de kredietcrisis en zijn steun aan de banken. Plotseling richtte Witteman zich tot Anne.

'En mevrouw Kramer, hebben politiemensen ook geld op de bank staan?'

Verbaasd staarde ze hem even aan.

'Eh, ja...' zei ze toen aarzelend, 'maar niet zoveel als ik zou willen...'

Haar tafelgenoten schoten in de lach.

'Ik hou me meestal bezig met mensen die geld stelen, niet met degenen die het beheren.'

'En u hebt het vertrouwen in de banken nog niet verloren?'

'Nee,' zei ze, 'ik begrijp best dat de regering de banken steunt, dat dat ook moet voor het welzijn van de samenleving en de economie, al voelt het niet helemaal goed. Bij de banken is het flink uit de hand gelopen, maar ik hoor weinig topmensen daar zeggen dat zij de verantwoording op zich nemen; de schuld ligt altijd bij een ander.'

'En bij de politie gaat dat niet zo...?'

Even wierp ze een blik op Jeroen Pauws spottende gezicht. Het spel was eerder begonnen dan ze verwacht had.

'Andersom, zou ik zeggen. De politietop lijkt wel altijd overal verantwoordelijk voor te zijn in dit land, als ik zo om me heen luister.'

'Leg uit,' drong Pauw aan.

'Nou, als iemand zesentwintig miljoen steelt, is dat een zaak voor mij. Als hij zesentwintig miljoen krijgt, is dat een zaak voor meneer Bos.' Ze knikte in de richting van de minister. 'Maar ik kan me wel voorstellen dat een gemiddelde burger niet snapt dat er zulke bonussen worden gegeven aan mensen die hun werk slecht doen.'

'De kritiek komt nu ook al van de politie, meneer Bos,' zei Witteman meesmuilend, maar de minister hief in een machteloos gebaar de handen.

'Ik kan me alleen maar bij mevrouw Kramer aansluiten. Het zijn wanstaltige bedragen. Ik vind ze ook onterecht uitgekeerd. Maar voor de economie, en dus voor het land, is het van zwaarder wegend belang dat de banken overeind blijven. Dat is nu eenmaal in het verleden op papier gezet en daar kan ook ik niet onderuit. Keiharde juridische afspraken...'

'... waarvan je je kunt afvragen of je die ook met een moordenaar kunt maken zodat die zelf kroongetuige wordt.' Pauw maakte dankbaar van het ezelsbruggetje gebruik. 'Voor de Amsterdamse politie echter geen probleem, nietwaar mevrouw Kramer?'

'De politie maakt die afspraken niet, meneer Pauw. Dat doet het Openbaar Ministerie.'

'De schuld ligt altijd bij een ander...'

Ze schudde geërgerd haar hoofd.

'Amsterdam werd geteisterd door een serie heel koudbloedige liquidaties en de daders daarvan hebben we opgepakt...'

'... op één na. Meneer De Leder,' zei Witteman.

'Op meneer De Leder na,' erkende ze. 'Maar die krijgen we ook nog te pakken, al duurt dat misschien wat langer. Met sommige Zuid-Amerikaanse landen hebben we geen uitleveringsverdrag.'

'Alweer het Openbaar Ministerie dat de fouten...'

'... niets fouten. Er is gewoon geen verdrag. Het OM heeft het geweldig goed gedaan. Samen hebben we vijf professionele moorden opgelost, vrijwel alle daders gepakt en een heel netwerk opgerold. Ik ben de mensen van het OM erg dankbaar en ben ook trots op de samenwerking.'

Ze was Pauw minstens zo dankbaar voor de onbedoelde kans die hij haar bood om de oorlog tussen Eerenberg en Hafkamp te sussen. 'En wat het verdere verloop betreft: ik geloof niet dat het goed is om te speculeren over een strafzaak als die nog onder de rechter is.'

'Maar deze zaak haalt alle kranten,' stelde Paul Witteman vast. 'U zit hier ook niet voor niets. Er worden getuigen beschermd via allerlei geheimzinnige programma's.'

'Waar ik u niets over kan vertellen, want ik ken ze niet.'

'U weet zelf niet waar uw getuigen in deze zaak zijn?'

'Het zijn "mijn" getuigen niet,' verzuchtte ze, 'maar van het OM, en nee, ik weet niet waar ze zijn. De beste garantie voor hun veiligheid is dat zelfs ik niet weet waar ze zijn.'

Ze moest zelf lachen om haar woorden en de anderen aan tafel lachten met haar mee. Ze dacht even aan het gesprekje met de visagiste, net voor de uitzending, maar concentreerde zich snel weer op het tafelgesprek. Ze had nog geen blunders gemaakt, en dat wilde ze zo houden. Pas toen het onderwerp hormoonbehandelingen aan de orde kwam, kon ze wat rustiger achterover zitten.

'Geen idee,' was het enige wat ze aan de discussie toevoegde. 'Ik heb ze niet nodig, dat is alles wat ik ervan weet.'

Het was al na middernacht toen Wieneke haar naar de make-upruimte bracht. Anne plofte in de stoel en knoopte snel haar jasje los. Ze had het uniform al een tijd niet meer gedragen en het knelde behoorlijk. Ze dacht even aan de voordelen van een nieuw jasje ten opzichte van de dreigende uren in de sportschool.

Een zucht van verlichting ontsnapte haar. Heerlijk, dit had ze in ieder geval gehad.

'Je deed het goed hoor,' zei Wieneke en gaf haar een schouderklopje. De visagiste depte intussen Annes gezicht schoon met een doekje.

'Vond je?'

'Altijd fijn wanneer iemand de heren van repliek dient,' zei de redactrice. 'Zorgt voor een lekkere sfeer aan tafel en dat is goed voor de kijkcijfers, snap je?'

Anne knikte, maar Wieneke was alweer weg.

'En wat vond jij?'

De visagiste stopte even met haar werk. 'Prima,' zei ze toen.

'Ik moest opeens denken aan die vraag die je stelde.'

'Vraag?'

Ze hield zich van de domme, voelde Anne. 'Over getuigenbescherming.'

'O, dat.' De vrouw keek even opzij om te voorkomen dat Anne haar blik in de spiegel zou kunnen zien. 'Gewoon interesse, hoor.'

'Dat geloof ik niet.'

Het gezicht van de visagiste verstrakte. 'Niks,' zei ze toen. 'Het gaat echt nergens over.'

'En dat geloof ik nu ook niet meer.' Anne legde haar hand op de arm van de vrouw. 'Vertel eens. Ik beloof je dat ik niks doe. Zolang je geen gewapende overval hebt gepleegd, bedoel ik.'

De ander moest even lachen, maar toen keerde de nerveuze blik terug op haar gezicht. 'Ik niet,' zei ze. 'Maar iemand anders wel.'

'Je man,' gokte Anne.

'Welnee, ik heb helemaal geen man,' klonk het bijna verontwaardigd.

'Je broer dan?'

'Hou maar op.' Kim smeet het doekje op de tafel voor de spiegel. 'Afgelopen vrijdag loop ik met mijn dochter in de buggy in de Ruyschstraat. Word ik ineens door een jongen ondersteboven gelopen. Ik val, hij valt, de buggy met mijn dochter valt... Kijk ik hem aan, is het Mohammed, mijn krantenjongen.'

Anne trok een verbaasd gezicht. 'En nu wil je getuigenbescherming?' vroeg ze spottend.

'Naast meneer Mohammed op de stoep lag een pistool dat hij even daarvoor had gebruikt om brasserie Ruysch mee te overvallen. En die lul...' Ze moest een opeens opkomende traan wegslikken. 'Die schoft zet Anouk dat pistool tegen haar koppie en zegt tegen

31

me dat hij ons allebei kapot schiet als ik naar de politie ga.' Ze deed demonstratief haar armen over elkaar. 'Is dat wél genoeg reden om getuigenbescherming te willen, mevrouw Kramer?'

Anne voelde gêne opkomen. Ze besloot haar excuses voor later te bewaren. 'En toen?' vroeg ze.

'Toen kwam die andere gozer en trok hem mee naar een scooter-tje dat aan de overkant stond. Daar zijn ze hem op gesmeerd.'

'En jij?'

'Ik niks,' gromde Kim. 'Een paar mensen hielpen me de buggy rechtop te zetten en ik heb Anouk uiteindelijk kalm weten te krij-gen. Toen kwamen jouw collega's, maar ik heb niks gezegd.'

'Helemaal niks?'

Ze schudde haar hoofd. 'We zijn niet allemaal helden,' zei ze toen. 'Ik heb zo'n beetje verteld hoe hij eruitzag en toen ben ik 'm gesmeerd.'

'Maar nu vertel je het mij.'

Kim knikte. 'Ik doe geen oog meer dicht,' zei ze. 'Al dagen niet. Ik ben doodsbang dat hij vandaag of morgen voor de deur staat.'

'Dat doet hij toch al? Hij is je krantenjongen.'

'Hij wás mijn krantenjongen. Dat doet-ie al maanden niet meer. Maar hij weet wel precies waar ik woon. En ik ben bang voor hem.'

Anne herinnerde zich iets gehoord te hebben over een overval op een restaurant in de Ruyschstraat, omdat er was geschoten. De angst van deze vrouw was gerechtvaardigd. Ze haalde pen en papier uit haar tas.

'Ze hebben je na de overval gehoord, vertelde je. Hoe heet je pre-cies?'

'Kim de Winter.'

'En waar woon je?'

'Blasiusstraat 119-III.'

'Telefoon?'

Op dat moment hoorden ze iemand aankomen. Jeroen Pauw stak zijn hoofd om de deur.

'Ik hoorde dat de politie nog in het pand was?'

'Een beetje napraten,' antwoordde Anne. Ze zag dat hij zijn wenkbrauwen optrok, terwijl hij van de een naar de ander keek.

'Derdegraads verhoor van onze visagiste,' stelde hij vast. 'Vertel niet waar we hier de hennepplantage verstopt hebben, Kim. Voor je het weet stuurt ze de ME op ons dak.'

'Of erger,' zei Anne en ze kneep haar ogen tot spleetjes. 'Ik stuur de Belastingdienst op je af en die plukken je helemaal kaal.'

Pauw barstte uit in een schaterlach. 'Hun hoogste baas zit hier om de hoek aan een koud glas bier, dus laat maar komen. En over drank gesproken, je komt toch nog wel een afzakker halen?'

'Als Kim alle plamuur van mijn gezicht heeft gebikt,' beloofde ze. 'Dus laat haar even haar werk doen.'

'Kan er nog meer af dan?' vroeg hij zich af, en hij verdween voor ze iets terug kon zeggen.

'Waar is je dochter nu?' vroeg ze snel aan Kim.

'Ze slaapt bij mijn nichtje. Die woont bij ons in de buurt maar daarvan kent die gozer het adres niet.'

'Ik zal regelen dat er morgenochtend een paar rechercheurs bij je langskomen.'

Ze zag het gezicht van Kim betrekken.

'Als ze weten dat ik met de politie praat...'

Anne knikte.

'Dat gaan we morgen heel netjes oplossen. Dat beloof ik je.'

'Je gaat toch niet aan Jeroen vertellen...'

'Hoe kom je daarbij?' zei Anne. 'Hij is wel de allerlaatste. Hoe ga je nu naar huis, trouwens?'

'Op de fiets.'

'Ben je niet bang dan?'

'Nee,' zei Kim, 'dat doe ik iedere nacht. Maar in huis wel.'

Ze namen afscheid en even later stond Anne voor het raam van de bar met het door Jeroen aangereikte afzakkertje in haar hand. Ze keek Kim na, die met wapperende haren in de richting van het Tropenmuseum uit het zicht verdween.

Op haar telefoon las ze de complimentjes van collega's over haar optreden. Vanuit een ooghoek zag ze de blikken die af en toe in haar richting werden geworpen, maar ze reageerde er niet op.

Het huis in Heiloo was donker, ze had ook niet anders verwacht. Nadat ze de motor had uitgezet, bleef ze nog even in de auto zitten. Binnen waren Jacob, officieel nog haar man, en haar kinderen. Wout zat in de vierde klas van het gymnasium, Marit in de tweede van het atheneum. Ze moesten morgen weer vroeg op vanwege school. Eigenlijk had ze totaal geen omkijken naar haar kinderen, het waren slimme leerlingen die ieder jaar met hoge cijfers overgingen naar de volgende klas.

Ze zocht in haar tas naar de huissleutels. Iedere keer als ze naar binnen ging, was ze bang voor een confrontatie met Jacob. Enige tijd geleden hadden ze besloten uit elkaar te gaan. Hij was op zoek naar een woning, liefst in de omgeving van Nijkerk op de Veluwe, de plaats waar hij geboren en getogen was. Tot die tijd verbleven ze verplicht onder een dak. Het zorgde voor een deprimerende sfeer. Ze gingen elkaar als vreemden uit de weg.

De afgelopen weken had ze nog weleens geprobeerd met Jacob te praten over zijn geloof, de zwartekousenkerk, zoals zij het noemde. Als ze dat tegen hem zei, werd hij boos. Hij zat niet bij de zwartekousenkerk, zijn kerk heette artikel 31, zei hij dan formeel. In 1944 hadden zij zich afgescheiden van de normale gereformeerde kerk, omdat die kerk de bijbelse regels niet streng genoeg interpreteerde. Anne begreep er helemaal niets van. Hoe was het mogelijk dat die lui in 1944, tijdens de Hongerwinter, bezig waren met een kerkscheuring, ze moesten volledig de weg kwijt geweest zijn. In haar ogen waren het een stelletje idioten, net als haar man Jacob. Soms vroeg ze zich af of de ruzie over het geloof hun enige breekpunt was, ze dacht liever niet aan haar gevoelens voor officier van justitie Peter de Bree, laat staan dat ze er met iemand over sprak. Ja, met Floor, haar vriendin, had ze het er in de sauna over gehad. Ze vond hem meer dan alleen aantrekkelijk, had ze toegegeven. Anne wist het best, ze was verliefd op Peter, maar zolang ze nog getrouwd was, zou ze nergens aan beginnen. Af en toe een keer met Peter uit eten was het enige wat ze zichzelf toestond, iedere verdere avance sloeg ze af. Dat kostte haar heel veel moeite; zodra ze bij elkaar waren spatten de vonken ervan af. Jacob had ongelijk: het vlees was wellicht zwak, maar Annes geest was sterk.

Ze stak de sleutel in de voordeur en stapte het donkere huis binnen.

Nadat ze even bij Wout en Marit om de hoek had gekeken, sloop ze naar haar kamer, kleedde ze zich snel uit en schoof tussen de lakens. Op dat moment had ze nog graag even met iemand gepraat over de uitzending, over het verhaal van Kim de Winter. Het zat haar dwars dat ze dat al tijden niet meer met Jacob kon zonder dat het gesprek uitliep op zijn gezeur dat Amsterdam een soort sodom en gomorra was waar ze beiden niet thuishoorden, laat staan de kinderen. Het enige wat hij wilde was dat zij haar baan opgaf. Wegkruipen bij een man met wie je kon praten, dat miste ze ontzettend.

Voor ze insliep gingen haar gedachten nog even naar Kim. Ze zou morgenochtend Herman van Hoogen bellen, om te regelen dat iemand van de recherche bij Kim langs zou gaan. Met haar verklaring was de overval op de brasserie Ruysch opgelost, maar de vrouw moest uit de wind gehouden worden.

Toen ze de volgende morgen wakker werd, hoorde ze beneden in de keuken geluiden en stemmen. Ze sprong uit bed, sloeg een ochtendjas om en rende de trap af. Er waren dagen dat ze Wout en Marit door de drukte van haar werk niet eens zag.

'Hoi, mam, ik wilde het op bed brengen, maar nu je toch beneden bent: koffie?' Ze knuffelden elkaar even en Anne knipoogde intussen naar Wout. Haar zoon voelde zich te oud om nog door zijn moeder gezoend te worden.

'Je was goed op tv gisteravond,' zei Wout. Hij stak een stuk brood in zijn mond en zijn duim omhoog.

Anne werd bijna verlegen van dit compliment. 'Dus jullie hebben me gezien?' vroeg ze.

'We hebben zelfs met z'n drieën gekeken.' Marit zette een kop koffie voor haar neer. 'Mam, je wordt een bekende Nederlander,' grapte ze.

'Is papa al weg?' vroeg Anne.

'Al minstens een uur. En wij gaan zo ook naar school.'

Ze keek op de klok. Als ze Herman nu meteen zou bellen over Kim had ze nog net tijd om een douche te nemen.

5

Kim schrok van haar spiegelbeeld. Hoewel ze vannacht voor het eerst weer een beetje behoorlijk geslapen had, zag ze er afgetobd uit. Er waren nachten geweest dat ze badend in het zweet wakker was geworden en bij elk geluidje uit bed sprong om te kijken of er niets met Anouk was. Haar aanhoudende angsten en nervositeit sloegen over op haar dochter; Anouk had de afgelopen nachten vaak gehuild en was weer in haar bed gaan plassen.

Mohammed had zo'n rustige jongen geleken. Hij paste absoluut niet in het beeld van de Marokkaanse jongens op straat, die je voor hoer uitscholden als je langskwam. Ze had hem nota bene koffie aangeboden. Ze zag hem nog stilletjes aan tafel zitten. Hij zag er netjes uit: keurige kleding, kortgeknipt haar, schone handen. Zo op het eerste gezicht was er niets op die jongen aan te merken geweest.

Op internet had ze alles over de overval opgezocht. Brutaal als ze waren, hadden ze geld en portemonnees afgepakt en op de koop toe ook nog een paar keer geschoten. Wat kon je je toch vergissen in mensen!

De deurbel ging. Geschrokken drukte ze de grote badhanddoek tegen haar borsten. Voorzichtig liep ze naar de intercom. Even aarzelde ze of ze zich zou melden.

'Wie is daar?'

'De recherche.'

Dat had ze niet verwacht. Ze was ervan uitgegaan dat de recherche haar eerst zou bellen. Verontwaardigd drukte ze de knop van de intercom weer in.

'Hoe kunt u zo stom zijn om zomaar aan te bellen!'

'In opdracht van mevrouw Kramer. U hebt toch met haar gesproken?'

Maar niet om de fanfare voor mijn deur te bestellen, dacht ze. Hoe langer die rechercheurs daar stonden, hoe gevaarlijker het was. Snel drukte ze op de knop en schoot in een T-shirt en spijkerbroek. Haastig kamde ze haar natte haren.

Toen ze even later haar voordeur opende, zag ze twee mannen staan. Een oudere in een lange regenjas en een jongere in jeans en een leren jack. De jonge man was tenger, met een wat donkere teint. Het kon een Marokkaan zijn, was het eerste wat ze dacht.

De oudere rechercheur stak zijn rechterhand naar voren met daarin een legitimatiebewijs.

'Goedemorgen. Mevrouw De Winter, toch?' Hij borg het leren mapje weer op in zijn binnenzak. Zijn jongere collega knikte alleen. 'Mogen we binnenkomen?'

Ze stapte opzij en wees naar de eettafel. Toen ze zaten schraapte de oudere rechercheur zijn keel. 'Mijn naam is Klaas de Vries.' Hij wees opzij. 'Dat is mijn collega Hakim Ayoub. De overval in de Ruyschstraat, daar gaat het over, toch?'

Kim knikte geërgerd. Het ging niet over haar, over Anouk, over de bedreiging. Ze kwamen gewoon even bij haar langs om haar verklaring op te nemen. Was ze er toch in getuind!

'Goed,' zei De Vries terwijl zijn collega een notitieblokje tevoorschijn haalde. 'We beginnen met uw gegevens.'

Nadat Hakim Kims personalia opgeschreven had, vertelde ze wat er in de Ruyschstraat was gebeurd. De mannen luisterden en stelden af en toe een aanvullende vraag.

'En toen herkende u die knaap?' vroeg De Vries.

'Hij was krantenjongen hier in de buurt. Ik heb hem in de winter weleens een kop koffie gegeven.'

'En hoe heet die jongen?'

'Mohammed.'

'En van achteren?'

'Dat weet ik niet.'

'U nodigt iemand uit op de koffie en kent zijn achternaam niet?' Hij zweeg en trok een samenzweerderig gezicht. 'U zult toch wel iets van hem weten. Heeft hij helemaal niks over zichzelf verteld?'

Ze schudde haar hoofd.

'Niets,' zei ze. 'Over sneeuw ging het en kou. En dat krantenjongens weinig verdienen.'

'Maar die aardige Mohammed heeft u wel bedreigd, toch?'

Ze keek hem wantrouwend aan. 'Mevrouw Kramer heeft u alles toch al verteld?'

De Vries knikte. In werkelijkheid was hij gebeld door Herman van Hoogen, die hem in een paar woorden had verteld over *Pauw en Witteman* en de nachtelijke ontmoeting tussen hoofdinspecteur Kramer en deze mevrouw De Winter. Het had hem geërgerd dat het hoofdbureau niet in staat was zijn eigen zaakjes op te knappen met al die zogenaamde specialisten en hun mooie auto's. Alsof hun collega's van het district het niet al druk genoeg hadden. Hij had stapels dossiers liggen die nog afgewerkt moesten worden, maar nee, hij moest op stel en sprong naar de Blasiusstraat.

De Vries hield zich in; hij wilde de vrouw tegenover zich niet laten blijken dat hij behoorlijk de pest in had over dit bezoek, dit gesprek en al helemaal over een getuige die aan het terugkrabbelen was.

'Ja mevrouw, wij weten er alles van,' antwoordde hij kortaf. 'Daarom is het belangrijk om eerst uw verklaring op te nemen, daarna komt de rest.' Even keek hij haar strak aan. 'Hoe heet hij verder, zei u?' vroeg hij vervolgens op snauwerige toon.

'Dat zei ik niet,' beet ze terug, 'want dat weet ik niet. Hij was gewoon de krantenjongen. Jezus, is het zo moeilijk om je dat voor te stellen? Dat ik medelijden met dat joch had?'

De Vries zuchtte diep. 'Heb je dat, Hakim?' vroeg hij chagrijnig.

'De krantenjongen,' herhaalde Hakim. 'En u had medelijden met hem.'

'Meer weet ik echt niet. Maar begrijpt u dat ik al dagen vreselijk bang ben?'

Hakim knikte, speelde wat met zijn pen. Maar De Vries had

besloten zijn tijd niet langer aan Kim de Winters verhaal te verspillen: 'Als u later op het bureau foto's komt kijken, kunt u meteen uw handtekening onder uw verklaring zetten,' zei hij bijna nijdig. 'En wij informeren het dichtstbijzijnde wijkteam, zodat ze daar op de hoogte zijn. Als u iets niet vertrouwt, moet u gewoon 112 bellen.'

'Maar als hij nou...'

'Mevrouw, we kunnen geen politiepost voor uw deur zetten,' zei hij afgemeten. 'Helemaal niet wanneer we niet weten tegen wie we u moeten beschermen. Als u te binnen schiet hoe die Mohammed verder heet, kunt u me altijd bellen.'

Met die woorden kwam hij overeind en liep naar de deur, Kim verbijsterd achterlatend. De opluchting die ze had gevoeld na het gesprek met Anne Kramer was op slag verdwenen. Had ze gisteravond haar mond maar gehouden!

Ook Hakim Ayoub stond op. 'Waar is uw dochter nu?' wilde hij weten.

'Mijn nichtje past op haar als ik moet werken.'

Ayoub knikte. 'Bel mij maar als er iets is.' Hij gaf haar zijn visitekaartje. 'En ik bel jou voor het kijken van de foto's.' Met een vriendelijk knikje verdween hij achter zijn collega door de deur.

Kim liep naar de slaapkamer en trok een sweatshirt aan. Ze had het koud en haar maag verkrampte. Snel veegde ze een traan weg. Na een paar keer diep ademhalen vermande ze zich. Ze verlangde naar Anouk, ze was van plan zo snel mogelijk haar dochter op te halen.

Nadat ze even later de voordeur achter zich had dichtgetrokken, rende ze de straten door naar het huis van haar nichtje Daphne. Ze sloot Anouk in haar armen en knuffelde het meisje langer dan normaal. Weer liepen er een paar tranen over haar wangen.

'Gaat het wel goed met je?'

Daphne gaf haar een kop thee en keek haar onderzoekend aan. Ze waren niet alleen nichtjes maar ook dikke vriendinnen, allebei op zichzelf wonend in Amsterdam. Daphne was iets jonger dan Kim, ze studeerde nog en werkte parttime in een winkel in de stad. Als ze tijd hadden kropen ze bij elkaar. Samen konden ze de hele wereld aan, tot afgelopen week tenminste.

'Nee, gewoon druk,' reageerde Kim net iets te snel. Ze was er nog niet aan toe het hele verhaal met Daphne te delen. Die zou daar alleen maar ongerust van worden.

'Ik moet een scriptie voor maatschappijleer af hebben voor maandag. Ik denk dat ik dit weekend met Anouk maar eens naar mijn ouders ga, daar kan ik beter werken,' zei ze met een diepe zucht. 'Opa en oma kunnen dan de bliksemafleiders zijn.'

Daphne vermoedde dat er meer aan de hand was, maar ze drong niet aan. Als er echt problemen waren, zou Kim er vandaag of morgen wel mee komen.

Na een vluchtige kus ten afscheid, wandelde Kim met Anouk aan de hand terug naar de Blasiusstraat. Op langere stukken zette ze Anouk nog in de buggy, dat ging sneller, maar nu nam ze de tijd. Omdat ze heel goed op het meisje moest letten, zag ze niet dat er tegenover haar huis een man met een capuchon op vanuit een portiek naar hen keek.

Thuis zette ze Anouk aan tafel met een beker melk.

'We gaan straks naar opa en oma, dus drink netjes je melk op.'

Kim begon haar spullen bij elkaar te zoeken, terwijl ze intussen haar moeder belde. Die sprong een gat in de lucht toen Kim hun komst aankondigde. Zo vaak zagen ze elkaar niet.

Ze spraken af dat Kims vader hen in Purmerend van de bus zou komen halen. Opgelucht legde Kim de hoorn neer, blij dat ze er even uit konden, weg van de spanning. Niet dat ze met haar ouders over haar sores zou praten, die zouden maar ongerust worden en haar proberen over te halen in Purmerend te blijven, en dat was wel het laatste waar ze behoefte aan had. De telefoon rinkelde en bijna gedachteloos greep ze ernaar. Haar moeder zou nog wel iets vergeten zijn te zeggen.

'Hallo.'

Even bleef het stil, en onmiddellijk kreeg Kim een onbehaaglijk gevoel. Zelfs Anouk keek op van het boekje waarin ze zat te bladeren.

'Loop naar het raam,' zei een mannenstem.

Met de telefoon in haar hand ging ze half achter het gordijn staan en keek naar beneden. Ze zag niets opvallends.

'Ik zie jou wel.'

Uit een portiek zag ze iemand tevoorschijn komen met een capuchon over zijn hoofd. Hij hield zijn hoofd naar beneden, maar ze wist wie hij was.

Plotseling keek Mohammed naar haar op. Van schrik trok ze met een ruk het gordijn dicht. Hoe kwam hij aan haar telefoonnummer? Impulsief wilde ze de verbinding verbreken.

'Je hebt met de politie gepraat,' hoorde ze hem met zijn Amsterdamse accent zeggen.

Haar hart sloeg over. Ze hield haar adem in en trok ongemerkt Anouk van haar stoel en dicht tegen zich aan.

'Mam, dat doet pijn.'

Ze hoorde Anouk niet.

'Als we gepakt worden ben jij dood. Dat weet je toch wel, hè?' Het klonk als een zakelijke mededeling, emotieloos, maar al het bloed trok weg uit haar gezicht. Vervloekte smerissen!

Ze kon geen woord uitbrengen. Ook aan de andere kant van de lijn bleef het stil. Door de hoorn klonk het geluid van een voorbijrijdende auto. Eindelijk wist ze zich te herpakken.

'Ik heb echt niets gezegd,' zei ze wanhopig.

Daarna hoorde ze alleen nog een klik. De verbinding was verbroken. Minutenlang zat ze met Anouk op schoot voor zich uit te staren. Anouk begon aan haar te trekken, ze wilde naar opa en oma.

Kim kwam bij haar positieven. Haar eerste neiging was alles op slot te doen en de rest van de gordijnen te sluiten. Buiten zou Mohammed op hen staan te wachten, de weg naar Purmerend was afgesloten. Het was levensgevaarlijk om nu op pad te gaan. Allerlei gedachten schoten door haar hoofd. Moest ze nu de politie bellen en zeggen dat er iemand met een capuchon op in de straat liep die haar wilde vermoorden? Het zou Mohammed verjagen, maar hij wist dan wel zeker dat zij de politie had gebeld.

Na een paar minuten schraapte ze al haar moed bij elkaar, liep naar het raam en gluurde langs het gordijn. Ze zag hem niet meer. Met de moed der wanhoop pakte ze haar reisspullen en een paar minuten later fietste ze zo hard ze kon met Anouk achterop naar het Centraal Station. De koude rillingen liepen over haar rug. Ze durfde niet om zich heen te kijken. Pas toen ze in de bus zat, kwam ze enigszins tot rust.

In Purmerend stond haar vader haar al op te wachten.

Het werden een paar redelijk ontspannen dagen waarin ze zich flink hield, haar ouders merkten niets aan haar. Ze was gewend haar eigen boontjes te doppen.

'Dag pap,' zei ze zondagavond, toen haar vader hen weer bij de bus afzette. Ze kuste hem op beide wangen. Haar vader had nog voorgesteld haar met de auto naar Amsterdam te brengen, maar dat wilde ze niet, haar fiets stond trouwens bij het Centraal Station.

Toen Kim een uurtje later met Anouk achterop door Amsterdam fietste, lette ze scherp op. Er was niets verdachts te zien, niemand had bijzondere belangstelling voor hen.

Toen ze thuis de deur achter zich dichttrok, slaakte ze een zucht van verlichting.

6

Het was druk op Schiphol. Met haar reiskoffertje op wieltjes liep Anne door het terminalgebouw.

Met een kleine delegatie ging ze naar Roemenië en Bulgarije, om daar overleg te plegen met de autoriteiten. Vanuit die landen waren veel criminele organisaties betrokken bij vrouwenhandel in en naar Nederland. Tijdens opsporingsonderzoeken bleek dat het uitwisselen van informatie tussen de verschillende landen op nogal wat barrières stuitte, die het beste tijdens een persoonlijke ontmoeting konden worden beslecht. Daarnaast was de Nederlandse delegatie van plan aandacht te vragen voor betere voorlichting aan vrouwen in die landen. Als jonge vrouwen zich opgaven voor werk in het westen, was de kans erg groot dat ze onvrijwillig in de prostitutie terechtkwamen.

Anne had lang geaarzeld of ze deze reis zou maken. Toen Eerenberg haar belde met het verzoek Amsterdam te vertegenwoordigen, had ze niet meteen ja gezegd. Het departement van Justitie had erop aangedrongen iemand uit de praktijk mee te nemen; de baas wilde dat ze ging.

Peinzend had ze in de auto naar Schiphol naar buiten zitten staren. Bij het afscheid nemen van haar kinderen had Anne tranen in haar ogen gekregen. Door alle spanningen thuis wilde ze Wout en Marit niet alleen laten, maar tegelijkertijd keek ze uit naar deze kans om de problemen even te ontvluchten, om met andere dingen bezig te zijn en wellicht ook haar gevoelens wat beter op een rijtje te krijgen. Eigenlijk bedoelde ze daar haar gevoel voor Peter mee, die ze had gevraagd om haar een tijdje met rust te laten. Zolang ze nog officieel getrouwd was, kon ze Peter er zeker niet bij hebben in de heksenketel van haar emoties.

Ze dacht terug aan de wandeling met haar kinderen, een week eerder. Er waren weinig mensen op het strand geweest, het was slecht weer, harde wind en regenvlagen. Ze hadden eerst een stuk tegen de wind in gelopen. Niet lang daarna stapten ze druipend een restaurant binnen voor warmte en een uitsmijter.

'Papa is bezig met een huis in Nijkerk.'

Wout en Marit keken haar geschrokken aan. Tot dit moment was het onvermijdelijke nog ver weg geweest.

'Ik wil niet dat jullie moeten kiezen tussen jullie ouders en natuurlijk blijft hij jullie vader. Daar verandert niets aan. Maar bij elkaar blijven kunnen we echt niet meer.'

'Ik blijf in Heiloo, hoor,' zei Marit beslist.

Wout knikte hartgrondig. 'De rest van mijn leven bij Opa Ouderling in de buurt wonen.' Hij gruwde bij de gedachte. Anne schoot in de lach bij het horen van de bijnaam die Wout zijn streng gereformeerde opa had gegeven. 'Ik mag toch zelf bepalen bij wie ik wil blijven, mam?'

'Jullie zijn allang op de leeftijd dat je dat zelf mag beslissen.' Ze had dit wel verwacht. Tegelijk voelde ze een groot verdriet voor Jacob. Ze wist dat hij veel van zijn kinderen hield, hij zou ze heel erg missen.

'Je hebt toch geen ander, hè mam?' vroeg Marit met een uitgestreken gezicht, terwijl ze zorgvuldig haar uitsmijter in stukjes sneed.

Anne was even sprakeloos.

'Ik...' hakkelde ze. 'Hoe kom je daarbij?'

'Robins ouders gaan ook scheiden en die hebben allebei alweer iemand anders,' legde Wout met volle mond uit.

Anne keek haar kinderen aan, het was duidelijk dat elke mededeling over zelfs maar het bestaan van Peter de Bree op grote vijandigheid zou stuiten. Ze warmde haar handen aan een volgende kop thee die door de serveerster voor haar neus was neergezet.

'En wanneer gaat papa dan weg?' wilde Marit weten.

'Hij heeft nog geen huis. Het zal best wel even duren.'

Marit stak haar neus hooghartig in de lucht. 'Nou, hij zei laatst door de telefoon anders tegen oom Harrie dat hij via opa binnen twee weken een huis in Nijkerk heeft als hij dat wil.'

Anne schudde haar hoofd. Jacob en zij praatten niet meer met elkaar, maar zij kon zich goed voorstellen hoe hij zich groot moest houden voor zijn familie en vrienden. Kinderen begrepen dat niet. Al betekende scheiden onvermijdelijk dat het gezin uit elkaar viel, dat de plek waar de kinderen zich veilig voelden verdween, kinderen geloofden hun vader. En helemaal bij iemand als Jacob, wiens leven alleen maar uit alle zekerheden van de heilzame weg leek te bestaan. Anne had vaker haar onzekerheden getoond, maar een voorstander van echtscheidingen was ze nooit geweest, in theorie althans. Nu overkwam het haar zelf en dat gaf haar een gevoel van verlies.

'Ik ben bang dat pap wat te optimistisch denkt over dat soort dingen,' zei ze.

'Je uitsmijter wordt koud,' zei Wout terwijl hij zijn laatste hap naar binnen schoof.

Ze keek naar haar bord, eigenlijk had ze geen trek.

'Je moet eten, mam,' drong Marit aan.

Met lange tanden werkte Anne uiteindelijk de uitsmijter weg en met de armen om elkaar heen liepen ze over het strand terug, de wind in de rug.

'Ik moet naar Roemenië,' vertelde Anne. 'Volgende week al. Vijf dagen.'

'Wij kunnen heel goed voor onszelf zorgen,' reageerde Marit. 'Bovendien, papa kookt heerlijk voor ons als jij er niet bent.'

'De eerste dag pizza, de tweede pannenkoeken, de derde lasagne uit de supermarkt...' somde Wout op.

'... de vierde halen we iets bij de drive-in van de Mac en op de laatste dag neemt hij ons mee naar de Chinees,' vulde Marit aan. 'We redden ons wel, denk ik.'

'Je mag wel wat vaker weggaan,' besloot Wout. 'Als je maar weer terugkomt.'

'Anne!'

Ze schrok op uit haar gedachten. De groep stond al bij de incheck-balie en de wuivende man vooraan deed haar verstijven. Wat deed Peter hier? Hij liep haastig op haar af. Ze opende haar mond om iets te zeggen maar hij gaf haar de kans niet.

'Merel bleek onverwacht een voortzetting van haar megaproces te hebben,' legde hij haastig uit, 'en toen moest er iemand anders van het OM mee met deze delegatie. Dus heeft Hafkamp mij aan-gewezen.'

'Zomaar opeens.' Ze keek bedenkelijk. 'Heb je Merels paspoort ook meegekregen? En haar beste jurk? Hoe kom je zo snel aan een omgezet ticket?'

'Iedereen wist het al een week,' zei hij verontschuldigend. 'Dat niemand jou iets gezegd heeft...'

'Nee,' zei Anne, 'dat heeft inderdaad niemand gedaan.' Ze keek hem scherp aan. 'Maar als je ook maar de geringste verwachting hebt dat ik op reis iets anders ga doen dan...'

Hij hief bezwerend zijn handen. 'Aan de hotelkamerindeling is niets gewijzigd,' zei hij, maar zijn lachje beviel haar helemaal niet.

'Ik wil op geen enkel moment met jou ergens alleen zijn,' fluis-terde ze hem toe. 'Ook niet door "stom toeval", meneer De Bree. Ik wil geen op het spek gebonden katten, geen vage insinuaties, geen vriendelijke knikjes, uitnodigingen voor een glaasje op een hotelka-mer of een hapje in een leuk restaurantje. Begrepen?'

Verbouwereerd staarde hij haar aan. 'Ik dacht dat jij en ik... Dat jij...'

'Precies,' zei Anne. 'En daarom wil ik dat dus niet.'

De week in Bulgarije en Roemenië viel haar niet mee, het waren geen gezellige landen om te bezoeken. In die korte tijd zag ze veel armoede, zeker op het platteland. In de steden vielen de protserige gebouwen het meest op. De delegatie werd met veel egards ontvan-gen; beide landen wilden toetreden tot de Europese Unie en zetten hun beste beentje voor. Met veel woorden werd duidelijk gemaakt dat zij bereid waren hun voorlichtingsprogramma's te verbeteren; of dat serieus en oprecht was, kon ze moeilijk beoordelen.

Buiten de delegatie om zocht ze contact met de leiding van de politiekorpsen in Boekarest en Sofia. Tot haar vreugde kon ze goede afspraken maken over uitwisseling van personeel. Komende zomer zouden politiemensen uit beide landen naar Nederland komen en met Amsterdamse collega's de straat op gaan. Dat zou schrikken worden voor Bulgaarse en Roemeense criminelen, als ze plotseling in hun eigen taal werden aangesproken!

7

De telefoon ging. De schrik sloeg Kim de Winter om het hart. Ze liep met de telefoon in de hand naar het raam om eerst te kijken of er niemand buiten stond. Het was rustig op straat. Zenuwachtig nam ze op. Het was Hakim Ayoub, die een afspraak met haar wilde maken voor de fotoconfrontatie. Shit, dat wilde ze niet. Ze wilde hem óók niet vertellen dat Mohammed voor haar deur had gestaan en haar had gebeld.

Een paar dagen na het eerste bezoek van de twee rechercheurs had ze al haar moed verzameld en het hoofdbureau gebeld met de vraag haar door te verbinden met Anne Kramer.

Na tien keer te zijn doorverbonden, kreeg ze te horen dat mevrouw Kramer in het buitenland zat. Wanhopig en kwaad tegelijk had ze de hoorn erop gesmeten. Als je ze nodig had waren ze er niet, alle mooie beloften ten spijt. Ze moest voor zichzelf zorgen, van de politie had ze niets te verwachten. En de politie dus ook niets van haar, besloot ze.

De afgelopen dagen had ze constant om zich heen gekeken. In de supermarkt reed ze extra rondjes tussen de schappen om te kijken of iemand haar volgde. De gordijnen hield ze angstvallig gesloten en ze ging met een grote boog om iedereen heen die haar ook maar een beetje verdacht voorkwam.

'Zonder uw hulp lukt het ons niet, mevrouw De Winter,' zei Ayoub door de telefoon, maar Kim trok minachtend haar wenkbrauw op.

'Júllie zijn er toch om criminelen op te sporen?' schamperde ze. 'Ik ben moeder, studente.'

'En getuige,' antwoordde hij snel.

Ze was erbij gaan zitten, trok haar benen onder zich en kroop zo diep mogelijk weg in de luie stoel, zoekend naar een plausibele reden voor uitstel.

'Even mijn agenda pakken...' mompelde ze en legde de hoorn op de leuning.

'De achtentwintigste, eerder lukt me niet,' probeerde ze.

'Dat is pas aan het eind van de maand,' protesteerde Hakim.

'Luister eens, ik heb ook andere dingen te doen. Ik studeer. Dat vind ik een stuk belangrijker dan dat jullie niet in staat zijn dat huftertje op te pakken.'

Kim gleed uit de fauteuil en liep met de telefoon aan haar oor naar de keuken. Ze rammelde hevig met wat pannen en deed een lade open en dicht.

'En ik ben nu eten voor mijn dochter aan het klaarmaken,' lichtte ze toe.

'U hoeft toch niet elke dag naar school,' hield de rechercheur vol. 'Aanstaande vrijdag, laat op de middag. Zo laat u maar wilt. Ik ben op het bureau en wacht op u.'

Ze zuchtte over zo veel vasthoudendheid. 'Ik heb binnenkort examens en die wil ik halen. En daar houdt niemand me van af. Ook u niet.' Nu was het zijn beurt om te zuchten. Waarom ze uiteindelijk toch met zijn voorstel akkoord ging, wist Kim zelf niet, waarschijnlijk om ervanaf te zijn.

Tot die vrijdagmiddag gebeurde er niets en Kim werd wat rustiger. Ook Anouk huilde niet meer en plaste niet meer in bed.

Het liefst had Kim nog een smoes verzonnen en afgebeld, maar het zou uitstel van executie zijn. Als ze niet zelf ging, zouden ze ongetwijfeld weer naar haar komen.

'Kom Anouk, we gaan nog even weg.'

Het kleine meisje fleurde onmiddellijk op; ze vond het leuk om achter op de fiets een ritje te maken.

Uit voorzorg reed Kim niet rechtstreeks naar het politiebureau, maar eerst naar de Dappermarkt. De hele tijd keek ze scherp om zich heen, bang dat ze gevolgd werd. Vermoeid stapte ze uiteindelijk af. Het was een hele klus om Anouk uit het zitje te tillen. De tijd dat haar dochter er niet meer in paste kwam met rasse schreden dichterbij.

'Staan blijven, Anouk,' riep ze terwijl ze de fiets met het kettingslot aan een paal vastmaakte. Ze wist niet precies waarom ze naar de markt ging, misschien voelde ze zich tussen veel mensen het veiligst. In een van de kramen lag een mooie haarklem.

'Sta eens stil.'

Anouk was het gepruts aan haar haren wel gewend en liet het werk van haar moeder met een heel serieus gezicht over zich heen komen. Kim pakte haar lange haren en plaatste de klem zo dat het haar mooi op haar schoudertjes viel.

'Wat ben jij een knap meisje, zeg,' zei de vrouw achter de kraam.

Anouk straalde opeens en draaide als een filmsterretje rond. Even voelde Kim louter blijdschap.

Ze wandelden nog even samen door het Oosterpark. Het was mooi weer, het zonnetje scheen, veel mensen vermaakten zich. Na de wandeling zette ze Anouk weer achterop en fietste verder, naar het politiebureau.

Nadat ze zich bij de balie gemeld had, werd ze door iemand opgehaald en naar een kamertje gebracht. Nog geen minuut later stapte Hakim binnen.

'Fijn dat u toch gekomen bent,' begroette hij haar. 'Eerlijk gezegd was ik bang dat u me zou laten zitten.'

Ze zag dat hij aandachtig naar Anouk keek.

'Wat heeft uw dochter prachtig zwart haar, zeg.'

Kim verstarde. De agent wilde duidelijk meer van haar te weten komen. Hij zat ontspannen tegenover haar, zijn armen voor zich op tafel.

'Dat zei die vrouw op de markt ook al.' Ze knikte. Anouk was een mooi meisje.

'En u doet een opleiding, vertelde u.'

'Pabo. Laatste jaar. Daarom heb ik zo weinig tijd.'

Kim vertelde over haar scriptie, die moest nu zo snel mogelijk klaar zijn en ingeleverd worden. Aan het eind van de maand waren alle tentamens achter de rug en werd duidelijk of zij haar diploma zou halen. Maar het gesprek met Hakim was een schimmenspel, wist ze. Ze dansten om elkaar heen en hij probeerde haar te verleiden om iets te zeggen over Anouks vader en een verleden waaraan ze niet meer wilde worden herinnerd.

'Haal je het? Je examen?' wilde Hakim weten.

'Ik hoop het wel, ik wil nu eindelijk weleens voor de klas.'

'Mooi vak, leraar. En dan kan zij met je mee naar school.' Hij maakte een hoofdbeweging naar Anouk. 'Je hebt geen oppas meer nodig.'

Bijna ongemerkt was hij overgestapt op je en jij, maar Kim had het direct door. Er viel een stilte.

Ayoub schraapte zijn keel. 'De foto's. We willen u graag een paar foto's laten zien naar aanleiding van wat u ons vertelde.'

De formele toon was terug.

Met een ruk ging de deur open en Klaas de Vries, de oudere van het koppel, kwam de verhoorkamer binnen. Hij keek Kim doordringend aan.

'En? Zit-ie erbij?' vroeg hij stug.

'We zijn nog niet...' begon zijn collega, maar Kim kwam overeind.

'Voordat ik foto's ga bekijken, wil ik eerst weten wat jullie gaan doen als ik iemand herken,' onderbrak Kim De Vries. 'Pakken jullie hem dan meteen op?'

De Vries zweeg terwijl Ayoub hem met een veelzeggende blik aankeek.

'Hebben jullie soms al iemand?'

'Mevrouw,' begon De Vries meewarig, 'u kunt toch niet verwachten dat ik het hele onderzoek voor u op tafel gooi? Verdachten hebben ook privacy; daar mag ik niet onzorgvuldig mee omgaan.'

Kim voelde hoe haar handen begonnen te trillen.

'Maar mijn privacy doet er niet toe, zeker?' vroeg ze cynisch. 'Bij mij gaan jullie gewoon voor de deur staan zodat die schoften precies kunnen zien wie er met jullie gepraat heeft? En als ik daar dan wat van zeg, ben ik een zeikerd?'

De mannen keken haar stoïcijns aan, er was geen greintje vriendelijkheid meer te bekennen.

'Zijn ze nou gepakt of lopen ze nog vrij rond?' vroeg Kim bits.

'Ik zal eerlijk zijn,' zei De Vries. 'Ik twijfel ernstig aan uw verklaring, zeker wat uw "verstandhouding" met die Mohammed betreft. Volgens mij kent u die jongen veel beter dan u tot nu toe hebt toegegeven.'

Het woord 'toegeven' maakte Kim woest. Wat was dat voor insinuatie? Alsof zij iets met een van de daders had! Het werd benauwd in het kamertje, de vijandige stemming legde een klem om haar borst. De rechercheurs keken haar strak aan, met spanning wachtten ze haar reactie af.

'Mammie, gaan we weg?' vroeg Anouk zacht.

'Wat ons opvalt, is dat u weinig medewerking verleent aan het onderzoek.'

'Pardon?'

'U kent die jongen en weigert zijn naam te noemen.' Hij bleef haar streng aankijken. 'U stond toch niet toevallig op de uitkijk in de Ruyschstraat en kreeg koude voeten, waarna u besloot om toch maar met de politie te gaan praten?'

'Wie denk je dat zichzelf helemaal vrijwillig bij jullie heeft gemeld, lul!' riep Kim schel en trok Anouk aan de hand met zich mee naar de deur. 'Ik ga geen foto's meer bekijken, ik doe niets meer! Stik er maar in.'

Kwaad smeet ze de deur achter zich dicht.

'Zie je dat ik gelijk heb,' zei De Vries belerend. 'Ze was van het begin af aan niet van plan om mee te werken en greep de eerste de beste gelegenheid aan om 'm te smeren. De weigering van dat mens om foto's te kijken, maakt wel duidelijk dat er iets niet in de haak is.'

Hakim Ayoub keek van opzij naar zijn stagebegeleider. Het eerdere gesprek met Kim de Winter had bij de jonge rechercheur een heel andere indruk achtergelaten. Natuurlijk, hij zou niet dwars tegen zijn leermeester ingaan. Een al te kritische opmerking werd niet op prijs gesteld, zo had hij de afgelopen maanden gemerkt, en dus zweeg hij. Die vrouw had helemaal niets met harde Marokkaanse criminelen te maken, maar Klaas had wel gelijk dat er iets niet goed zat. Het kind, ze wilde met geen woord over haar kind praten.

'Ik vertrouw dat wijf niet en die hotemetoten van het hoofdbureau kunnen de pleuris krijgen,' besloot Klaas zijn litanie.

'Laat mij het over een paar dagen anders nog eens proberen,' opperde Hakim. 'Stel dat we er een bende mee achterover zouden kunnen trekken...'

Klaas de Vries haalde zijn schouders op. 'Je doet maar wat je niet laten kunt. Zolang het de rest van het werk niet hindert.'

Kim fietste zo hard ze kon langs het Oosterpark naar de Blasius-straat. Eigenlijk moest ze nog boodschappen doen, maar ze was zo kwaad dat ze daar nu geen zin in had. Door haar haast zag Kim Mohammed niet, die zo'n honderd meter achter haar fietste. Hij had zijn capuchon weer over zijn hoofd, alsof hij het koud had. Op de hoek bij haar huis hield hij het voor gezien, hij wist genoeg. Dit kon maar één ding betekenen: vandaag of morgen zou hij opge-pakt worden. Hij zou zijn kop wel houden, dat was het probleem niet. Maar als de politie op de een of andere manier de namen van de anderen zou achterhalen, zouden zij hém hun arrestaties aan-rekenen. Hij moest eens goed nadenken hoe hij dat adequaat zou oplossen.

8

Ze zaten aan de warme maaltijd, zijn jongere broer en zus luisterden ademloos naar Niels' avonturen in de metro. Zijn ouders waren minder enthousiast; iedere keer als hij ongeschonden thuis in Amersfoort kwam, waren ze opgelucht. Zijn moeder deed een schietgebedje als hij weer naar Amsterdam terugging. Ze zou het nooit zeggen, maar stilletjes hoopte ze dat hij snel zou solliciteren in Amersfoort en Amsterdam de rug toe zou keren.

'En zit die Mohammed in de cel?' wilde zijn zusje weten.

'Hoe gaat het met die oude dame in het ziekenhuis?' vroeg zijn moeder. 'Dat lijkt me een stuk belangrijker.'

Met zorg prikte Niels een paar stukjes worst aan zijn vork. Onderwijl vertelde hij dat het niet zo best met haar was, ze huilde alleen maar en had ontzettend veel pijn.

Hoofdschuddend zat zijn moeder naar hem te kijken, ze verbaasde zich over het gemak waarmee hij met al die ellende omging. Zo op het eerste gezicht deed het hem weinig. Haar zoon was veranderd.

'Zit-ie in de gevangenis?' hield zijn zusje aan.

'Zelfs toen hij in de boeien zat bleef hij schelden en spugen,' antwoordde Niels.

Dit was de rauwe werkelijkheid, realiseerde zijn moeder zich. Je las erover in de kranten, de politiek sprak er schande van, maar het was haar zoon die met zijn collega's de boel moest opruimen.

Niels' vader werkte bij de Sociale Dienst in Amersfoort, waar zich regelmatig soortgelijke agressie voordeed. 'Als je één klap teruggeeft, heb je een klacht aan je broek,' sprak deze belerend.

'Maar zit-ie nou...' schreeuwde Niels' zusje over de eettafel.

'Nee,' zei Niels. 'Natuurlijk niet. De volgende ochtend liep-ie alweer op straat.'

'Justitie is net gatenkaas,' reageerde zijn vader chagrijnig. 'De boeven lopen buiten en de gewone mensen moeten zich opsluiten in hun huizen.'

Niels woonde nog steeds op kamers in Amsterdam-Oost. Zijn moeder hoopte dat hij snel een leuk meisje zou tegenkomen. Voor zover ze uit zijn verhalen kon opmaken, ging hij veel uit. Maar over meisjes repte hij met geen woord, alleen over feesten en de vakanties met zijn makkers. Ze gunde hem zijn wilde jaren, als het maar niet te lang zou duren. Hij was een goede partij. Ze was trots op hem.

Het hele gezin zwaaide hem na het eten uit, hij moest de volgende dag vroeg op voor de ochtenddienst.

Tegen drie uur 's middags fietsten ze vanuit het bureau het Oosterpark door, langs de alcoholverslaafden van wie sommige een flesje bier in de hand hadden. Dat was weliswaar verboden maar nu negeerden ze de groep. Ze hadden genoeg te doen in de Van Swindenstraat. Toen ze van de fiets stapten, zag Niels hoe Gertjan direct door mensen werd aangesproken. Er werden handen geschud en vriendelijk gelachen alsof de koning in hoogst eigen persoon langskwam. Dat er veelzeggende blikken werden gewisseld toen de omstanders zagen waar de buurtregisseur aanbelde, ontging de jonge agent.

Niet veel later zaten ze op een sjofel bankstel in een kamer waarvan de gordijnen gesloten waren. Niels ving nog net een glimp op van twee vrouwen, waarschijnlijk moeder en dochter, die zich terugtrokken in de keuken.

Vader Benhali zag er oud en vermoeid uit in zijn onopvallende donkere kostuum. Gertjan wist dat de man zijn nette pak had aangetrokken vanwege het bezoek van de politie. Naast hem zat Samir, zijn oudste zoon.

De deur ging open en de oude vrouw kwam binnen met een theepot en een schaaltje koekjes. Ze zette het schaaltje op tafel, schonk thee voor de mannen in en trok zich daarna weer terug. Waarschijnlijk was de oudste zoon opgetrommeld om zijn vader te ondersteunen.

Vader Benhali maakte een uitnodigend gebaar naar de schaal met koekjes. Niels tastte onmiddellijk toe, hij was gek op zoetigheid. Onderwijl luisterde hij hoe Gertjan naar het welzijn van de familie vroeg. Vader Benhali knikte ten teken dat het hun goed ging.

'Ik heb veel over je gehoord,' zei de buurtregisseur tegen Samir.

'Alleen maar positieve dingen, mag ik hopen?' antwoordde deze lachend.

'Uitsluitend,' beaamde Van Zalingen. 'Getrouwd? Kinderen?'

'Alles. Vrouw, zoon, dochter.'

'Had jij niet ook een eigen bedrijf inmiddels?'

Samir nam een stuk koek en ging er eens goed voor zitten. 'JimJob,' vertelde hij, 'is mijn uitzendbureau. Helemaal zelf opgebouwd uit het niets.'

'Op de Javastraat?' vroeg Gertjan.

Samir knikte en Niels zag hoe zijn vader trots naar zijn zoon keek.

'Midden in Klein-Istanboel,' ging Samir verder. 'En binnenkort open ik een tweede filiaal.'

'Dus er is werk,' constateerde Niels.

'Ik heb werk voor iedereen die echt wil werken. Maar mensen die niet serieus overkomen, schrijf ik niet eens in. Dat is de kracht van het concept.'

Gertjan bestudeerde Samirs gezicht terwijl die sprak. 'Is Mohammed ook thuis?' vroeg hij toen aan vader Benhali.

De man verstarde. Toen schudde hij zijn hoofd. 'Mohammed woont hier niet meer.'

Samir wilde het gesprek weer overnemen, maar Van Zalingen legde hem met een handgebaar het zwijgen op. 'Laat je vader maar vrijuit spreken,' zei de buurtregisseur. 'Ik zal hem er nooit om minachten.'

De oude man rechtte zijn rug en schraapte zijn keel. Het ging hem zichtbaar moeilijk af, maar hij hield zich groot.

'Mohammed is niet meer welkom in mijn huis,' sprak hij met schorre stem.

Dit ging niet over een ruzie met een onwillige zoon, besefte Van Zalingen. Dit ging veel dieper. Benhali's trots was gekrenkt, zijn eer aangetast. Toch had de buurtregisseur de afgelopen tijd ook op straat niets gehoord over problemen in het gezin die zo hoog opliepen. De oude man had zijn zoon de deur gewezen, dus was hij het gezag over de jongen volledig kwijtgeraakt. Hij schaamde zich natuurlijk voor zijn familie, voor de buurt.

'Maar weet u waar Mohammed woont en slaapt?'

Van Zalingen kreeg geen antwoord, Benhali schudde alleen zijn hoofd. De agent wendde zich tot Samir.

'Spreek jij je broer nog wel?'

'Nee,' zei de ander. 'Ik weet ook niet waar hij zit. Maar waarom zoeken jullie hem?'

Niels keek de jonge man met een schuin oog aan. 'Waarom is hij het huis uit gegooid?' was zijn wedervraag.

'Geen respect voor mijn ouders, verkeerde vrienden.'

'En jij hebt hem ook maar niet ingeschreven bij je uitzendbureau, denk ik?'

Samir schudde zijn hoofd. 'Geen motivatie, meneer. En dan mag hij honderd keer mijn broer zijn...' Hij zweeg even. 'Wat wilt u van hem?'

'Eerst maar eens antwoord op wat vragen die we hebben over een overval op een snackbar en een beroving van een oude mevrouw op straat,' antwoordde Niels. Samirs ontboezeming verdiende een even oprecht antwoord.

'Als hij daarbij betrokken is,' reageerde de oude man, 'moet hij zo snel mogelijk naar de gevangenis.' Hij stond op en riep iets in de richting van de keuken, waarna zijn vrouw en dochter tevoorschijn kwamen.

Niels schatte het meisje een jaar of achttien. Ze sloeg onmiddellijk haar ogen neer toen hij naar haar keek. Zijn mobiele telefoon ging en hij zag op het scherm dat het zijn bureau was. 'Verontschuldig me even,' zei hij tegen de anderen, stond op en liep met de telefoon naar de gang.

Hij sprak kort met Floor van Raalte, zijn wijkteamchef, die wilde weten wanneer hij terugkwam en daarna maakte hij van de gelegenheid gebruik om het toilet op te zoeken. Hij stapte net weer de gang op toen hij het meisje uit de keuken zag komen. Onder haar hoofddoek zag hij een ovaal gezichtje, haar donkere ogen staarden hem bijna brutaal aan.

'En u weet ook niet waar uw broer...' begon hij, maar ze legde haar vinger op haar lippen om hem te beduiden dat hij zacht moest praten.

'Ik weet het echt niet,' antwoordde ze toen. 'Mijn vader en broer spreken de waarheid. Ook ik heb hem de laatste tijd niet meer gezien.' Ze liep naar de keuken.

'Maar hij gaat wel met verkeerde jongens om,' ging ze verder terwijl ze over haar schouder keek, kennelijk om te zien of Niels haar wel volgde.

'En wie...?'

'Ik ken hun namen niet.'

Niels staarde naar haar kaarsrechte schouders.

'Ze waren altijd met z'n vieren, Mo en zijn vrienden. Heel af en toe met vijf. En twee van die jongens leken heel erg op elkaar. Dat was vast een tweeling.'

'Een tweeling?'

Ze draaide zich om en leunde met haar armen over elkaar tegen het aanrechtblad. Niels deed een stap naar haar toe en rook een zachte geur van parfum.

'Die ene van die tweeling, die waar Mohammed zo vaak mee liep, ik ben bang van die jongen.'

'Waar kennen ze elkaar van? Van de straat?'

Ze haalde haar schouders op. 'Of van school,' opperde ze. 'Mohammed heeft op een andere school gezeten dan ik.'

'Maar de laatste tijd...' probeerde Niels.

Ze schudde haar hoofd, er klonken stemmen. Snel greep hij in zijn binnenzak en stak haar daarna een visitekaartje toe. Hij prees zich gelukkig dat hij ze afgelopen zomer in Marbella uit een automaat had laten rollen. Elk meisje kon hem bellen, want zijn mobiele nummer stond erop.

'Bel me als je iets weet. Hij moet niet nog verder in de problemen komen. Goed?'

Ze stopte het kaartje haastig in haar mouw en knikte.

Op het moment dat hij de gang in stapte en uitvoerig zijn gsm wegborg, ging de kamerdeur open en stond Gertjan van Zalingen in de deuropening. Niels keek op, maar van het meisje was geen spoor meer te bekennen. Hij vroeg zich af waar ze zo snel gebleven kon zijn. Er was nog een deur in de keuken, ongetwijfeld naar een slaapkamer. Samir volgde de buurtregisseur op de voet, nieuwsgierig langs Niels de keuken in kijkend.

'Als u iets hoort, laat het me dan weten,' zei Gertjan, maar de oude man schudde zijn hoofd.

'Mohammed is weg,' zei hij. 'En hij komt niet meer terug.'

Samir gaf Van Zalingen echter een knipoog ten teken dat hij de boodschap begrepen had en zo namen ze afscheid.

'Doe dat nooit meer,' zei Van Zalingen toen ze weer op de fiets zaten.

'Wat?' vroeg Niels.

'Doe niet zo onnozel, man!' grijnsde de ander. 'Mijn goede naam als vertrouwenspersoon gaat eraan als jij tijdens een bezoek de knappe dochter des huizes loopt te versieren in het bijzijn van zowel de vader als de oudste broer.'

'Puur zakelijk, man!' antwoordde Niels quasi-beledigd. 'Ik heb haar gewoon gehoord. Als getuige.'

'Ik heb eerder het idee dat ik binnenkort getuige ben,' zei Van Zalingen en lachte hard. 'Wist ze dan iets te vertellen? Ik hoop het wel, want jij wist geen woord uit te brengen bij die deur.'

'Ze wist niets, maar als ze iets hoort, belt ze me.'

'Als ze niets hoort, bel jij haar,' vulde Gertjan spottend aan en wist nog net al slingerend een uithaal van Niels te ontwijken.

Ze fietsten langs plekken waar groepjes jongelui regelmatig samenklitten. Op het Beukenplein trof Van Zalingen het voor hem inmiddels overbekende groepje Marokkaanse jongens aan. Mohammed was er uiteraard niet bij. Op het Iepenplein, waar ze even later langsreden, zat de vaste groep Surinamers. Om hen heen lagen bierblikken op de grond en Gertjan stopte even. Zonder een woord wees hij op het afval, net zo lang tot twee mannen overeind kwamen, de blikjes in de afvalbak wierpen en met een nors gezicht naar hun plek terugliepen. Ze wisten dat Van Zalingen ze anders met een bekeuring op zou zadelen. Het hoorde bij het spel van alledag.

Het was druk in de kleine ruimte van het wijkteam toen ze binnenkwamen en de briefing was al bijna afgelopen. Alle agenten hadden zich verzameld voor de bijeenkomst, die vaak niet langer dan een kwartier duurde. Wijkteamchef Floor van Raalte zag tevreden hoe Niels en Gertjan binnenkwamen.

'In beslag genomen fietsen?' vroeg ze en keek de kamer rond.

Bram van Arkel stak zijn vinger op. 'Hoeveel wilt u er hebben, mevrouw?'

Er ging gelach op. Floor schudde haar hoofd.

'Ik vraag dat, omdat het op de binnenplaats een bende is.'

'Waar ik al een paar maanden een verloren strijd tegen voer. Mag het eindelijk eens door iemand anders gedaan worden?' verzuchtte de kleine agent. 'Iedereen lazert zijn gevonden fiets maar neer en ik mag het uitzoeken.'

Er klonk verontwaardigd geroep dat Van Arkel op deed staan.

'Misschien dat de collega's het een dagje over willen nemen? Of zal ik eens een weekje met mijn hernia thuisblijven? Dan weten jullie ook eens wat het betekent om die shitfietsen naast mijn eigenlijke werk te moeten doen.'

'Vandaag, uiterlijk morgen is de boel opgeruimd,' zei Floor zonder ook maar een beetje onder de indruk te zijn. Toen keek ze met een veelzeggend gezicht de groep rond. 'Daarna zal ik erover nadenken wie ik als volgende vrijwilliger aanwijs.' Ze stak haar neus

9

Kim slaakte een zucht van verlichting. Ze keek op haar horloge. Over tien minuten zat de laatste les er voor vandaag weer op. Onopvallend begon ze haar spullen in haar tas te doen, zodat ze bij de bel meteen weg kon spurten naar de metro. Het idee dat Anouk alleen bij de crèche op haar stond te wachten, vloog haar aan. Ze was altijd op tijd geweest, maar het moest niet tegenzitten. Gisteren was een leraar zo enthousiast aan het lesgeven, dat hij de tijd vergat en nog even doorging. Op hete kolen had ze geroepen dat ze naar het toilet moest, en met tas en al was ze de klas uit gerend, linea recta naar de metro.

Af en toe snakte ze naar het eind van het schooljaar. Ze zat nu drie jaar op de pabo aan de Wenckenbachweg. Tot nu toe ging alles goed, maar de laatste weken had ze moeite om zich te concentreren. Ze moest oppassen dat ze nu geen fouten maakte; ze moest hoe dan ook dat diploma halen.

Ze keek vanuit de klas naar buiten en bedacht hoe het over een paar maanden zou zijn. Dan zou ze van maandag tot en met vrijdag voor de klas staan. Ze had zich al georiënteerd op de basisscholen in Amsterdam-Oost en hoopte op een daarvan aan de slag te kunnen gaan. Ze droomde van een eigen klas vol kinderen. Anouk werd binnenkort vier, die kon dan met haar mee naar dezelfde school. Niet in dezelfde klas natuurlijk, maar ze konden wel samen overblijven op school.

Een paar minuten later holde ze als een van de eersten het gebouw uit, haar tas over haar schouder.

Na schooltijd nog een tijdje met andere leerlingen in de koffiebar kletsen was niet aan haar besteed. Los van het feit dat ze Anouk moest ophalen, was ze ouder dan de meeste leerlingen omdat ze pas later met haar opleiding was begonnen. Eigenlijk zou ze direct na de havo aan deze opleiding zijn begonnen, maar er was iets anders op haar pad gekomen, met als gevolg haar prachtige dochter. Even, heel even had ze een abortus overwogen. Wat was ze achteraf blij dat ze het niet gedaan had. Dat haar leven door Anouk totaal veranderd was, was de prijs die ze betaalde voor haar vergissing, vier jaar geleden. Zonder haar ouders had ze het waarschijnlijk niet gered. Ze hadden haar ook financieel gesteund, waardoor zij in staat was geweest deze opleiding toch te volgen. Het idee dat ze binnenkort voor de klas stond en zichzelf kon bedruipen vervulde haar met trots.

Het was druk op het perron. Ze keek in de richting van de Bijlmer en zag de metro in de verte aan komen rijden. Even later was het dringen om erin te komen. Midden in de wagon vond ze nog net een vrije zitplaats en plofte neer.

Rondom haar verdrongen zich andere reizigers, opeengepakt als haringen in een ton. Kim liet haar blik over hun schoenen glijden, keek toen omhoog.

Ze verstarde, zo'n tien meter bij haar vandaan zag ze een jongen met een grijze capuchon over zijn hoofd. Hij stond met zijn rug naar haar toe. De schrik van de herkenning sloeg haar om het hart, het moest Mohammed wel zijn.

Meteen keek ze weer naar de punten van haar laarzen. Wegrennen was onmogelijk, de deuren waren inmiddels gesloten, de metro stond op het punt te vertrekken. Ze keek om zich heen en besefte dat ze geen kant op kon.

Ze overwoog om te gaan gillen; ze kon natuurlijk keihard schreeuwen dat daar in het gangpad een overvaller stond. Maar stel je voor dat de jongen met de capuchon zich zou omdraaien en het Mohammed niet bleek te zijn. Maar hij is het wel, bonkte het door haar hoofd. Hij volgt me iedere dag, nu weet hij ook al waar ik op school zit.

Nadat ze een tijdje naar beneden had zitten kijken, richtte ze haar hoofd voorzichtig op. Hij stond er nog steeds. Maar hij had zich niet bewogen, keek niet achterom.

Kims hart bonkte in haar keel, ze kon bijna geen adem meer halen. Naast haar zat een wat oudere man een krant te lezen. Nerveus schoof ze dichter naar hem toe alsof ze mee wilde lezen en stootte hem aan. De man keek haar met opgetrokken wenkbrauwen aan en Kim richtte haar blik weer naar beneden tot ze hoorde omroepen dat de trein het Amstelstation had bereikt. Daar stapten veel mensen uit, waarna de opengevallen ruimtes onmiddellijk weer werden opgevuld door nieuwe passagiers.

Toen de metro weer optrok, was de man met de capuchon verdwenen. Voorzichtig draaide ze zich om. Hij kon omgelopen zijn en nu achter haar staan. Toen ze nog steeds geen onraad bespeurde, kwam ze overeind om de hele wagon te bekijken. Niets. Opgelucht plofte ze terug op haar zitplaats.

'Is er iets?' vroeg de man naast haar.

'Nee... nee hoor... ik dacht...' Ze rechtte haar rug. 'Helemaal niets,' zei ze toen.

De man haalde zijn schouders op en verdiepte zich weer in zijn krant. Ze had zich vergist, stelde Kim met grote opluchting vast.

'Het volgende station is Wibautstraat,' klonk het monotoon uit de luidspreker.

Kim stond op, de man hield gedienstig zijn krant naar achteren, zodat ze kon passeren. Daarna wrong ze zich tussen de mensen door naar de deur.

'We hebben allemaal haast hoor,' zei een grote Surinaamse man die pal voor haar stond.

'Maar niet zoveel als ik,' bracht ze voorzichtig uit. 'Mijn dochtertje...'

Kennelijk raakte ze een gevoelige snaar, want de man ging met een vriendelijk handgebaar opzij om haar voor te laten. Ze moest en zou als eerste de metro uit. De capuchon had ze niet meer gezien, maar voor hetzelfde geld zat hij in een van de wagons achter haar.

Toen de trein stopte en de deuren eindelijk openschoven, spurtte

Kim zonder om te kijken naar de uitgang. Met drie treden tegelijk nam ze de trap naar boven. Ze durfde niet achterom te kijken, maar het leek of er tientallen spelden in haar rug prikten. Zonder uit te kijken rende ze tussen toeterende auto's door naar de overkant van de Wibautstraat.

Er werd gescholden en met de vinger naar het voorhoofd gewezen, maar Kim de Winter had het allemaal niet in de gaten. Pas aan de overkant keek ze achterom. Geen capuchon te zien, niemand volgde haar.

In de crèche was het de gebruikelijke drukte, veel moeders en een enkele vader kwamen rond deze tijd hun kroost ophalen.

Kim liep gehaast een gang in. Door een raam zag ze Anouk achter een tafeltje zitten, met het puntje van haar tong uit haar mond, serieus aan de slag met papier en lijm. Ze slaakte een zucht van verlichting. Ze had zich druk gemaakt om niets.

'Hoi Kim!' riep een andere moeder door de gang naar haar. 'Hoe is het met je studie?'

'Goed,' antwoordde ze kortaf. 'Maar ik heb ontzettende haast. Sorry.'

De ander keek haar bevreemd aan.

In de hal zocht ze haar buggy, waarna ze met Anouk aan de hand naar buiten liep.

'Ik wil lopen mam, niet in de buggy,' zeurde Anouk.

'Lieverd, mama heeft haast, we gaan snel naar huis,' zei ze dwingend.

Met tegenzin ging Anouk in de buggy zitten. Onderweg keek Kim voortdurend om zich heen, maar alles leek normaal. Opgelucht stak ze tien minuten later de sleutel in het slot en opende de voordeur. Toen maakte ze Anouk los en tilde het meisje uit de buggy. Op dat moment zag ze de schaduw over zich heen komen. Ze richtte zich op om de deur dicht te gooien, maar het was al te laat.

Hij duwde haar het halletje in en deed de deur achter zich dicht. Kim deinsde achteruit, terwijl ze Anouk tegen zich aan drukte. Ze kon geen woord uitbrengen, haar keel leek wel dichtgesnoerd.

Met grote ogen keek ze Mohammed aan. Hij deed zijn capuchon af.

Hij zag er vermoeid uit. Een beginnende baard bedekte een deel van zijn gezicht. Misschien liet hij zijn baard staan om te voorkomen dat hij herkend zou worden. Hij bewoog zich niet, kwam niet op haar af.

'Wat moet je van me?' vroeg ze bang. Ze probeerde het trillen in haar stem onder controle te krijgen. Voorzichtig deed ze een stap achteruit. Hij leunde tegen de gesloten voordeur en staarde haar aan.

Kim wist niet wat ze moest doen. Met Anouk de trap op was gevaarlijk. Naar boven vluchten betekende dat hij achter haar aan zou komen en ze wilde hem niet boven in haar huis hebben, dan was ze verloren. Het was stil op de trap, er was niets te horen.

'Als je niet onmiddellijk weggaat, ga ik schreeuwen.'

Hij haalde zijn schouders op. 'Ga je gang.'

'Of ik ga de politie bellen.'

'Omdat ik je bedreig of zoiets?'

Ze graaide naar het mobieltje in haar tas.

Razendsnel greep hij haar pols beet en boog zich naar haar toe. Zijn gezicht was vlak bij het hare. 'Stomme bitch, je had nooit met de politie moeten praten.'

Zijn adem stonk. Ze draaide haar hoofd weg en probeerde zich los te wringen. Hij was sterk, het kostte hem geen enkele moeite Kim vast te houden. Toen kneep hij zo hard in haar pols dat ze het telefoontje op de grond liet vallen. Ze hijgde, loskomen lukte niet.

Ze had Anouk nog steeds op haar andere arm, waardoor ze geen kant meer op kon.

Hij duwde haar achteruit, tegen de muur. Mohammed keek langs haar heen naar het kind. Als hij scherp keek zag hij Samir. Wel met zijn broer, waarom dan niet met hem? Hij liet haar los en deed een stap achteruit.

'We gaan naar boven, loop voor me uit.'

Ze bleef staan, bewoog zich niet. Maar ze moest naar boven,

besloot hij. Er kon elk moment iemand opduiken. De gedachte om zijn pistool uit zijn broeksband te trekken, liet hij varen. Samir had haar ook zonder geweld gekregen. Het moment zou komen dat hij zijn oudste broer kon vertellen dat hij ook met haar naar bed was geweest, het ultieme gevoel van overwinning.

'Ik ben de enige die jullie kan beschermen, dus doe nou maar wat ik zeg.'

Verbaasd staarde ze hem aan.

'Waar heb je het over?'

'Die andere jongens weten dat je geluld hebt. Die willen je afmaken, ik niet.' Mohammed keek haar strak aan. 'Begrijp je het? Ze weten waar je woont.'

Ze knikte stom. Langzaam begon het haar te dagen dat de jongen tegenover haar niet de vijand was.

'Heb je foto's gekeken? Heb je me aangewezen?'

Kim schudde haar hoofd. Ze zakte met Anouk omlaag langs de muur van het halletje.

Boven hoorden ze een deur opengaan.

'Is er wat?' riep een vrouw naar beneden.

Ze wilde antwoorden en keek omhoog toen ze de voordeur dicht hoorde vallen. Mohammed was verdwenen.

'Niets, tante Elly!' riep ze.

Met Anouk op schoot bleef ze nog een tijdje op de grond zitten.

10

Anne Kramer zocht een vrije plek in de Koppenzaal op het hoofdbureau.

Op een van de muren waren stenen borstbeelden van alle hoofdcommissarissen van de afgelopen eeuw aangebracht. Ook Eerenberg zou op die muur vereeuwigd worden als hij met pensioen ging. Allemaal oude mannen, geen enkele vrouw. Ze moest er niet aan denken om daar ooit zelf te eindigen. Die functie had weinig of niets meer met het echte politiewerk te maken. Een hoofdcommissaris was eerder iemand die zich staande moest houden in de politiek en de media. Alles wat er verkeerd ging werd publiekelijk op hem afgewenteld en Anne volgde dan ook met enig medelijden de verrichtingen van Eerenberg. Wat moest die man zich soms eenzaam voelen. Leidinggeven aan zesduizend agenten die dagelijks duizenden contacten met burgers hadden. Bij iedere misser moest de hoofdcommissaris zich verantwoorden. Amsterdam had graag een kop van Jut.

Haar gedachten gingen terug naar de overvallen en het geweld van de laatste tijd. Hoe hou je die gasten tegen? Je moet ze geen kans geven, je moet ze het leven zo moeilijk mogelijk maken. Ieder moment dat ze zich op straat vertonen, zou je ze eigenlijk moeten controleren. Permanente controles organiseren in risicogebieden, waardoor die criminele rotzakken geen rust kregen om hun daden voor te bereiden. Amsterdam moest onveilig worden voor criminelen, niet voor hun slachtoffers. Een mooie slogan voor een campagne, schoot het door haar hoofd.

'Zo mooie buurvrouw, een cent voor je gedachten,' zei Adriaan Walman, de commissaris van Amsterdam-Oost, die naast haar was gaan zitten.

Ze kende Adriaan langer dan vandaag, met zijn grote mond en heel kleine hartje. Dat zat overigens in een heel groot lijf, stelde ze iedere keer weer verbluft vast. Als er gevochten werd stond Adriaan dan ook vooraan en ging voor in de strijd.

'Kijk nou eens goed naar al die ouwe mannen,' zei ze zacht.

'Ja, wij heersen al eeuwen,' reageerde hij direct. 'En dat blijft voorlopig ook wel zo, want jij schijnt geen ambities te hebben.'

Anne negeerde de opmerking. Adriaans trucjes kende ze maar al te goed. Ze zou zich niet door hem tot een uitspraak laten verleiden, niet eens tot een voorspelling van de weersverwachting. 'Erg toch, dat de minister geen blanke mannen meer wil?' sneerde ze in plaats daarvan.

'Jammer dat jij geen zwarte lesbienne met een geleidehond bent,' kaatste Adriaan terug. 'Blanke meisjes die al te populaire dingen op de televisie zeggen zijn ook niet gewild op het ministerie.' Hij begon moeizaam zijn uniformjasje uit te trekken. 'Weet jij waarom Eerenberg ons bij elkaar geroepen heeft? Want het is niet zo dat ik overal maar tijd voor heb, momenteel.'

'Gut,' zei Anne spottend, 'is er dan toch echt iets wat jij niet weet?'

Hij keek haar quasinijdig aan. 'Trut,' fluisterde hij met een knipoog in haar richting.

Anne trok een uitgestreken gezicht.

Ze keek de tafel rond naar het selecte gezelschap. Alleen de vijf districtschefs waren uitgenodigd en Anne als chef van de Centrale Recherche.

'Dag mevrouw Kramer, wilt u een kopje koffie?'

Voor haar stond bode Jan, zijn onafscheidelijke koffiekan in de hand. Anne moest altijd glimlachen als ze hem zag: keurig in zijn wat stijf aandoende rokkostuum moest hij de kopjes volschenken, en het was een wonder dat het iedere keer weer goed ging. Zijn leven lang had de oude bode op het platteland groenten verbouwd en koeien gemolken om zijn laatste jaren in een billentikker te slijten.

'Graag, boer Jan.' Zo noemde ze hem altijd en hij beschouwde het als een geuzennaam. Ze hield hem haar lege kopje voor. Gefascineerd keek ze toe hoe hij met die grote eeltige handen de fijne porseleinen kopjes oppakte. Hij moest zich zichtbaar concentreren, anders werd het een voetbad.

'Ik heb u gemist,' zei de bode vriendelijk. 'Was u een tijdje weg?'

'Een weekje maar, hoor,' antwoordde ze. 'Bulgarije, Roemenië.'

Dat ze Jan ooit nog van zijn u en mevrouw af zou brengen had Anne allang opgegeven. Dat lukte niet, hij sprak alle chefs zo aan.

'Hoe is het met de paling, Jan?' vroeg ze met zachte stem.

Hij keek even schichtig om zich heen en boog zich toen naar haar toe. 'Ik had weer een paar van die flinke,' fluisterde hij. Hij zette de kan op tafel en met zijn ruwe handen gaf hij de lengte van de paling aan.

'Bode van de hoofdcommissaris gearresteerd voor illegale palingvangst,' citeerde Anne schertsend haar zelfbedachte krantenkop.

'Mevrouw, die koddebeiers van Zunderdorp ben ik al jaren allemaal te slim af. Ik hoef me geen zorgen te maken, hoor.'

De deur ging open. Het geroezemoes hield op. Eerenberg kwam binnen en ging aan het hoofd van de tafel zitten. Achter hem liep zijn secretaresse, Cok, met een schrijfblok in de hand. Ze keek rond, zag Anne en knikte even naar haar. Een paar mannen plantten hun ellebogen op tafel, anderen leunden naar achteren, ieder zocht de ideale houding. Deze mannen waren door de wol geverfd, wachtten rustig af wat er komen zou.

De bode ging onverstoorbaar door met schenken. Pas toen iedereen koffie had, verliet hij de kamer.

Eerenberg keek een moment de kring rond. 'Mevrouw, mijne heren, goedemiddag. Ik heb een beetje haast. De minister wil dat ik direct naar haar toe kom om te praten over de benoeming van politiechefs. Een lastig onderwerp, al ontgaat het spoedeisende karakter mij een beetje.' Adriaan Walman gniffelde en Anne gaf hem onder de tafel een schop. 'Ik huldig het standpunt dat je niets hebt aan mensen, man of vrouw, blank of zwart, homo of hetero, bloemkool of prei, als ze zo'n zware job niet aankunnen. Dat is de achterdeur uit. Maar ministers denken daar kennelijk heel anders over.'

Hij keek vluchtig op zijn horloge. 'Ik heb dus maar een half uurtje voor veel belangrijker zaken en dat vind ik ergerlijk. Maar de minister laat je nu eenmaal niet wachten.'

Anne voelde de grimmige stemming in de zaal. De vijf commissarissen hier konden de volgende stap in hun carrière wel vergeten, al waren ze nog zo geschikt.

Anne zag Adriaan rood aanlopen. Hou je mond, dacht ze nog, maar het was al te laat.

'Dat mens is echt niet goed bij haar hoofd,' riep Walman woedend.

Eerenberg wierp hem een boze blik toe. Van een man als Walman mocht hij verwachten dat die ook met nederlagen om kon gaan. Hij zou diens opmerking niet vergeten.

'Volgende week hoort u van mij wat ik met de minister heb besproken,' zei Eerenberg. 'Nu eerst de overvallen. Want die rijzen de pan uit.'

Daarover ging het dus, dacht Anne, en ze keek verveeld. Voor de andere commissarissen aan tafel leek het ook geen belangrijk onderwerp. Anne zag ze kijken, je kon aan hun gezichten zien dat ze de pest in hadden om hiervoor op te moeten draven.

Eerenberg zei met een dwingende stem: 'We staan volkomen voor gek in de media. De ene na de andere overval op kleine winkeliers, restaurantjes, mensen op straat. Dat moet afgelopen zijn, ik wil dat er extra maatregelen genomen worden om aan deze toestand een eind te maken.'

Het bleef doodstil in de vergaderkamer, iedereen hield zijn mond. Iets vinden was één ding, er iets effectiefs op verzinnen was iets heel anders.

'Anne, ik benoem je tot coördinator voor de aanpak van de overvallen.' Eerenberg keek haar over tafel scherp aan.

Ze schrok op. 'Ik?' wist ze uit te brengen. Dit was wel het laatste wat ze verwacht had, haar rechercheurs waren er voor de grote georganiseerde misdaad. 'Mag ik erop wijzen dat wij ook de vrouwenhandel momenteel al...'

'Dat weet ik, maar wij hebben maar één Anne Kramer,' zei Eerenberg beslist. 'En dat lijkt me de beste vrouw om de klus te klaren.'

Er werd gegniffeld. Alle aanwezigen keken haar aan.

'Want de heren hebben tot nog toe geen sikkepit aan resultaat behaald,' besloot Eerenberg. 'We zullen eens zien of de minister gelijk heeft.'

Ik ga toch niet voor een of ander politiek spelletje... dacht Anne, maar op dat moment schopte Walman onder de tafel tegen haar been.

'Au!' zei ze luid en keek kwaad opzij. Er ging luid gelach op en ze kleurde tot aan haar kruin. Die zak wierp haar gewoon voor de leeuwen, wist ze, tot spot van al haar collega's.

'Kom hier maar vast op mijn plaats zitten, Anne,' zei Eerenberg met een droog glimlachje. 'Dan kan ik naar Den Haag om aan de minister uit te leggen dat we in Amsterdam al heel ver zijn.'

Had die man dan totaal geen diplomatiek gevoel? Eerenberg stond op en maakte met een handbeweging duidelijk dat ze naar voren moest komen. Ongemakkelijk liep Anne naar zijn stoel. Eerenberg keek nog een keer om en verliet toen de zaal. Anne zou zich wel redden, wist hij. Cok zou hem wel vertellen hoe het was verlopen. Even was het doodstil. Anne stond nog naast de stoel van de hoofdcommissaris.

'De snelste promotie op het westelijk halfrond in de afgelopen twintig jaar,' constateerde Adriaan bijna luchtig.

Plassen, dacht Anne.

'Zullen we vijf minuten pauze nemen?' vroeg ze. 'Ik heb even wat te verwerken hier.' Ze knikte naar de secretaresse. 'Cok?'

'Plassen,' herhaalde Cok. 'Lijkt me zinvol.'

Samen liepen ze de gang op en doken het damestoilet in.

'Laat die kerels maar even met elkaar stoom afblazen, Anne,' zei Cok.

'Wat een zak! Wat doet-ie in vredesnaam?' riep Anne terwijl ze met haar handen water in haar gezicht gooide. 'Hij maakt het me zo toch helemaal onmogelijk bij die jongens?'

'Een beetje onhandig, bedoel je?' Cok schudde haar hoofd. 'In de

Driehoek hebben ze hem eergisteren geschoren. Zowel de burgemeester als Hafkamp willen dat wij overvallen indammen. De middenstand is hels en de burgemeester werd door de gemeenteraad opgejaagd, recht in de armen van meneer Hafkamp en die had nog een appeltje met de baas te schillen, dat weet je.'

'Maar dan had-ie me dat toch wel onder vier ogen kunnen zeggen? In plaats van in de Koppenzaal, verdorie, met al die mannen. Nou, hij wordt bedankt hoor!' Ze rukte een papieren handdoekje uit het apparaat. 'Ik kan geen goed meer doen bij die kerels. Al mijn opgebouwde wisselgeld in één keer in de goot.'

'Hij zou het je hebben verteld als Guusje ter Horst hem niet een half uur geleden had laten optrommelen. En wat hij haar gaat vertellen, is hetzelfde als wat hij hier gezegd heeft. De bestrijding van de grootste plaag van Amsterdam is, zoals hare heiligheid het wil, in handen gelegd van een vrouw. Maar dan wel een vrouw die daar ook de capaciteiten voor heeft en niet een studieboekendoedeltje van de academie. Echt Anne, hij had verschrikkelijk de pest in dat hij weg moest.'

'Ja ja, vast en zeker... Maar hij zadelt míj ermee op.' Ze zuchtte diep. 'Nou,' mompelde ze toen, 'laten we ze dan maar gaan scheren.'

Met lood in haar schoenen liep Anne terug naar de Koppenzaal. De vijf collega's waren in een felle discussie verwikkeld, maar toen ze binnenkwam deden ze er direct het zwijgen toe.

'De baas zelf heeft gesproken,' zei Anne voorzichtig, 'en als dat iemand heeft verrast, dan ben ik dat wel. Ik wist van niks, heb geen idee waarom en heb er al helemaal niet om gevraagd. Er zullen mensen zijn die me graag zullen zien mislukken, om politieke redenen of uit baantjesjagerij.' Ze zweeg een moment. 'Dus laat ik het hele gezeur maar voor wat het is en richt me op wat werkelijk van belang is. Gajes van de straat halen, tuig oppakken. Wie geeft een schets van het probleem?'

Ze moest niet zelf de oplossing proberen te bedenken; die moest vooral bij haar collega's vandaan komen.

Adriaan schraapte zijn keel. 'De meeste overvallen vinden plaats in de buitenwijken, niet in het centrum zoals veel mensen denken. Het gaat om jongens op een scooter, veelal Marokkanen. Geen voorbereiding: ze lopen ergens naar binnen, douwen een winkelier een pistool of een mes onder zijn neus en een paar minuten later zijn ze weer verdwenen.'

'Meestal niet of nauwelijks een signalement,' vulde Jan Mutsaers aan. 'Slechte camerabeelden, gestolen scootertjes, toeslaand in hun eigen wijk. Ze kennen de buurten, weten waar ze zich snel kunnen verbergen.'

'En hun omgeving verraadt ze niet,' merkte commissaris Evert Jan Bestebreurtje op.

'Ideeën?' wilde Anne weten.

'Die scootertjes,' zei Bestebreurtje beslist, 'daar zit voor mij de beste kans om ze uit hun evenwicht te brengen. Elke dag in West en Oost grootscheepse controles op scooters. Alles gaan we controleren: verzekeringen, identiteitsbewijzen, techniek, snelheid, chassisnummers. Tot ze er gek van worden. Ze moeten het gevoel krijgen dat ze permanent bekeken worden. Als we vanuit alle districten mensen leveren en een van ons, ik desnoods, neemt de coördinatie voor zijn rekening, dan maken we ze helemaal gek.'

Anne knikte, maar Adriaan stak zijn hand op.

'Ik ben er helemaal voor,' zei hij. 'En ik doe er ook zeker aan mee. Maar wat gaat jouw recherche doen, Anne?'

'Om te beginnen maak ik een extra team vrij door drie man uit elk ander team daarin onder te brengen. En dan op basis van jullie informatie meer overvallers opsporen.' Ze keek de mannen rond de tafel aan. 'En?'

Er werd geknikt; ze had het pleit beslecht, leek het. Maar alleen een indruk was niet genoeg.

Adriaan Walman stond op. 'Ik was even heel erg pissig,' sprak hij, 'en dat mag je best weten, Anne. Maar dan denk je even na en... Jij kunt er ook niks aan doen dat je ons nu al de baas bent.' Zijn collega's schoten in de lach. 'Ik heb met je te doen, Anne. Maar op mij kun je wel rekenen.'

Terwijl iedereen de kamer uit liep, kwam Bestebreurtje nog even bij haar langs.

'Knap gedaan, Anne.'

Hij knikte haar vriendelijk toe, een veelbetekenende geste, want zulke complimenten waren in de mannencultuur niet gebruikelijk. Anne slaakte een diepe zucht en zakte onderuit op haar stoel. De deur ging open en de bode stak zijn hoofd om de hoek.

'Een broodje kroket voor de dames?' vroeg hij terwijl hij het antwoord al wist.

Hij zette de bordjes voor hen op tafel en flankeerde die met twee glazen melk.

'Mijn lijn,' verzuchtte Anne, maar ze tastte gretig toe.

'Zeur niet, kind,' mompelde Cok en nam een flinke hap van haar broodje. 'Een tram heeft een lijn, een bus heeft een lijn en een vent hou je aan de lijn.' Snel nam ze een slok uit haar glas. 'Hoe gaat het thuis?'

'Goed,' mompelde Anne, maar haar gezicht sprak boekdelen. 'Waarom vraag je dat?'

'Vanwege Peter van Bree,' zei Cok zonder Anne aan te kijken.

'Gadver,' riep die uit en smeet haar broodje neer. 'Wordt er over me geluld?'

'Na die bijeenkomst van de Driehoek,' vertelde Cok, 'hoorde ik Peter de Bree met Hafkamp praten over Roemenië.' Ze wreef even in haar ooghoek. 'En Hafkamp vroeg zo smoezend of hij, Peter dus, "het wel gezellig genoeg met jou had gehad". En Peter zei dat hij absoluut niet te klagen had gehad over belangstelling van jouw kant.'

Verbluft keek Anne Cok aan.

'Wat?' Een golf van woede raasde door haar heen. 'Zei die hork dat echt?'

Cok knikte. 'Anne, erewoord. Zo waar als ik hier zit. Zo ging het.'

'Zal ik jou eens vertellen hoe het echt was?' vroeg Anne kwaad en de secretaresse knikte gretig. Anne vertelde uitvoerig over Peters onverwachte deelname en wat ze hem had toegesist op het vliegveld. Er was ook niets voorgevallen; hij had het niet eens aangedurfd ook maar iets te proberen.

Hij had die rotzak van een Hafkamp, die mislukte ouderling, kennelijk een lekker verhaaltje op de mouw willen spelden. Waarom, vroeg ze zich nog even af, maar de woede overheerste. Het maakte niet uit waarom.

'Ik wilde alleen maar dat je het wist,' besloot Cok. 'Volgens mij naait-ie je.'

'Omdat hij me niet naaien kán,' zei Anne grimmig.

De rest van het broodje kroket liet ze liggen.

11

'Gas,' schreeuwde Mo tegen Bennie, die zijn uiterste best deed de scooter in bedwang te houden. Hij keek schichtig achterom. De motorrijder van de politie, die hen net in tegengestelde richting gepasseerd was, draaide en kwam met grote snelheid achter hen aan.

Het park in, beduidde Mo met uitgestrekte wijsvinger.

Bennie schudde zijn hoofd, het had geen enkele zin om dit te proberen. Bij een politieauto wilde dat nog weleens lukken, maar ontsnappen aan een motor was haast niet mogelijk. Even later zagen ze een tweede politiemotor vanaf de Middenweg op hen afkomen. Het was alsof ze opnieuw van alle kanten door de politie besprongen werden. De laatste dagen werden ze gek van de politie, als je op een bromfiets of scooter rondreed werd je van straat geplukt en gecontroleerd.

Ze waren onderweg naar de zolderkamer van Mo in de Bankastraat. Daar woonde hij al een tijdje, maar binnenkort moest hij weer verkassen. De renovatie in de straat rukte op, het huis waar hij illegaal zat was bijna aan de beurt.

De vingerwijzing met de gehandschoende hand door een agent kon op geen enkele manier genegeerd worden. Eén motor reed voor hen uit, de andere bleef achter hen. Over de Middenweg reden ze naar de Mauritskade; even later sloegen ze af naar een grote open ruimte naast het Tropenmuseum.

Het was er net een mierennest, politieagenten in gele jassen controleerden alles wat door de motorrijders werd binnengebracht. Ze werden naar een plek geleid waar ze moesten afstappen. Bennie gaf de scooter af aan een agent die ermee naar een rolbank liep. Ze keken om zich heen: dit was bekend terrein.

'Dit is al de vijfde keer, verdomme!' schreeuwde Bennie, terwijl een agent zijn papieren uiterst secuur doorkeek.

'Rustig, jongen,' probeerde de man hem te kalmeren. 'Het is zoals het is. Wen er maar aan.'

'Ik kan niet eens een boodschap doen voor mijn moeder.' Bennie trok een stalen gezicht.

'Misschien moet je je moeder die scooter geven. Zij is zo klaar.' De agent keek hem strak aan, die blaaskaak dacht nog humor te hebben ook.

Mo hield zich op de achtergrond, wilde geen aandacht op zich vestigen. Hij had de afgelopen dagen gezien dat er op meerdere plaatsen in Amsterdam-Oost gecontroleerd werd. Je hoefde hem niet te vertellen waarom de politie dat deed. Even een beroving of overvalletje doen werd op die manier bijna onmogelijk. Wie zijn neus buiten de deur stak, was de klos. Ze hadden bovendien gehoord dat het ook in andere delen van de stad raak was. Het moest heel snel rustig worden, dan ging de politie weer wat anders doen. En dat was belangrijk, want Mo had dringend geld nodig.

De controle duurde lang, alles werd binnenstebuiten gekeerd. De agenten maakten geen haast; het hielp niet dat Bennie bleef zeuren. Integendeel, het leidde ertoe dat alles nog scherper bekeken werd. Mo keek om zich heen. Het ging vooral om scooters, zag hij. Er werd maar een enkele auto door de motoragenten naar het controleterrein gebracht.

Toen zag hij de agent die hem in de metro had aangehouden. Hij draaide zijn gelaat af, maar Niels Overweg had hem al herkend en liep naar hem toe.

'Zo, Mohammed Benhali. Ben je daar weer?'

Mo keek de agent misprijzend aan. Niels deed nog een stap in de richting van de jongen, waardoor die achteruitweek. Het grote gele jack van de agent maakte onwillekeurig indruk op hem.

'Je identiteitsbewijs alsjeblieft, Mohammed,' zei Niels terwijl hij zijn hand uitstak.

'Krijg de klere pannenkoek, je weet toch hoe ik heet, man?' Mo maakte geen aanstalten. De agent had niets tegen hem, dus een beetje verzet zou geen kwaad kunnen, en zo zou hij zeker indruk op Bennie maken.

Niels keek hem strak aan, nog steeds met uitgestrekte hand. Hij gokte erop dat Mo geen identiteitsbewijs bij zich had.

'Je bent hierbij aangehouden,' verzuchtte Niels nonchalant.

'Wat? Waarom, man? Wat heb ik gedaan dan?'

Niels beduidde twee collega's om hem te helpen, en even later stond Mo wijdbeens met zijn handen tegen de dakstijl van een politieauto, terwijl zijn zakken werden leeggehaald. Uit zijn achterzak kwam het identiteitsbewijs tevoorschijn. Terwijl Niels het uitvoerig onderzocht, grijnsde Mo.

'Weet je nu wel weer hoe ik heet? Dan moet je me loslaten, toch?' Hij lachte vals. 'Ja toch?' Het schelden liet hij voorzichtigheidshalve maar achterwege.

Niels pakte Mohammed bij de arm en nam hem mee naar een politiebusje. Even later zaten ze tegenover elkaar. Niels pakte zijn notitieblokje.

'Waar woon je?' begon de agent.

'Thuis.'

'Waar is dat, thuis?'

'Thuis, gewoon thuis.'

Dwars en vervelend, dacht Niels. Waarschijnlijk wist die jongen zelf niet eens waarom hij zich zo gedroeg, maar dat zijn vader hem eruit geflikkerd had, begreep de agent best.

'De Eerste van Swindenstraat?' vroeg Niels achteloos.

Mo schrok. Als een smeris je adres precies wist, betekende dat niet veel goeds. Dan liep je in de kijker.

'Dus je woont bij je ouders?'

De jongen knikte tegen beter weten in. Die klootzakken waren allang bij zijn ouders thuis geweest en die vent tegenover hem was gewoon op zoek naar zijn huidige onderkomen in de Bankastraat. Dat adres zou Mo hem zeker niet geven.

'Ik ben bij je ouders geweest.'

Zie je wel? Mo schokschouderde, maar wist genoeg. Hij moest echt oppassen, ze waren met hem bezig. Maar als dat wijf echt met de politie had gepraat over de Ruyschstraat, zou hij toch allang aangehouden zijn? Er klopte iets niet; durfden ze hem niet op te pakken?

'Je vader heeft je eruit getrapt,' zuchtte Niels, 'dus waar woon je nu?'

'Bij mijn ouders thuis, ga maar zoeken in het bevolkingsregister.' Hij draaide zich zo ver mogelijk om en staarde door de autoruit.

'Je hebt je gewoon nooit uit laten schrijven. Je vader en je broer...'

'Fuck op met m'n broer, man!' Opeens zag Niels felle woede in de ogen van de jongen. 'Als je wat tegen me hebt, sluit je me maar op. Als je niks hebt, ga ik nu naar huis.'

'Naar je ouders,' teemde Overweg.

'Flikker toch op, man.'

Te slim, dacht Niels. Hij kwam nog geen steek verder, maar gevonden had hij het etterbakje in elk geval wel. Met een effen gezicht gaf hij Mohammed zijn ID terug en stuurde hem weg. Buiten stond Bennie te schelden terwijl twee agenten zijn scooter een politiebusje in duwden.

'Uitlaat te groot, opgevoerd, geen deugdelijke verlichting en onverzekerd,' legde een collega aan Niels uit. 'In beslag genomen. Meneer was er maar matig over te spreken en daardoor kreeg hij ook nog een bekeuring wegens het uiten van onvriendelijkheden tegen zijn beste vriend.'

Niels keek zijn collega verbaasd aan. 'Zijn beste vriend?'

'Dat ben ik,' zei de agent. 'De politie is je beste vriend.'

De twee ridders te voet liepen inmiddels scheldend over de stoep langs het Tropenmuseum.

Robbie stuurde die middag zijn rode Volkswagen Golf in de richting van de binnenstad. Omdat scooters nu de aandacht trokken, hadden ze besloten een auto te gebruiken voor de volgende overval. Uit navraag bleek dat de politie vooral in de buitenwijken controleerde; niemand in hun criminele netwerk had iets gemerkt van controles in de binnenstad.

Robbie was opgegroeid in de Jordaan, hij kende die buurt als zijn broekzak. Als je het slim aanpakte, waren er geschikte locaties.

Langzaam reed de auto vanaf het Haarlemmerplein de Haarlemmerdijk op. Bij een kruising wees Robbie naar een zaak op een hoek. De andere drie keken naar de gevel: Coffee Company stond erop.

'Daar wordt door iedereen cash betaald,' zei Robbie. 'Aan het eind van de dag dus.'

Ze reden over de brug naar de Haarlemmerstraat. Na zo'n honderd meter wees Robbie naar links. Ze zagen een winkel met rekken vol kranten voor de deur.

'Ook heel veel cash.'

De anderen knikten. Snel, niet moeilijk. Alleen een goede vluchtweg was lastig. Ze reden met de auto door de zijstraten naar de achterzijden van de twee winkels om de boel goed te verkennen.

Terug op Mo's kamer luisterden ze naar muziek. Robbie was bezig op een spiegeltje een lijntje coke voor te bereiden.

'Bennie en Mussie de tijdschriften, Mo en ik de koffietent,' zei hij intussen. 'Want dat verwachten ze niet. Twee tegelijk in één straat.' Hij lag bij voorbaat onder de tafel van het lachen. 'Met die paar smerissen die nog in de binnenstad zijn, gaan ze eerst een commissie oprichten om te beslissen welke kant ze op zullen gaan.'

'Zonder scooters?' zei Bennie. 'Lastig man. Een auto rijd je makkelijk klem.'

Mussie haalde zijn schouders op.

'Ben je bang of zo?' vroeg Robbie. 'Ik rijd de auto terug naar Oost en jullie gaan met de metro. Ze zullen vier man zoeken, niet een lulletje in een auto.' Hij boog zich over het spiegeltje en snoof de coke door een dun buisje op.

'Als je niet weer met je coke-kop gaat flippen zoals in de Ruyschstraat.'

Het was eruit voordat Mo het in de gaten had. Robbie kwam razendsnel overeind.

'Jij vuile kut-Marokkaan,' schreeuwde hij.

Veel ruimte voor een gevecht was er niet. Robbie dook zonder goed te kijken op Mo af, die net op tijd opzij glipte. Het bed waarop hij had gelegen, schoof weg onder Robbies gewicht en de jongen klapte in volle vaart tegen de spijlen aan. Kreunend kwam hij omhoog.

'Hou op, klootzak,' gromde Bennie. 'Als je niet tegen coke kunt, moet je eraf blijven. Helemaal nu.'

Robbie draaide zich om en wees naar Mo.

'Ik weet wel wat ik doe,' zei hij kwaad. 'Maar hij neukt een snitch.'

Het werd opeens ijzig stil in de kamer. De spanning was te snijden. Bennie en Mussie keken van Mo naar Robbie en weer terug.

'Een hoertje, Mo?' zei Robbie op zalvende toon.

Mo keek naar de nieuwsgierige gezichten van Bennie en Mussie, die zich afvroegen waar Robbies woorden op sloegen.

'Geen hoer,' antwoordde hij toen kalm. 'En al helemaal geen snitch.' Hij keek minachtend naar Robbie, die het restant van zijn coke bij elkaar probeerde te vegen op het tafeltje. 'Hij heeft het over dat wijf waar ik tegenop botste bij de Ruyschstraat. Zij heeft mij herkend, maar ze heeft keurig haar bek gehouden, daar heb ik wel voor gezorgd.' Hij kwam overeind en deed een paar stappen naar Robbie toe. 'Anders was ik allang opgepakt, kuttekop! Jullie niet, maar ik wel. Dus als ik zeg dat dat wijf goed is, dan is ze goed. Snap je, lamstraal?!'

Als later uitkwam dat hij gelogen had, zou hem dat zwaar aangerekend worden. Vrienden veranderden dan in één keer in vijanden.

Hij zag de vrouw weer voor zich in dat halletje, tegen de muur gedrukt met dat kind op haar arm. Als hij zijn ogen dichtkneep kon hij haar lijf nog steeds voelen en ruiken. Ze had niet gegild of geschreeuwd. Ze had hem alleen maar met grote ogen aangekeken, terwijl ze het kind tegen zich aan gedrukt hield. Zij was bijna geen moment meer uit zijn gedachten geweest. Hij zou nooit toestaan dat een van deze gasten haar iets zou aandoen, en Robbie al helemaal niet. De twee andere jongens keken hem spottend aan. Dat vond hij niet erg, zolang ze hem maar geloofden.

12

'Waar zit je, man?' schreeuwde Niels door de telefoon. 'We moeten weg.'

Hakim Ayoub nam in een verhoorkamer een aangifte op. Hij was al meer dan een uur met de vrouw in gesprek; stukje bij beetje zette hij haar verklaring op papier.

'Mevrouw Kramer moet gewoon maar even wachten,' antwoordde hij. 'Ik zit nog midden in een aangifte.'

'Wil je haar zelf dan even bellen? Want het heeft nogal haast, zei haar secretaresse.'

'Man!' riep Hakim wanhopig, maar uiteindelijk gaf hij zich over. 'Vijf minuten.'

Hij smeet de hoorn op de haak. Je kreeg bij de recherche nooit, maar dan ook nooit, tijd om je zaken op een ordentelijke manier af te wikkelen, altijd had iets anders opeens prioriteit of kwamen er dingen tussendoor. Hakim keek naar de vrouw tegenover zich; ze leek een dood vogeltje, zo met haar handen in haar schoot. Ze had gezegd dat ze overal striemen en blauwe plekken had, ook ademde ze moeilijk. Hij vroeg zich af of ze misschien gekneusde ribben had.

'Ik moet even iets doen,' zei hij tegen haar en even later had hij de zaak van de vrouw overgedragen aan een vrouwelijke collega, die op hem foeterde zoals hij dat op Niels had gedaan. Met drie treden tegelijk spurtte hij de trappen af naar beneden.

'Zou Klaas de Vries niet ook meegaan?' vroeg Niels terwijl ze naar de auto liepen.

'Met vakantie,' bromde Hakim.

Ergens was hij wel blij dat Klaas er niet bij was. Het hele geval met die Kim de Winter had hem dagen dwarsgezeten. Dat ze niet meewerkte aan de fotoherkenning was de schuld van Klaas geweest. Die Anne Kramer zou natuurlijk precies willen weten wat er was gebeurd. Zwijgend reed hij met Niels naast zich over de Ceintuurbaan richting hoofdbureau. Zijn onmacht om kritiek op Klaas te uiten zat hem nog het meeste dwars. Respect voor ouderen was in de Marokkaanse cultuur een gegeven, kritiek bleef daarom achterwege.

Hakim wist dat hij op een boel ellende kon rekenen en nam zich voor Kim de Winter desnoods zelf te bellen, in een laatste poging de zaak met haar op te lossen. Hopelijk nam Anne Kramer daar genoegen mee. Als dat tenminste de reden was waarom hij moest komen. Kramer had om De Vries gevraagd, om hem en om Niels Overweg, zijn collega van de uniformdienst.

Hij keek opzij naar Niels.

'Maar jij weet het ook niet?'

'Wat niet?'

'Waarvoor we moeten komen?'

'Dat zei ik toch al? Geen idee. Man, het lijkt wel alsof je een slecht geweten hebt!'

'Ken jij Kim de Winter uit de Blasiusstraat?' vroeg Hakim terwijl hij een trambaan op schoot.

'Nee,' zei Niels. 'Zegt mij niets. Maar jou wel dus. Hoezo?'

'Een opdracht van Kramer persoonlijk om een bedreigde getuige te horen. Die Kim de Winter dus. En Klaas heeft haar zo... hufterig behandeld dat dat mens weigert nog iets tegen ons te zeggen.'

Niels staarde hem verbaasd aan. 'Flikker op,' zei hij. 'Heeft-ie dat gedaan? Oei, dan staat je vast wel wat te wachten.' Toen hief hij zijn vinger op. 'Maar wat heb ik daarmee te maken? Ik ken dat hele mens niet.'

Hakim zuchtte. Leuk voor Niels, maar straks bij Anne Kramer had hij zelf heel wat uit te leggen en hij was er niet gerust op. Hij stopte voor de slagboom bij het hoofdbureau; voor zover hij kon zien was er nog één vrije parkeerplaats. Vanuit het neergelaten portierraam probeerde hij bij de intercom te komen, maar hij kon er met zijn uitgestrekte arm net niet bij. Hij opende het portier, dat daardoor tegen de intercompaal klapte. De ruimte was te klein om uit te stappen, hij moest zich in een bocht wringen om uit de wagen te komen. Achter zich hoorde hij Niels zachtjes lachen.

'Verdomme.' Eindelijk slaagde Hakim erin de knop van de intercom in te drukken.

'Waar komt u voor?' klonk een nasale stem uit de portiersloge.

'Recherche Amsterdam-Oost, voor mevrouw Kramer,' riep Hakim zo hard mogelijk, om het verkeerslawaai te overstemmen. Het bleef even stil aan de andere kant. Hakim wachtte, leunend op het autoportier en de intercompaal.

'U moet naar de Europarking.'

'Wat?' schreeuwde Hakim, maar de intercom werd uitgeschakeld. Vloekend wrong hij zich weer in de auto, sloeg het portier met een klap dicht en rukte aan de versnellingspook. Op het moment dat de auto achteruit schoot, hoorde hij een claxon, gevolgd door een harde klap. Ayoub verstijfde. Achter hen stond een grote donkere Audi. Twee mannen stapten uit, beiden in uniform. De tressen op het jasje van een van hen, brachten bij Niels een schok van herkenning teweeg.

'Fuck,' riep hij. 'Dat is Eerenberg. Je hebt Eerenberg aangereden.' Hij keek geschrokken naar Hakim. 'Ik ga vast naar Anne Kramer, anders zijn we allebei te laat,' riep hij en stapte uit. Haastig liep hij het hoofdbureau in. Van achter de balie van de portiersloge staarden een man en een vrouw hem verbaasd aan.

'Jullie worden bedankt, hè,' riep Niels in het voorbijgaan naar hen. 'Deuk je Eerenbergs wagen even uit?'

Zonder een antwoord af te wachten liep hij het gebouw in naar de rechercheafdeling. Het was stil op deze vrijdagmiddag; de meeste collega's waren al vrij.

Iemand wees hem het kantoor van Anne Kramer. De deur stond open en Niels stak zijn hoofd om de deurpost. Het kantoor was leeg. Hij zag een volgende deur waarop de naam van de recherchebazin stond en klopte erop.

'Ja,' klonk een vrouwenstem.

Voorzichtig opende Niels de deur.

Ze zat aan een ronde tafel, tussen twee mannen in. Hij herkende haar onmiddellijk van de televisie en de foto's in de krant. Twee scherpe blauwe ogen namen hem van top tot teen op.

'Niels Overweg, mevrouw,' zei hij wat verlegen.

'Mooi,' antwoordde Anne. 'Nog redelijk op tijd ook. Maar waar zijn meneer Ayoub en meneer De Vries?' vroeg ze toen streng.

'Op vakantie, mevrouw. De Vries, bedoel ik. Collega Ayoub heeft hier voor de deur zojuist per ongeluk een aanrijding met een auto gehad. Niet helemaal zijn schuld, moet ik erbij zeggen. De collega is een goede chauffeur...'

'Hier voor de deur?' vroeg Anne verbaasd. 'Bij de slagboom?'

'Ja mevrouw,' antwoordde Niels. 'Ik ben bang dat mijn collega tegen de dienstauto van de hoofdcommissaris is gereden.'

Tot zijn verbazing proestte Anne Kramer het uit.

'Tegen Eerenbergs auto?'

Niels knikte.

'Gewonden?'

Niels schudde zijn hoofd. 'Een flinke deuk, dat wel. Maar waarschijnlijk niet zo groot als in het ego van collega Ayoub, mevrouw.'

Ze wees lachend naar een stoel, pakte de telefoon en toetste een nummer in.

'Eerenbergs chauffeur,' zei ze zacht tegen Niels terwijl ze naar de hoorn wees. 'Hallo Chris, met Anne Kramer.'

Ze vroeg de chauffeur of hij gewond was geraakt, maar kennelijk antwoordde die ontkennend.

'Dat weet je Chris, recherche is altijd op de hoogte. Die Marokkaanse rechercheur, wil je die meteen naar boven sturen? Ik moet hem dringender spreken dan jouw baas.'

Ze vervolgde haar bespreking over de stedelijke analyse van de overvallen met de andere twee mannen. Niels zat stil te luisteren en begreep dat de kalende Jan Kuiper groepen overvallers in beeld had gebracht, waardoor de rechercheteams met hun onderzoek konden beginnen.

Alle drie staarden ze ingespannen naar beelden op een laptop, die op tafel stond. Niels zat op het puntje van zijn stoel om vooral niets te missen.

Tijdens de briefing aan zijn wijkteam had hij gehoord dat Anne Kramer was aangewezen als coördinator van het geheel. De aanhoudende controles van scooters hadden hun uitwerking. Het waren geen makkelijke tijden meer voor de overvallers. Jan Kuiper was het zenuwcentrum, begreep Niels. Het leek hem een zeer interessante positie, maar aan de andere kant kwam zo'n man niet of nauwelijks meer de straat op. Het werk van de recherche boeide Niels natuurlijk wel. Er werd geklopt en de deur ging open. Hakim keek voorzichtig om de hoek.

'Meneer Ayoub,' zei Anne, 'komt u verder. Uw collega is er al een tijdje.'

Hakim lachte ongemakkelijk.

'Maar u hebt wel een primeur. Bij mijn weten bent u de eerste agent die de auto van de hoofdcommissaris in de kreukels heeft gereden.'

'Zo zou ik het niet willen noemen, mevrouw,' antwoordde Hakim aarzelend en nam plaats op de aangewezen stoel. De dag was nog niet om, hij wist dat Anne Kramer een appeltje met hem te schillen had over het meisje in de Blasiusstraat.

Op het eerste gezicht leek ze streng, met haar moest je geen ruzie krijgen. Streng maar aantrekkelijk. Geen volgzaam lief typetje dat zich liet commanderen. Maar als ze hem zou vragen om een avondje te gaan stappen zou hij geen nee zeggen. Hij zou met haar pronken, aan de hele stad laten zien met wie hij uit was. Hij kreeg het warm bij de gedachte en durfde dan ook niet lang naar haar te kijken.

'Heren, de overvallen in jullie gebied,' zei ze opeens en hij schrok op uit zijn gedachten, 'schiet het een beetje op met jullie onderzoeken?'

Niels Overweg keek haar niet-begrijpend aan.

'Jullie hebben allebei een aanknopingspunt dat Jan Kuiper opviel. Vandaar dat ik jullie tegelijk liet komen.' Ze keek naar Niels. 'Die jongen in de metrotunnel had een bivakmuts bij zich...'

'Maar ik moest hem laten lopen wegens gebrek aan bewijs. Van de week kwam ik hem tegen bij een scootercontrole. Die jongen met wie hij was, heeft ook een paar antecedentjes. Onvoldoende, maar de zus van die Mohammed zegt dat haar broer vroeger altijd met vier, soms vijf vrienden optrok.'

'Waar woont-ie, wat doet-ie?' vroeg Jan.

Niels haalde zijn schouders op. 'Hij is door zijn ouders het huis uit geknikkerd wegens wangedrag. Heeft een pesthekel aan zijn broer, die wel succesvol is. Toen ik hem in die tunnel pakte, verklaarde hij dat hij krantenjongen was...'

Hakim legde zijn hand op Niels' arm en keek hem met ingehouden adem aan.

'Krantenjongen...' zei hij toen. 'Die Kim de Winter zei dat de overvaller die ze herkende haar vroegere krantenjongen was.'

'Dat weet ik,' zei Anne, 'want ze is via mij bij jullie terechtgekomen. Hoe was dat gesprek?'

Hakim zweeg even. Anne zag de twijfel op zijn gezicht.

'Vertel nou,' drong ze aan.

'Eerlijk gezegd vind ik dat het niet zo lekker gelopen is met die mevrouw De Winter. Mijn collega De Vries gelooft dat die vrouw iets verzwijgt, hij is nogal tegen haar tekeergegaan.'

Hakim hapte naar lucht. Het was eruit. Hij was het niet eens met Klaas, maar wilde hem niet laten vallen.

'Wanneer heb je haar gesproken?'

'Op dezelfde dag dat u De Vries die opdracht gaf, zijn wij bij haar thuis geweest.'

Daarna probeerde hij uit te leggen hoe Kim de Winter op hem overgekomen was en wat Klaas had gedaan. Anne luisterde aandachtig. 'Heeft ze foto's bekeken?'

Hakim schudde zijn hoofd. Anne Kramers blauwe ogen staarden hem aan en hij dorst haast niet terug te kijken.

'Het gaat om haar veiligheid en die van haar kind,' drong ze aan.

Hakims gezicht vertrok. 'Ze zei dat ze de naam van die jongen niet wist. Hij was haar krantenjongen geweest, dat was alles. Volgens collega De Vries loog ze. En zo behandelde hij haar ook, moet ik eerlijk toegeven.'

'En wat deed jij?' vroeg Anne nijdig.

'Ik... ik loop nog met De Vries mee, mevrouw. Hij is mijn mentor. Zou u uw mentor tegenover een burger bekritiseren?'

Anne moest even nadenken over zijn vraag. 'En wat als Kim de Winter de waarheid zei, namelijk dat ze die jongen niet anders kent dan als "de krantenjongen"?' Ze haalde diep adem. 'Dan hebben jullie, want jij hebt daar gewoon bij gestaan, mevrouw De Winter niet de steun gegeven die ik haar had toegezegd!'

De mannen ter weerszijde van Anne staarden Hakim Ayoub aan zonder iets te zeggen; hij hoefde niet op enige steun te rekenen, dacht hij.

'Maar die krantenjongen kennen we nu wél,' zei Niels onverwacht. 'Dat moet bijna wel Mohammed Benhali zijn.'

Hij haalde zijn notitieblokje tevoorschijn. Jan Kuiper tikte de personalia van Benhali in de computer. Even later floepte de foto tevoorschijn.

'Dat is 'm,' zei Niels.

'Winkeldiefstalletjes, inbraakjes. Allemaal al een tijdje geleden,' las Jan voor. 'Eén recente aantekening voor een overval op een snackbar.'

'Klopt,' zei Niels, 'van mij. Nadat ik hem in die metrotunnel had aangehouden.'

Hakim haalde opgelucht adem, even was de aandacht bij hem vandaan. Niels Overweg had een borrel van hem te goed.

'Je hebt Kim niet meer gesproken nadat ze het bureau verliet?' vroeg Anne opeens aan Hakim.

'Nee mevrouw, ik heb haar nog wel via een sms'je een nieuwe uitnodiging voor een gesprek gestuurd, haar ook nog gebeld, maar ze reageerde nergens meer op,' antwoordde Hakim gedecideerd en hoopte dat Anne hier genoegen mee nam.

'Hebben jullie onderzoek gedaan bij de kranten?' vroeg Herman van Hoogen, die tot dat moment gezwegen had.

Hakim en Niels keken hem niet-begrijpend aan.

'Naar de naam van die krantenjongen, zodat je in ieder geval weet of Mohammed Benhali de krant bij Kim bezorgde.'

'Dat... daar waren we nog niet aan toegekomen. Deels omdat mijn collega dat verhaal over een krantenjongen niet geloofde, denk ik.'

'Vindt u het goed als Ayoub en ik de krachten bundelen?' vroeg Niels. 'De Vries is met vakantie en wellicht kan mijn inbreng het contact met mevrouw De Winter weer wat verbeteren? We hadden het daar al over toen we onderweg hiernaartoe waren.'

'Jouw Kim de Winter kan die overval sluitend maken,' zei Herman tegen Anne. 'Ze is het beste bewijs, dus ik zou het ze laten proberen. We hebben inmiddels vijf van deze overvallen gehad, dus het wordt hoog tijd dat we die lui van de straat trekken.'

'We hebben na de overval op McDonald's DNA op een petje gevonden. Geen match.'

'Ik heb die bivakmuts nog,' schoot Niels te binnen. 'Toen Benhali vrijgelaten werd, heeft hij daar niet meer naar gevraagd. Als die twee nou matchen...'

'Waar is dat ding?' vroeg Herman.

'In mijn locker.'

Er werd geklopt en meteen daarna vloog de deur van de kamer open. Een rechercheur stormde naar binnen.

'Haarlemmerstraat, gijzeling in een winkel,' hijgde hij. 'Zouden onze vriendjes weleens kunnen zijn.'

Even later scheurden Hakim en Niels in hun gedeukte recherche-auto terug naar hun district. Hakim reed eerst richting Haarlem-merstraat, misschien konden ze in de chaos van de gijzeling nog bij-springen. Gered door de gong en een beetje door de vent die naast hem zat.

'Bedankt, man,' zei Hakim, 'want ik kneep 'm echt even.'

13

De rode Golf reed opnieuw achter het Centraal Station langs. Het gebrek aan geld was zo nijpend geworden dat ze hadden besloten niet langer te wachten. Het zou gaan volgens het vertrouwde stramien: na de overvallen direct door naar Zandvoort, naar het zomerhuisje van Robbies ouders.

Het plan om na de overvallen uit elkaar te gaan hadden ze laten varen, want er waren geen politiecontroles in de binnenstad. In de wagen en dan vol gas richting Haarlem. Een makkie: even geld halen en dan was het weekend.

Via de Houtmankade reed Robbie naar het Haarlemmerplein, dezelfde route als de eerste keer. Hij wilde zeker zijn dat er geen onverwachte zaken waren, pas daarna zou hij het groene licht geven. Na veel getoeter en het ontwijken van tientallen fietsers draaide hij behoedzaam de Haarlemmerdijk op.

Bij de Coffee Company keken ze alle vier naar links. Zo te zien was het behoorlijk druk, er waren veel mensen binnen. Door het slechte weer zat er niemand buiten. Dat was gunstig, er zou geen flinkerd zijn die buiten de deur zou blokkeren, waardoor ze niet meer weg konden komen.

'Deze is veilig,' zei Robbie beslist. Hij gniffelde en stootte Mo aan.

'We doen het net als elke andere, toch?'

'Twee keer in het plafond schieten,' mompelde Mo voor zich uit, terwijl hij voorovergebukt het pistool doorlaadde, zodat niemand dat van buiten kon zien.

Langzaam reed de Golf door en passeerde de brug over de Korte Prinsengracht. Even later kwamen ze langs het tijdschriftenwinkeltje op de hoek van de Buiten Brouwersstraat. De deur stond open, er liepen mensen in en uit. Het was behoorlijk druk in de Haarlemmerstraat.

'En?' wilde Robbie weten.

'Fluitje... van een cent,' stotterde Mussie. Als hij zenuwachtig was, kwamen de woorden er haperend uit. Bennie was stoïcijns, die vond het allemaal prima. Of je de ene of de andere winkel 'deed', het was allemaal hetzelfde. Met een vloek haalde hij dan in één beweging zijn pistool uit zijn binnenzak, om de aanwezigen duidelijk te laten zien dat het menens was, waarna hij het weer opborg. Hij had nu een nieuw jasje aan, de zakken waren iets te klein, had hij gemerkt. Hij zou zijn trucje extra voorzichtig moeten uitvoeren.

Robbie ging de De Ruyterkade op, en draaide aan het eind daarvan de Westerdokskade op. Vlak voor het spoorwegviaduct parkeerde hij de auto. Het was er stil, ze vielen totaal niet op.

Robbie stapte als eerste uit en gooide een euro in de parkeermeter. Twintig minuten was lang genoeg, dan zouden ze allang weer weg zijn.

Op de Korte Prinsengracht scheidden hun wegen; het ene koppel ging naar links, het andere naar rechts. Er werd niet gesproken, een paar minuten later zouden ze elkaar weer bij de auto zien en wegrijden.

'Als we klaar zijn, rennen we het kleine straatje in en dan achterlangs naar de auto, goed?'

'Ik ren wel achter jou aan,' antwoordde Mo rustig. Hij was al blij dat Robbie door het gebrek aan geld weinig coke had gebruikt, hij leek helderder dan bij voorgaande keren. De trottoirs op de Haarlemmerdijk waren vol met winkelende mensen. Zolang je niet rende, viel je volstrekt niet op.

Een minuut later stonden ze voor de glazen deur van de koffiebar. Ze waren er al een keer langsgelopen en hadden een blik naar binnen geworpen.

'Behoorlijk druk,' mompelde Robbie, 'een mannetje of twintig. De meesten zitten om die grote tafel.'

'Een hele zwik achter hun laptop, man,' zei Mo. 'Daar kunnen we er ook wel een paar van meenemen.'

'Te groot,' bromde Robbie. 'En voor hun geld gaan mensen niet vechten, maar voor hun laptop doen sommigen een moord, jongen. Ik zweer het je.'

'Een paar van die lui hebben straks niet eens in de gaten dat er een overval aan de gang is, wedden?'

Mo opende de deur, en pas op dat moment schoven ze hun bivakmuts over hun hoofd. De klanten reageerden in eerste instantie nauwelijks op de twee mannen, die in een paar passen bij de toonbank waren. Daar stond een meisje met de rug naar hen toe. Ze had niets door en was druk bezig een latte voor een klant te maken. Pas toen ze opkeek, zag ze de loop van Mo's pistool in de spiegel achter de toonbank. Ze bevroor. De beker voor de latte viel uit haar handen en kletterde in stukken op de grond achter de toonbank.

'Schiet op,' siste Mo, 'alles uit de kassa.'

'Overval!' hoorde hij Robbie achter zich schreeuwen en direct daarop klonk er een keiharde knal die ook Mo ineen deed krimpen. Het meisje bleef nog steeds stokstijf staan, al haar spieren leken verkrampt. Haar ogen werden groot van angst. Mo liep achter het meisje langs en sloeg op de knop van de kassa, waardoor de la opensprong. Stapels biljetten lachten hem toe. Hij duwde het meisje zijn plastic tasje in de handen.

'Openhouden!' beet hij haar toe en ze gehoorzaamde braaf. In een paar grepen was de kassa leeg, zo op het oog ging het om meer dan duizend euro. Mo graaide ook nog een paar handen vol muntgeld bij elkaar.

Het meisje keek wezenloos toe en verroerde zich nog steeds niet, ook niet toen Mo het tasje uit haar handen griste. Toen draaide hij zich om en begon aan zijn sprint naar de deur.

'Schoften!' schreeuwde een oudere dame van onder de tafel waar ze dekking had gezocht. Mo richtte zijn pistool in de lucht en schoot twee keer achter elkaar in het plafond. De klappen maakten een donderend lawaai. Iedereen begreep deze boodschap, waarna

Robbie en Mo hun wapens wegstaken en rustig naar buiten liepen. Snel trokken ze hun bivakmutsen van hun hoofd en propten die ook in hun zakken. In wandelpas ging het via de Buiten Oranjestraat en de Haarlemmer Houttuinen terug naar de auto.

'Echt een fluitje van een cent,' was Robbies enige commentaar. Af en toe keken ze achterom of er achtervolgers waren, maar er was niemand te zien.

Toen ze een paar minuten later in de Golf zaten, kwam de ontlading: ze vloekten, schreeuwden, sloegen elkaar op de schouder. Hoewel die klappen hard aankwamen, voelden ze dat geen van beiden, ze zaten nog vol adrenaline. Pas na een minuut of wat zakten ze onderuit en werd het rustiger in de auto.

Mo keek schichtig om zich heen.

'Waar blijven ze nou, verdomme?'

'Ze komen wel,' bromde Robbie en keek Mo aan. 'Zou jij schieten als ze in de weg gaan staan?'

Mo dacht even na. 'Ja,' zei hij toen. 'Waarom niet. Je moet niet in de weg gaan staan, dan gebeurt er niks. Ik had ze allemaal omgelegd.'

Robbie zoog sissend lucht tussen zijn tanden naar binnen. Zijn makker loog niet. Mo zou zich er altijd uit schieten. Hij liet zich niet pakken, die gek.

'Ik heb een idee, man. We nemen je vriendin mee naar Zandvoort, dan hoeven we geen meiden te huren.'

Als door een adder gebeten trok Mo in één beweging het pistool uit zijn broeksband en richtte het op Robbies gezicht. Die dook van schrik achteruit en maakte een afwerend gebaar. Maar het was al te laat, de knal was enorm, de verwarring daarna nog groter. Ze hoorden elkaar niet meer schreeuwen, hun oren waren dichtgeslagen. Mo's eerste gedachte was dat hij Robbie doodgeschoten had; hij zocht naar bloed maar zijn maat was springlevend. Op wonderbaarlijke wijze had de kogel Robbie niet geraakt, maar was hij door de rugleuning gegaan en ergens achter in de wagen verdwenen.

Robbies lippen bewogen, maar Mo hoorde slechts hevig gepiep

in zijn oren. Hij borg zijn pistool op. Zo, dat was duidelijk nu: ze bleven van haar af.

Op dat moment scheurde een politieauto met zwaailichten aan achter hen langs naar de Haarlemmerstraat. Geschrokken keken ze op.

'Robbie,' schreeuwde Mo in zijn oor, 'we hadden al weg moeten zijn! Dit is niet goed!'

Robbie startte de motor, maar aarzelde. Als ze nu wegreden, moesten Bennie en Mussie zichzelf redden. Gespannen keek hij om zich heen of de jongens er al aankwamen.

'Wacht even, ik ben meteen terug.'

Mo sprong uit de auto en liep de Korte Prinsengracht op. Onopvallend liep hij met de stroom mee in de richting van de tijdschriftenwinkel. Vlak voor de winkel kon hij niet verder, de weg was afgesloten door een paar agenten. Met megafoons werd geroepen dat iedereen terug moest.

Mo probeerde over de mensen heen naar de winkel te kijken; er was niets te zien, de deur was gesloten. Hij dwong zichzelf langzaam terug te lopen en niet te gaan rennen. Pas op de Korte Prinsengracht trok hij een sprintje.

'En?' Robbie keek hem vragend aan.

'Foute boel,' hijgde Mo. 'Shit, die zitten volgens mij vast in die winkel, man.'

Robbie sloeg van woede op het stuur. 'Wat doen we?' vroeg hij toen.

'Weg man, rijden. Wij kunnen geen fuck meer voor ze doen. Die hele straat staat vol smerissen.'

Robbie startte de motor, reed achteruit de weg op en draaide in de richting van het Stenen Hoofd. Toen ze even later naar de ringweg reden kwam een rij politievoertuigen met zwaailicht en sirene hen tegemoet. In één ding had hij al die tijd gelijk gehad: niemand had belangstelling voor een rode Golf.

14

Anne zat na de mededeling over de gijzeling stil achter haar bureau. Ze kon niet precies beschrijven wat ze voelde, het was geen paniek of angst. Normaal gesproken sprong je meteen overeind om te handelen, het circus op gang te brengen, maar zij bleef nog even zitten. Het was alsof ze zichzelf moest opladen, voordat ze de onvermijdelijke chaos in kon stappen.

Het was vrijdagmiddag, ze zou eindelijk een heel weekend met haar kinderen hebben. Het idee dat ze straks moest bellen om te zeggen dat ze toch niet thuiskwam, gaf haar een verdrietig gevoel. Je kon dit toch ook haast niet meer uitleggen. Haar hand ging naar de telefoon en toen weer terug. Ze had nog een stille hoop dat het een storm in een glas water was die binnen een uur zou gaan liggen. Herman was echter al bezig om de draaiboeken uit de kast te trekken, dingen die ze ooit wel gezien had maar daarmee was alles dan ook wel gezegd. Eerenberg had weleens geroepen dat ze al die stomme draaiboeken onmiddellijk moesten verbranden omdat geen ervan aansloot bij de waanzin van de werkelijkheid.

Waarschijnlijk wist Herman wel wat er gedaan moest worden, die had dit al vaker meegemaakt. Maar ze vond het raar om aan hem te vragen of hij wist hoe zij moest handelen. Ze was zelfs jaloers op de kerels om haar heen die alleen maar deden of ze altijd alles wisten, terwijl zij nu het gevoel had dat ze er als een dom gansje bij zat.

Haar momentum werd ruw onderbroken, in de deuropening stond Herman, met een blocnote in de hand. Anne hief haar handen op in een machteloos gebaar.

'Wat moet ik doen?' vroeg ze met haar meest onnozele gezicht.

'We gaan naar de Centrale Meldkamer, kijken wat er aan de hand is. We beoordelen alle informatie; nemen dan pas beslissingen,' zei hij alsof het een alledaags ritueel betrof.

Samen liepen ze door de gangen van het hoofdbureau, het bericht van de gijzeling gonsde door het hele gebouw. Her en der werd er met deuren geslagen, alle aanwezige rechercheonderdelen waren gealarmeerd, mopperend kwamen mensen terug naar het bureau, hun vrije weekend zagen ze door hun neus geboord worden. Het leek alsof het hoofdbureau in één keer weer tot leven was gekomen. Terwijl ze door de gangen liep, constateerde Anne verwonderd dat iedereen wist wat er moest gebeuren, zonder dat er draaiboeken geraadpleegd werden.

Haar hakken tikten op de marmeren vloer. Tersluiks keek ze naar de man naast haar; bij hem zag ze geen twijfel, ze wist dat hij jaren geleden al betrokken was geweest bij terreuraanslagen. Een operatie als deze was voor Herman van Hoogen absoluut niet nieuw.

Hij keek haar opeens glimlachend aan. 'Ik ben net zo gespannen als jij, hoor.'

'Herman, loop niet zo hard! Ik hijg nu al als een pakkendrager.'

Hij grijnsde breeduit.

'Beetje trainen, chef. Daar krijg je een goddelijk lichaam van.' Met enige trots keek hij naar zijn buik.

Anne gaf hem een kneepje in zijn arm, ze was blij dat hij bij haar was.

Ze staken de kleine binnenplaats over en stonden nog geen minuut later in het hart van het communicatiecentrum. Alle posten waren bezet, je kon horen en zien dat het razend druk was.

Eén mobilofonist stak zijn hand op. 'Jongens, overval op een tijdschriftenwinkel in de Haarlemmerstraat; niet op de Coffee Company op de Haarlemmerdijk,' riep hij. 'Of het moeten er twee tegelijk zijn?' Door alle berichten had hij de indruk dat de melding over de koffietent een afleidingsmanoeuvre was.

'Nee, nee...' antwoordde een telefoniste, dat klopt niet. De melder klonk heel oprecht.'

Een derde riep om aandacht. 'Attentie. Melding van de tijdschriftenwinkel. Daar is zojuist geschoten.'

Even leek het uit te draaien op een chaotische discussie, maar toen greep de chef van de meldkamer in. Met grote snelheid verzamelde hij de info van de verschillende posten, en binnen een paar minuten werd duidelijk dat er twee overvallen waren geweest, waarvan de één geëindigd was en de ander uitgelopen op een gijzeling. De overvallen vonden op hetzelfde tijdstip plaats. De gijzeling was ontstaan doordat twee agenten op het moment van de overval surveilleerden bij de tijdschriftenwinkel. De daders konden niet meer weg en hadden de winkelier en zijn dochter gegijzeld.

'Waar is er geschoten?' wilde Herman weten. 'Binnen? Buiten?'

Hulpeloos keek de chef Meldkamer hem aan, hij wist het niet precies. Volgens mensen die belden hadden de agenten en de overvallers met getrokken pistool tegenover elkaar gestaan, maar was het niet tot een schietpartij gekomen. Een ander had alleen gebeld en geroepen dat er geschoten werd. In ieder geval was voor iedereen duidelijk dat ze met een echte gijzeling te maken hadden.

De chef Meldkamer stuurde direct twee pelotons Mobiele Eenheid uit om de omgeving af te zetten en de orde te handhaven.

Anne knikte goedkeurend. Op het eerste gezicht ging alles goed. Ze wist dat veel zaken nu automatisch van start gingen; er zou een operationeel commandant aangewezen worden die alle maatregelen in de omgeving van de Haarlemmerstraat zou gaan leiden. Ze wist dat zij vanuit de kelder de hele operatie moest gaan leiden.

Ze knikte naar de chef Meldkamer. 'Prima werk. Ga zo door.'

Daarna wendde ze zich tot Herman. 'Aan de slag.'

Het kwam eruit als een zucht, ze zag ertegen op. Nu moest ze zelf de beslissingen nemen en dan ook nog de juiste. Met lood in de schoenen liep ze voor Herman uit naar buiten. De kelder was het snelst te bereiken via de tuin op de binnenplaats. De tuin zag er prachtig uit, zeker in deze tijd van het jaar, maar dat ontging Anne.

'Laten we hier even gaan zitten,' zei Herman, terwijl hij op een tuinstoel neerplofte.

'Herman, we moeten naar de kelder,' zei Anne ongeduldig.

'Nee, nee... Even zitten en praten.' Hij klopte op de zitting van de stoel naast zich.

'Iedereen weet wat-ie moet doen. Wij moeten de dingen even op een rijtje zetten. Geloof me, ik weet waar ik het over heb.'

Van een afstand leek het een vredig tafereeltje, een genoeglijk gesprek midden in de tuin van het hoofdbureau. Soms keken ze ernstig, daarna lachten ze weer.

'Het meeste ga je te stellen krijgen met de Driehoek,' zei Herman, 'Hafkamp en Eerenberg. Waarschijnlijk zal ook de burgemeester aanschuiven. Zij moeten op jouw advies de uiteindelijke beslissing nemen om wel of niet in te grijpen, dus ik zou niet te lang wachten met ze te laten waarschuwen.'

Anne pakte haar mobiel. 'Er is een gijzeling, Cok,' zei ze nadat de secretaresse had opgenomen, 'en je moet de Koppenzaal klaarmaken. Ik wil zo snel mogelijk de Driehoek bij elkaar hebben, het liefst nog in de vooravond.'

Ze legde neer en keek om zich heen. Het was heerlijk weer. Haar gezicht draaide haast automatisch naar de zon en ze sloot een moment haar ogen. Ze zuchtte luid. Als het aan haar lag waren ze hier nog een tijdje blijven zitten.

'Mag ik u nu dan toch uitnodigen om de kelder in te duiken?' verstoorde Herman haar zalige rust.

Ze knikte en kwam overeind.

Onderweg naar de plaats delict boog Peter Derks, de operationele commandant, zich over de kaart van de binnenstad. In de bochten greep hij zich vast aan de rand van het tafeltje om niet van zijn stoel te vallen. Hij had in de loop van de tijd een rotsvast vertrouwen gekregen in zijn chauffeur, die de commandowagen met grote snelheid door de stad loodste. Aan beide zijden van de tafel zaten mobilofonisten, één voor het contact met de agenten op straat en één voor de communicatie met het commandocentrum aan het hoofdbureau. In de hoek van de wagen zat de 'logger', die op een laptop het doorlopende rapport van alle gebeurtenissen maakte.

'Haarlemmerstraat, hoek Buiten Brouwersstraat,' mompelde Derks tegen zichzelf.

Met een stift markeerde hij het kruispunt op de kaart. Allemaal verdomd smalle straatjes, moeilijk parkeren. Hij zocht een plek in de directe omgeving om een groot aantal politievoertuigen te kunnen plaatsen. Zijn hand met de stift ging naar de Herenmarkt.

'Roep kraanwagens op,' riep hij naar een van de mobilofonisten. 'De Herenmarkt moet vrijgemaakt worden voor al onze auto's.'

Er moest een binnen- en een buitenring worden gecreëerd. De binnenring moest totaal vrijgemaakt worden en iedereen moest van straat worden verwijderd, omdat mensen anders gevaar liepen vanuit de winkel beschoten te worden. Ook bewoners en winkeliers zouden er niet meer langs kunnen. Mensen bleven binnen of ze moesten weg gedurende de hele gijzeling. Amsterdammers waren lastig, die zouden zich niet zo makkelijk laten wegsturen. Maar als er iemand neergeschoten werd, was de boot aan.

Peter Derks grijnsde, juist hierom had hij voor Amsterdam gekozen, die mooie rotstad. De keuze voor een zachte aanpak betekende dat er misschien wel dagenlang onderhandeld moest worden. Dat lag hem niet zo, hij was meer van de korte klap. 'Heb je de hekkenwagens al rijden?' schreeuwde hij boven het lawaai van de sirene uit. Iemand stak zijn duim op. Het was een goed op elkaar ingespeeld team, veel werd geregeld zonder dat hij erom hoefde te vragen.

In de Haarlemmerstraat was het een grote chaos. Politieagenten probeerden mensen duidelijk te maken dat ze weg moesten. In elke straat stond inmiddels een politieauto en was een lint gespannen, zodat het kruispunt waar de winkel aan lag in ieder geval vrij was. De agenten voerden een vrijwel hopeloos gevecht met het razend nieuwsgierige publiek.

In plaats van weg te gaan, kwamen de mensen juist in groten getale op de commotie af. Cafés en terrassen in de directe omgeving stroomden vol. Met een pilsje in de hand werden fietsers en voetgangers aangemoedigd zich niet door de politie te laten tegenhouden. Niemand wilde iets missen van dit schouwspel.

Van de feitelijke gijzeling was niets te zien, behalve twee agenten die zich naast de gesloten voordeur van de winkel hadden geposteerd.

'U loopt gevaar, blijf achter de afzetting,' schalde het uit de megafoon van een van de politieauto's.

Het hielp niet echt; mensen keken om zich heen, zagen geen gevaar en probeerden opnieuw langs de agenten te komen.

'Dat geldt ook voor jullie!' schreeuwde een agent tegen de mensen op het terras. 'Ga alsjeblieft weg daar. Straks wordt er nog geschoten!'

Niels Overweg was Hakim Ayoub in het gedrang kwijtgeraakt en had vervolgens besloten zich nuttig te maken door te helpen het publiek op een afstand te houden. Het was hopeloos, het wachten was op hekken en pelotons ME, want de meute was niet meer in bedwang te houden. Ze hadden het kruispunt voor de winkel leeg gemaakt, maar meer kon niet van hen verwacht worden.

'Pardon,' mompelde een jonge vrouw die met volle tassen uit een winkel kwam en probeerde langs hem te lopen. Hij hield haar tegen door zijn hand tegen haar schouder te drukken, en ze keek verbaasd op. 'Wat is er aan de hand?' vroeg ze toen.

Nog voor Niels antwoord kon geven, zag hij dat ze in elkaar kromp. Een halve seconde later hoorde hij de knal van het schot. Hij twijfelde geen moment, strekte zijn armen uit en ving haar op.

Het was alsof de wereld even tot stilstand kwam. Mensen verstarden, keken verschrikt naar het meisje in de armen van de agent. Razendsnel drong het tot het publiek door dat het menens was. Ineens begon iedereen te rennen, terrasmeubilair viel om en binnen een paar seconden was de omgeving van de tijdschriftenwinkel totaal uitgestorven.

'Ambulance!' brulde Niels, terwijl hij het meisje achteruittrok, weg van de gevarenzone. Hij zag bloed op haar zachtblauwe bloes, ze was ergens in de borst geraakt. Haar ogen stonden wijd open, ze keek hem strak aan.

'Blijf bij me,' zei hij. 'Blijf wakker, hoor.' Tegen haar praten zodat ze bij bewustzijn bleef, zoals hij geleerd had. Eindelijk was hij bij de hoek die hem uit het schootsveld vanaf de winkel bracht.

De eerste televisiecamera's registreerden inmiddels de beelden van een agent die een gewond meisje uit de vuurlinie droeg. Vanavond zouden ze op alle zenders te zien zijn. Even later reed een ambulance voor, de jonge vrouw werd op een brancard naar binnen geschoven.

'Je kunt tegen ze lullen als Brugman; dat helpt geen moer,' riep commandant Peter Derks op de Herenmarkt. 'Maar één kogel en de hele straat is binnen drie seconden leeg.'

Zijn laatste hoop op een snelle afloop vervloog intussen. Die schutter in de winkel had zijn visitekaartje afgegeven. Hij was ongenaakbaar. Als hij gijzelaars had, zou hij geen medelijden met hen hebben. Een goed gesprekje door de brievenbus loste dit niet op. Langdurig onderhandelen was onafwendbaar.

Even staarde Derks voor zich uit; als die eikels met hun gebral niet hadden geweigerd te vertrekken, was er niets met het meisje gebeurd. Er zouden zware straffen moeten staan op het niet naleven van een politieopdracht.

Scherpschutters namen hun posities in op de daken en achter de ramen van gebouwen tegenover de winkel. Plotseling heerste er een onnatuurlijke stilte op die late vrijdagmiddag in de Haarlemmerstraat.

'Bestel ook alvast maar eten en drinken voor een man of honderd,' zei Derks tegen een mobilofonist. 'En veel, heel veel koffie.' Het zou een lange nacht worden, wist hij.

15

Voordat Mussie en Bennie naar binnen gingen, waren ze een paar keer langs de winkel gelopen. Eén klant stond voor in de winkel, een man en een jong meisje stonden achter de toonbank. Bennie was als eerste naar binnen geglipt, om zich, bladerend in een tijdschrift, op te stellen. Toen Mustafa de klant naar buiten zag komen, stapte ook hij de winkel binnen. Allebei trokken ze hun bivakmutsen over hun hoofd. 'Overval', klonk het bijna in koor.

Het leek allemaal snel en makkelijk te gaan, net als bij eerdere klussen. Toen hij de overvallers met een pistool in de hand zag staan, had de winkelier de kassa direct opengemaakt. Kennelijk was de man verstandig of door schade en schande wijs geworden.

Mustafa kon niet precies zeggen wat het was, maar hij rook onraad. Hij keek achterom en schreeuwde toen. Ook Bennie zag nu de twee agenten bij de deur. Ze stonden met verbazing op hun gezichten voor de winkel, maar die verbazing duurde niet lang. Snel rukten de jongens het pistool uit hun holster en richtten. Even stond iedereen als versteend. Toen doken de agenten opzij en verdwenen uit het zicht.

Kankersmerissen, dacht Mustafa. Ze zouden toch allemaal in de buitenwijken zitten?

'We kunnen niet naar buiten,' zei hij tegen Bennie. 'Wat doen we nu?'

'Binnen blijven natuurlijk!' riep zijn vriend. Zonder te dralen rende hij naar de deur, smeet die met een enorme klap dicht en begon met een zware standaard te slepen. 'Hou die vent in de gaten,' zei hij hijgend en knikte in de richting van de winkelier en het meisje.

Buiten schreeuwde iemand dat ze zich moesten overgeven en met de handen omhoog naar buiten moesten komen.

'Ja,' schreeuwde Bennie terug, 'fuck you too!'

Hij zag witte overhemden in de verte, aan de overkant van de straat, en schoot één keer gericht. Mustafa gluurde intussen langs een raamstijl en kon zo nog net een glimp van een van de agenten naast de winkeldeur opvangen. Even kwam de ruzie op de kamer van Mo in zijn gedachten. Met een frons draaide hij zich van het raam af.

'Bennie,' zei hij zacht. 'We zijn verraden, man.'

Zijn maat keek hem ongelovig aan.

'No way, man. Hoe dan?'

'Mo en dat wijf waar Robbie het over had. Dit is allemaal te toevallig. Robbie zei toch dat er een snitch was, man? Dat wijf, zei hij toch? En als er opeens twee smerissen hier staan, dan...'

'... kan dat ook fucking toeval zijn, man. Maar wat doet het ertoe? We zitten hier binnen en zij staan buiten en wat gaan we doen, verdomme?' Bennie smeet woest een stapel kranten van de toonbank op de grond.

Op dat moment sloeg het meisje achter hem toe. Met een grote zware plakbandroller ramde ze vol op Mustafa's achterhoofd. Die verloor zijn evenwicht en klapte met een schreeuw voorover. Een oorverdovende knal denderde door de kleine winkelruimte. De kogel boorde zich in de inbraakwerende etalageruit en maakte er een flinke ster in.

'Godvergeten tyfustrut!' brulde Bennie en haalde genadeloos naar het meisje uit.

De klap met de kolf van het pistool trof haar vol tegen de zijkant van haar gezicht. Zonder geluid te maken, werd ze op de grond geslingerd en bleef als een hoop vuil in een hoek liggen.

Bennie richtte zijn wapen bliksemsnel op de winkelier, die wanhopig schreeuwde dat ze op moesten houden. Mustafa kwam intussen moeizaam overeind.

'Mussie, pak dat plakbandding,' commandeerde Bennie. 'Tape ze vast. Allebei.' Maar Mussie stak zijn pistool weg en greep naar zijn pijnlijke achterhoofd. 'Tape ze verdomme vast, eikel!'

Traag raapte Mustafa het apparaat op, liep naar de winkelier en rukte diens armen naar achteren. Zo snel mogelijk wikkelde hij een grote hoeveelheid van het brede beige plakband om de polsen van de man. Het meisje begon te kreunen, maar voor ze echt bij haar positieven was had Mustafa ook haar met tape vastgebonden.

'Licht uit,' zei Bennie plotseling. Ze zaten dik in de problemen en moesten zo snel mogelijk zien dat ze wegkwamen. Hij liep door de winkel, zoekend naar een uitweg.

Het was een hoekpand en de politie kon hen van twee kanten in de gaten houden. Hij graaide een omgevallen boekenstandaard van de grond en begon daarmee de tl-buizen aan het plafond aan diggelen te slaan. Het glas kletterde op de tegelvloer. Het werd vrijwel donker in de winkel. Alleen achter de toonbank brandde nog een lamp van een oude reclame voor Camel Filter. Op de toonbank stond de kassa die de winkelier al had geopend toen ze binnenkwamen. Bennie deed een greep en propte het papiergeld in zijn binnenzak. 'Mussie,' zei hij en stak zijn vriend ook een handvol toe. Toen ging hij verder met zijn speurtocht naar een uitweg. In de hoek was een trapje naar een kelder waar een fotocamera op een statief en een klein bureautje met een computer stonden. Er was nog een deur, met daarnaast een gordijn. Toen hij de deur opende, zag hij het toilet en achter het gordijn kwam een nooduitgang tevoorschijn. Er stak een sleutel in het slot.

Voorzichtig probeerde hij de deurklink. De deur zat op slot. Hij zette de bureaustoel onder de klink en besloot de sleutel te laten zitten. Daardoor zou niemand het slot vanaf de andere kant open kunnen draaien.

'Mussie!' riep hij naar boven. 'Er is hier een deur naar buiten!'

Er klonk gegrom van boven als antwoord. Bennie stoof de trap op en boog zich over de winkelier. De man keek hem angstig aan.

'Waar komt dat deurtje in de kelder op uit?' Hij schudde de man hard aan zijn arm. 'Nou?'

'Op de Buiten Brouwersstraat,' hoorde hij het meisje plotseling zeggen. 'Maak het gauw open, flikker op en laat ons in godsnaam in leven.'

Mustafa keek even naar het meisje maar liet zich niet lang door haar afleiden. Het was inmiddels helemaal leeg op straat, er was geen mens meer te bekennen. Een slecht voorteken, dacht hij en vroeg zich af hoelang het zou duren voordat de politie naar binnen zou stormen.

'Het is onze enige kans, die achterdeur,' fluisterde Bennie, maar Mustafa schudde zijn hoofd.

'Ze schieten ons aan flarden als we onze kop om de hoek steken,' zei hij beslist. 'We wachten gewoon. Wedden dat ze zo bellen?' Hij knikte in de richting van de telefoon op de toonbank.

Bennie daalde weer af in de kleine kelder. De deur leek hem bijna te verleiden en hij had moeite om hem niet te openen. Zich overgeven zou hij niet, nam hij zich voor. Maar het zweet brak hem inmiddels uit, want ze konden geen kant meer op. Driftig voelde hij in zijn broekzak, haalde zijn pakje sigaretten tevoorschijn en stak er een op. Je verstand bewaren, daar ging het nu om.

Mo en Robbie hadden de klerezooi buiten vast gezien en de benen genomen. Zij wel, dacht hij kwaad en schopte hard met de punt van zijn schoen tegen het bureau.

Natuurlijk, die twee hadden geen enkele kans om hen te bevrijden. Maar de gedachte dat zij nu ongetwijfeld naar Zandvoort reden met een puist geld, irriteerde hem. Plotseling kreeg hij een ingeving. Waarom had hij daar niet eerder aan gedacht? Even later toetste hij het nummer van Mo in op zijn mobieltje en hoorde dat er werd opgenomen.

'Mo!' riep hij.

Er kwam geen antwoord.

'Kuttekop! Hoor je me? We zitten vast in deze kankerwinkel en de kit staat voor de deur.'

'Maar ze hebben jullie nog niet?' vroeg Mo aan de andere kant.

'Nee, man. Maar het stikt hier wel van de wouten. Er liggen scherpschutters op het dak, man.'

'En nou?'

Bennie voelde hoe de woede in hem omhoog borrelde.

'Ik wil eigenlijk wel weten hoe het komt dat ik hier zit?'

Het was even stil. 'Omdat je de boel verkloot hebt?' opperde Mo toen voorzichtig.

'Of omdat iemand de kit getipt heeft,' snauwde Bennie. 'We waren nog niet binnen of die juten stonden achter ons. Als Robbie gelijk heeft en die bitch van jou de boel verraden heeft, vermoord ik jou en haar en je hele kankerfamilie erbij!'

'Rustig, man. Niemand heeft hier iets verraden. Hoe kom je op het idee?' Even was hij stil. 'Maar wat gaan jullie nu doen?'

'Ja, fucker, denk even lekker mee. Geef me eens feedback, ass. Jij weet het allemaal zo goed, want jij zit lekker met je reet in Za...'

'... Bek dicht!' brulde Mo in zijn oor. 'Ze luisteren mee, zak! Ze horen elk woord dat je zegt.' Hij hijgde toen hij zich realiseerde wat dat betekende. 'Ik ga ophangen.'

'Ja, ons ophangen, bedoel je!'

'Kut!' riep Mo opeens geschrokken. 'Jullie hebben iemand neergeschoten, man. Het is nu op tv.'

'Ik heb op een juut geschoten, ja. Die stond stoer te doen aan de overkant.'

'Dan heb je een meisje voor haar flikker geschoten, asshole. Jullie zijn echt niet wijs.'

Bennie stormde de trap weer op.

'Ze hebben zelf geschoten, wedden?' riep hij.

'Hebben ze al gebeld, die smerissen? Ze gaan met je onderhandelen, snap je dat?'

'Waar denk je dat ik al een uur of wat op zit te wachten, slimpie?'

'Luister, als ze je bellen moet je het volgende doen.' Het kostte Mo moeite en hij moest voor zijn gevoel veel te lang op Bennie inpraten, maar langzamerhand drong hij tot hem door. Bennie luisterde zonder iets terug te zeggen en knikte tot slot. Dit was hun enige kans om levend weg te komen.

Naast het enorme videoscherm werd een doorlopend rapport op de muur geprojecteerd, waarop iedereen kon lezen wat er exact gebeurde. Ook alle genomen besluiten stonden vermeld, zodat niemand achteraf kon zeggen dat iets niet bekend was geweest.

'Moet je toch eens kijken,' riep Anne terwijl ze naar het beeld wees. Er was duidelijk te zien hoe agenten de grootste moeite hadden om de straat vrij te maken.

De meeste commandanten keken even op en lieten het beeld daarna weer voor wat het was. In de tuin had Herman het al gezegd: alle commandanten wisten wat ze moesten doen.

Het schot dat door de luidsprekers klonk had meer iets weg van een rotje. Het leek niets voor te stellen, maar iedereen bevroor. Alle ogen richtten zich onmiddellijk op het scherm.

'Er is geschoten,' riep de mobilofonist met vlakke stem.

'Door ons?' vroeg een commandant direct.

'De andere kant,' was het korte antwoord.

'Wegblijven daar. Het AT is er nog niet. Geen individuele acties.'

Anne knikte instemmend. Ze wist één ding heel zeker: nu ingrijpen zou kunnen uitlopen op een bloedbad. Het wachten was op het arrestatieteam. Gefixeerd bleef ook zij naar het scherm kijken hoe de mensenmassa razendsnel een heenkomen zocht tot de hele straat verlaten was. Ze zag een paar agenten gehurkt en met getrokken pistool aan weerszijden van de winkeldeur zitten. De camera draaide van de deur weg naar een hoek van de straat en zoemde in.

Met verbijstering zag Anne hoe een agent een lichaam uit de gevarenzone wegsleepte. Ze zag hoe hij voorbij de hoek van de straat een meisje in zijn armen nam en wegliep.

'Het slachtoffer is een vrouw,' meldde de mobilofonist droog. 'Ambulance is er al.'

'Verbind me door met de commandant op de Herenmarkt,' riep Anne naar de telefonist.

Ze zette de telefoon op de luidspreker zodat iedereen mee kon luisteren.

'Derks,' schalde het door de ruimte.

Peter Derks, herkende Anne. Onverstoorbare, krachtdadige Peter Derks met wie ze zeker drie jaar in de binnenstad had gewerkt. 'Anne Kramer,' antwoordde ze kort. Dat was voldoende.

'Twee daders binnen. Gijzelaars weten we nog niet zeker. Volgens een klant die even eerder in de zaak was, waren er alleen een man en een vrouw achter de toonbank. Ze hebben om voor mij onduidelijke redenen geschoten vanuit de winkel en zojuist een meisje geraakt.' Op de achtergrond klonk herrie. Iemand riep iets onverstaanbaars. 'Ik hoor net dat ze in de borst geraakt is. Meer weet ik nog niet.'

'Contact met die lui in die winkel?' wilde Anne weten.

'Nog niet. We hebben het telefoonnummer van die zaak inmiddels wel. Maar gezien de commotie dacht ik...'

'Jij beslist wanneer,' zei Anne.

'Enig zicht op wanneer ik het AT hier kan verwachten?' vroeg Derks.

De mobilofonist stak drie vingers op. 'Drie minuten, hoor ik hier,' antwoordde Anne.

'We hebben nog geen geluid en geen beelden van binnen.'

De man van de afluisterapparatuur keek op. Er waren al specialisten onderweg, richtmicrofoons en plakkers tegen de buitenmuren vormden geen probleem. Maar het boren van gaatjes voor de camera's was een ander verhaal. Hij schudde zijn hoofd in Annes richting. 'Dat gaat nog zeker een uur duren,' liet hij erop volgen.

Anne herhaalde die mededeling hardop voor Derks en verbrak toen de verbinding.

De tijd voor de briefing was aangebroken, nu ze enigszins wist wat de situatie was. Ze moesten rekening houden met de consequentie dat de gijzeling misschien wel een weekend of langer kon gaan duren. Dat betekende dat een deel van de binnenstad van Amsterdam al die tijd afgesloten moest blijven voor het publiek. Naast alle zorgen die ze had om het welzijn van de slachtoffers zou de economische schade voor winkeliers en horeca groot zijn. Anne kon nu al voorspellen dat dit ook voor het gemeentebestuur een moeilijk weekend werd vol kwaaie middenstanders.

Herman van Hoogen zat achterovergeleund te luisteren, een tevreden glimlachje om zijn lippen. De chef wist precies waar de voetangels en klemmen lagen waar niemand anders rekening mee hield in dit soort situaties. Het crisisteam zou niet voor de voeten gelopen worden door de belangen van het stadhuis.

Herman kon stilletjes genieten van de manier waarop Anne Kramer soms het domme blondje speelde, om dan ineens vlijmscherp uit de hoek te komen.

'De gijzelnemers,' zei Jan Kuiper en kwam overeind, 'zijn minstens twee overvallers die er een bende van maakten. Het gaat om vrij jonge knapen. We zoeken nog naar bewakingsbeelden van de straat. Wat frappant is, is het feit dat tegelijkertijd ook twee knapen bij de Coffee Company hebben toegeslagen. Ook die droegen bivakmutsen, hebben twee keer in het plafond geschoten en zijn vervolgens in rook opgegaan. Vermoedelijk door de commotie bij de winkel. Ik voel een verband, al weet ik nog niet precies hoe het zit.'

Even ging er een lampje bij Anne branden. Schoten in het plafond.

'Zullen we alle mobiele telefoonverbindingen in de omgeving nu platleggen?' vroeg Herman opeens.

Anne nam een slokje water. 'Waarom?'

'Omdat ze anders hun vriendjes bellen. Of het journaal.'

Er was al eens een geval geweest waarbij journalisten contact hadden met de gijzelnemers, waardoor alles wat er gebeurde live in het nieuws te volgen was.

'Als we een eventuele telefoon van die jongens kunnen traceren, zou dat ook heel wat informatie op kunnen leveren,' opperde Anne. Ze dacht even na. 'Probeer tot een uur of zes hun toestel op te sporen. Als het dan nog niet is gelukt, gooi je de hele boel maar plat.'

Haar telefoon ging.

'Kramer,' zei ze haastig.

'Peter Derks. Het gewonde meisje is stabiel. Schot in de borststreek, maar niet levensgevaarlijk. De kogel is er keurig door gegaan.'

Anne slaakte een overwinningskreetje dat de anderen deed lachen en legde op.

Cok kwam de commandoruimte binnen. 'De Driehoek wacht in de Koppenzaal op je,' zei de secretaresse.

'Nu al?' riep Anne. 'Ik heb ze nog niks te vertellen.'

Mopperend stond ze op. Even later liep ze samen met Cok de trap op.

'Voor we naar binnen gaan: hoe is het nu tussen Eerenberg en Hafkamp?'

'Gewapende vrede, allebei in de loopgraven, loerend over het niemandsland. Waarschijnlijk zullen ze zich met de burgemeester erbij wel rustig houden. Maar alleen van de naam Hafkamp krijgt de baas al jeuk.' Ze waren bij de deur van de Koppenzaal. 'Ze zijn er allemaal al,' fluisterde Cok nog, net voordat ze de deur opendeed.

In een oogopslag zag Anne de drie mannen zitten. Eerenberg aan de ene kant van de tafel, de burgemeester en de hoofdofficier tegenover hem. Haar baas wees op de stoel naast hem en Anne ging zitten.

'De controles hebben een vervelend neveneffect,' zei burgemeester Henstra en schudde meewarig het hoofd. 'Namelijk dat de media zich hebben gestort op de term "scooter-Marokkanen", die door jouw voorlichters steevast wordt gebruikt. Ik heb elke keer de hele Marokkaanse belangenvereniging hier op de thee.'

Anne boog zich haastig over de tafel zodat niemand de grimas kon zien die zijn woorden bij haar veroorzaakten.

'De gemeenteraad stelt vragen, ik heb last van pinnige stadsdeelvertegenwoordigers en dat allemaal vanwege ongenuanceerde uitspraken van jouw mensen. Zeg dan gewoon: jongens op scooters.'

Anne zag aan zijn trillende vingers dat Eerenberg zich opwond. 'Ik kan er ook niets aan doen dat er vreselijk veel Marokkaanse jongens tussen zitten,' verzuchtte hij. 'Zullen wij als politie geen persvoorlichting meer doen? Het zou me een lief ding waard zijn als ik mijn afdeling Voorlichting kon inkrimpen doordat jullie dat overnemen. Dan kunnen wij ons weer helemaal richten op ouderwets boeven vangen. Wij blij, de mensen blij, jullie weer een klus erbij...'

Hij legde zijn handen voor zich op de tafel. 'Wat wil je nou, Sietse? Dat ik ermee stop? Ik peins er niet over. Het heeft een geweldig effect. Het aantal overvallen keldert elke dag verder.'

'Nou,' zei hoofdofficier Hafkamp meewarig, 'in de binnenstad denken ze daar momenteel heel anders over. Twee tegelijk zijn het er inmiddels. Tenminste, dat hoorde ik zojuist. Compleet met schietpartijen en gewonden.'

'Anne, wil jij ons informeren?' vroeg Eerenberg.

'Een lichtgewonde,' verbeterde Anne de hoofdofficier. 'Een vrouw in de Haarlemmerstraat is geraakt, haar toestand is stabiel. De gijzelnemers schoten; waarom is nog onduidelijk, er was geen directe aanleiding voor.'

Ze vertelde iets over de te volgen tactiek, het doel was zowel de man als zijn dochter veilig uit de winkel te krijgen. Daarvoor moesten de overvallers uitgeput worden, in de hoop dat ze zich uiteindelijk zouden overgeven. Dit betekende dat het nog lang kon duren voordat het afgelopen was. Met opzet begon ze niet over de consequenties voor de winkeliers en de horeca. Als burgemeester Henstra daar niet aan dacht, zou zij hem niet op die gedachte brengen.

'Hoe lang is lang?' vroeg Hafkamp met een schuine blik naar Anne.

'Ik weet het echt niet,' antwoordde ze vlak. Wat een smerige intrigant was hij toch. 'Maar in elk geval zo lang als nodig is om de levens van twee gegijzelden niet in gevaar te brengen. Of u moet vinden dat...?'

'Alsjeblieft niet, zeg!' riep de burgemeester uit. 'We gaan hier niet met mensenlevens spelen.'

'Als er in de loop van de nacht ontwikkelingen zijn die zwaarwegende besluiten vergen, zult u telefonisch worden geïnformeerd en geconsulteerd,' besloot Anne haar betoog.

De hoofdofficier en de burgemeester knikten instemmend en stonden op. Zonder elkaar gedag te zeggen liepen de twee de kamer uit, Anne en Eerenberg achterlatend.

Anne hoorde hem opnieuw zuchten.

'Kan ik helpen?' vroeg ze terwijl ze haar stukken bij elkaar zocht.

De hoofdcommissaris keek haar even aan, mismoedig schudde hij zijn hoofd.

'Dat heb je net al genoeg gedaan. En ik ga jullie controles op scooters niet om politiek wenselijke redenen stilleggen.'

'Ze hebben andere motieven,' zei Anne en volgde hem de zaal uit en de gang op.

'Bullshit, die motieven van hen. Altijd hetzelfde gedram van politieke minkukels.'

Ze keek even opzij. Eerenberg had nog nooit dit soort taal gebruikt in haar bijzijn. Kennelijk was hij tot het uiterste getergd door de verwijten in de media. Anne kende het spelletje zo langzamerhand. Nadat *Het Parool* een artikel had geschreven met de kop 'Politie veegt scooter-Marokkanen van straat', belden journalisten van andere media met gemeenteraadsleden: wat die daar nou zoal van vonden. Natuurlijk vind je er dan een paar met flinke kritiek en grote woorden. Zo kreeg Henstra natuurlijk zijn boze gemeenteraad aan de telefoon en was het kringetje rond.

'Het ligt gewoon gevoelig,' constateerde ze.

'Met je leuter tussen de brandnetels, dát is gevoelig!' riep Eerenberg kwaad, Anne Kramer volkomen verbluft achterlatend.

'Ik moet naar het toilet,' klaagde het meisje, maar niemand reageerde. Ze kronkelde haar onderlijf en probeerde aandacht te trekken door met haar voeten op de grond te bonken.

'Hé, ik kan het niet meer ophouden!' schreeuwde ze zo hard ze kon. Ze had er alles voor overgehad om dit niet tegen de mongool die bij haar voeten zat te hoeven zeggen, maar in haar broek pissen ging het meisje net te ver.

Bennie pakte haar bij de schouder; zo goed en zo kwaad als het ging sleepte hij haar overeind en hielp haar de trap af naar het toilet. Even stond hij in dubio, pakte een mes uit zijn broekzak, knipte het open en hield het voor haar gezicht. Toen sneed hij in één beweging haar handen los.

'Niet kutten,' zei hij, 'want dan krijg je er een gat bij.'

Hij hield de deur van het toilet open en keek intussen goed rond. Er was niets vreemds te bespeuren, niets wat het meisje zou helpen iets aan haar gijzeling te veranderen.

'Geen geintjes,' zei hij dreigend. Met het mes in de hand leunde hij tegen de muur.

'Wil je dan wel even de andere kant op kijken?' vroeg ze zacht.

Hij keek haar aan, ze had tranen in haar ogen.

'Ach, doe die klotedeur maar op een kier,' besloot hij toen. 'Je gaat toch nergens heen.'

Na een paar minuten hoorde hij het toilet doortrekken en even later opende ze de deur. Hij greep haar bij haar polsen, draaide er nieuw tape omheen en sleurde haar daarna de trap weer op.

'Au, klootzak!' riep ze, terwijl ze haar evenwicht verloor. Toen tuimelde ze naar beneden. Bennie had haar stevig bij de arm en kon niet voorkomen dat ook hij uit balans raakte. Met een schreeuw viel hij achter haar aan de treden af. Hij sloeg hard met zijn hoofd tegen de knie van het meisje en het dreunde direct in zijn hoofd. Met moeite krabbelde hij overeind en trok haar van de grond. Ze liet direct al haar verzet varen toen hij het mes dat hij nog altijd in zijn hand hield op haar keel zette.

'Je strot kan open van oor tot oor,' fluisterde hij haar hijgend toe.

Mustafa had een paar repen chocolade weggegrist en liet het snoepgoed langzaam op zijn tong smelten. Hij dacht na over wat Mo had gezegd. Bennie moest het maar doen, besloot hij. Hij kon het niet, wilde het niet. Zijn vriend zou er geen moment moeite mee hebben. Nee, Bennie zou zonder een spier te vertrekken de trekker overhalen, daar was Mustafa zeker van.

'Wil je niet even meelopen naar de kelder?' vroeg Anne, 'iedereen zal het leuk vinden dat je even je gezicht laat zien. Het is ook heel goed voor de ploeg.'

Eerenberg keek op z'n horloge en gromde. Anne knikte tevreden; haar poging om de baas weer een beetje vrolijk te stemmen ging de juiste kant op.

'Breng mij maar eens even naar beneden.'

Het klonk in ieder geval een stuk vriendelijker, dacht Anne.

'Chef, als ze het op scherp gaan spelen, kunnen we de controles toch gewoon even twee weken opschorten?'

'En dan?' vroeg Eerenberg. 'Dan zijn het opeens eskimo's geworden?'

'Dan is de druk van de ketel. En heeft de pers allang weer wat anders om op te schieten. Bovendien, een adempauze komt de meeste districtschefs goed uit. Er zijn ook andere dringende zaken.'

Eerenbergs gezicht klaarde op en hij knikte goedkeurend.

'Misschien is dat wel wat,' zei hij met een vals lachje. 'Even een pas op de plaats. Een adempauze. En net als dat geteisem denkt dat we ze niet meer in de kijker hebben...' Hij keek haar aan. 'Evalueren en daarna doorgaan, Kramer.'

'Ja, chef!' riep ze luid.

Even later stond Eerenberg met een kop koffie in zijn hand te kijken in de kelder. Hij werd met open armen ontvangen. Iedereen vond het prachtig dat de hoofdcommissaris op bezoek kwam en zijn belangstelling liet blijken.

'Anne,' zei hij opeens zacht en ze keek op.

'Dat van die... die jeukende leuter... dat moet je maar heel snel vergeten.'

'Wat moet ik vergeten?' vroeg Anne en wierp haar baas zowaar een knipoog toe.

Het team van onderhandelaars was met spoed opgeroepen. Al een tijdje geleden hadden ze hun onopvallende zwarte bestelbus op de Herenmarkt geparkeerd.

Aan de buitenkant was niets bijzonders te zien en de ramen waren geblindeerd. Een oplettende voorbijganger zou hooguit bij toeval kunnen zien dat de auto af en toe bewoog.

Gijzelingen of afpersingen waren geen dagelijks werk voor de onderhandelaars; het meest werden zij ingezet als mensen van een brug of dak wilden springen om een eind aan hun leven te maken.

De werkruimte bevond zich in het achterste deel van de auto, alles was zeer efficiënt ingericht met de nieuwste technische snufjes. In de kofferruimte lagen tassen met klimwerktuig.

Carla en haar teamgenoot zaten gespannen te luisteren of de overvallers de telefoon zouden opnemen. Allemaal hadden ze koptelefoons op.

'Neem op, eikel,' mompelde Carla. Soms dacht ze dat het hielp als ze zich concentreerde op de persoon aan de andere kant van de lijn, een soort telepathie. Het was natuurlijk onzin, maar toch... Als ze niet opnamen werd onderhandelen erg moeilijk. Ze moesten dan proberen om met een megafoon contact te maken, wat betekende dat iedereen kon meeluisteren. In het uiterste geval kropen de onderhandelaars achter schilden van het arrestatieteam naar het pand, waarna ze door een raam of deur rechtstreeks spraken met de gijzelnemers.

De telefoon op de toonbank verscheurde luid rinkelend de stilte. Verschrikt keken ze elkaar aan, niemand bewoog. Mustafa wist dat hij de telefoon op moest nemen, maar aarzelde even. Toen raapte hij al zijn moed bij elkaar, richtte zich moeizaam op en nam de hoorn van de haak.

'Ja.'

Een heldere vrouwenstem zei: 'Met Carla, ik ben van de politie.'

Mo had gelijk, dacht Mustafa zonder antwoord te geven. Ze zouden altijd eerst onderhandelen.

'Is het een beetje rustig binnen?' vroeg de vrouw. 'Die mensen die je daar bij je hebt, hoe gaat het met ze?'

'Nog goed. Maar als jullie niet doen wat ik wil, gaat dat snel veranderen.'

'Maak je geen zorgen. Wij willen ook dat...'

'Wat jullie willen interesseert me niet!' schreeuwde hij in de hoorn. 'Jij moet naar mij luisteren, trut, en verder niks.'

Hij liep naar het raam zo ver het snoer dat toeliet en stak toen zijn middelvinger omhoog. Bennie keek toe en grijnsde. Daarna wierp hij een blik op de man en het meisje, die zich inspanden om alles te kunnen volgen. Het was goed dat die twee konden horen wat er ging gebeuren.

'Ik luister naar je,' zei Carla sussend, 'maar ik wil ook graag weten hoe het met die mensen is. Zijn er gewonden?'

'Dat zeg ik toch? Nog niet,' antwoordde Mustafa. 'En wij willen "een vrije aftocht", hoor je me? "Een vrije aftocht", doos.'

Hij sprak de woorden heel nadrukkelijk uit en dat deed Carla's voorhoofd fronsen.

'Niet zijn eigen woorden' schreef haar meeluisterende collega op een blocnote. Carla knikte instemmend. Iemand had de jongen die term ingefluisterd. Zijn makker bij hem? Maar waarom had deze knaap dan de telefoon opgenomen?

'Hoe heet je?' vroeg ze. 'Maakt niet uit of het je echte naam is, maar ik wil je graag iets kunnen noemen.'

Mustafa aarzelde en lachte toen schamper.

'Noem me maar Osama,' zei hij toen. 'Osama bin Laden.'

Bennies ogen werden zo groot als schoteltjes van verbazing en toen schudde hij heftig zijn hoofd.

'Vind je die zo goed dan?' vroeg Carla en ze moest haar best doen haar kalmte niet te verliezen. Een terreuraanslag was niet bepaald wat ze verwacht had, maar scherpte alles natuurlijk nog veel meer aan.

Mustafa begreep opeens dat zijn idee een stuk minder lumineus was dan hij in eerste instantie dacht.

'Nee, mens,' zei hij daarom haastig. 'Ik ben toch geen fucking terror-boy?' Hij haalde diep adem. 'Maar ik wil hier wel weg, anders maak ik die ouwe dood. Hoor je me?'

'Ik wil met een van die mensen praten om te horen dat alles goed is,' antwoordde Carla opgelucht. 'En dan praten we over hoe we dit oplossen, goed?'

'Jij maakt hier de dienst niet uit, kutwijf!' schreeuwde Mustafa haar toe. 'Ik bepaal wat...'

'Wisselgeld,' onderbrak ze hem. 'Het gaat gewoon om wissel-geld. Als met die mensen alles goed is, laat jij je van je goede kant zien en doen wij dat ook. Dat is heel normaal.' Opeens kreeg ze een ingeving. 'Zo gaat het toch ook in elke film die je ziet?'

Mustafa dacht na. Het was wel waar.

'Kom hier!' hoorde ze aan de andere kant. 'Sta op en kom hier. Bennie, help haar omhoog, lul. De kit wil met haar praten.' Na wat gehijg en rumoer klonk een zachte stem door de telefoon, waarschijnlijk van het meisje.

'Ben je ongedeerd?'

'Ik ben van de trap gevallen...' hoorde ze haar zeggen en toen werd de hoorn bij haar weggetrokken.

'Maar ze heeft verder niks en die ouwe ook niet,' zei Mustafa. 'Daar heb je je wisselgeld. Dus nu ga jij doen wat ik zeg.'

'En dat is?'

'Een auto voor de deur.'

'Genoteerd,' zei ze.

'Binnen een half uur.'

'Wat?' vroeg ze. 'Zo snel gaat dat niet... Osama. Die auto moet uit een garage hierheen komen, de stad door. De boel is afgezet dus dat duurt...'

'Voor elf uur vanavond. Laatste bod.'

Bewust liet ze een stilte vallen.

'Ben je er nog?' vroeg Mustafa.

'Ja ja,' antwoordde ze haastig. 'Maar ik moet je vraag voorleggen aan...'

'Geen vraag, verdomme! Een eis, trut! En als jij er niet over gaat, geef dan een ander aan de lijn die wel wat te vertellen heeft bij jullie.'

Carla grijnsde naar haar collega, die zijn duim opstak. De weg was vrij voor een volgende onderhandelaar, iets wat tijd opleverde en de positie van de tweede verstevigde.

'Ik heb er al één gedaan, een tweede maakt me niks uit hoor,' raasde Mustafa verder.

Carla's collega schreef met grote letters 'die vrouw buiten' op het papier.

'Wil je weten hoe het met haar is?' vroeg ze, maar Mustafa riep nog slechts: 'Auto!' Daarna smeet hij de hoorn op de haak. Bij elkaar hadden ze een kleine tien minuten aan de telefoon gezeten. Alles wees erop dat deze jongens geen professionals waren. Professionals lieten zich niet verleiden om langdurig te praten, laat staan terroristen. Dat was echter geen reden voor optimisme alleen, de jongen aan de telefoon was behoorlijk onberekenbaar. Hoe groot was het risico dat een van de twee gijzelaars omgebracht zou worden, als ze het ultimatum lieten verlopen? De leiding en de Driehoek verwachtten van hen een advies over de strategie die de beste kans van slagen had. Even was het stil in de onderhandelingsauto. Afwachten, niet op het ultimatum ingaan, dat werd het uiteindelijk. Intussen zou ze wel proberen contact te blijven houden, zodat ze zo veel mogelijk de lont uit het kruitvat kon houden. Maar de hele nacht nam niemand in de winkel de telefoon meer op.

Toen Anne binnenkwam in de volle Koppenzaal, leken de eerdere kemphanen genoeglijk met elkaar te praten in een sfeer die op het eerste gezicht zelfs ontspannen leek. Het had zowaar de schijn van een eensgezind trio, dat alle verschillen terzijde schoof nu er moeilijke besluiten genomen moesten worden.

Toen ze op de stoel naast Eerenberg ging zitten, knikte hij haar vriendelijk toe. Even boog hij zich naar haar toe.

'De "evaluatiepauze" doet nu al wonderen,' fluisterde hij.

Ze begreep het; de burgemeester kon zeggen dat hij maatregelen had genomen en de hoofdcommissaris kon doen alsof zijn neus bloedde. De controles zouden tijdelijk opgeschort worden en na een paar weken in alle hevigheid weer losbarsten, iets wat Eerenberg vermoedelijk nog niet aan de andere twee had meegedeeld.

De gezichten werden ernstig toen Anne verslag deed en duidelijk maakte voor welk dilemma ze stonden. Zorgvuldig en uiterst formeel zat Cok aan de andere kant van Eerenberg, haar vingers gingen snel over het toetsenbord van de laptop; alles wat gezegd werd zou vastgelegd worden.

Naast de burgemeester zat ook een vrouw, zijn hoogste ambtenaar en persoonlijk adviseur. Het was Anne al eens eerder opgevallen dat Maureen alles opschreef in een groot boek, bladzijde na bladzijde. Misschien was ze een liefhebber van de oude stempel, zonder laptop of andere apparatuur, uitsluitend vertrouwend op pen en papier.

Naast Hafkamp zat ook een vrouw, Anne had haar niet eerder gezien. Drie vrouwen en drie mannen, de vraag was wie hier aan tafel de beslissingen namen.

'Anne,' zei Eerenberg met een knikje in haar richting.

De volgende paar minuten zweeg iedereen en luisterde naar Anne.

'Maar waarom kan het arrestatieteam niet voor elf uur naar binnen?' vroeg Maureen. 'Als het een paar jonge jongens zijn, kunnen ze die toch makkelijk uitschakelen?'

Anne antwoordde niet. Dit was geen televisieserie, dacht ze slechts. Dit was echt, en met een pistool in de hand was een jochie misschien wel vele malen gevaarlijker dan een ouwe rot. Vooral voor de gegijzelden.

'Op het stadhuis komen steeds meer klachten binnen over de afzetting, een heel weekend sluiten betekent een megaverlies voor de middenstand en de horeca.'

'Dus gaan we daar rekening mee houden ten koste van de veiligheid van...' begon Anne, maar Maureen schudde haar hoofd.

'Geen denken aan,' zei ze snel, 'maar een beetje rekening houden met de dreigende situatie is wel wenselijk. Ik hoop echt, puur op grond van de economische ellende en zonder iemand in gevaar te willen brengen, dat jullie er heel snel een eind aan maken.' Ze zweeg even. 'Dat is ook voor de gegijzelden het beste, denk ik zo.'

Iedereen keek naar Hafkamp, die tot op dat moment had gezwegen. Als hoofdofficier van justitie moest hij formeel de beslissing nemen. Op het eerste gezicht leek het er niet op dat dit hem makkelijk afging, hij steunde en zuchtte. Welke beslissing hij ook nam, er konden altijd doden vallen. Als het goed ging was je de held, maar ook alleen als het echt goed ging.

'Het arrestatieteam moet zulke amateurs toch inderdaad kunnen uitschakelen, voordat de winkelier en zijn dochter in gevaar komen?' vroeg hij zich met een geknepen stem af. Wat hulpeloos keek hij om zich heen.

Anne hielp hem niet. Niemand kon bij een bestorming van het arrestatieteam garanderen dat het goed af zou lopen. Zelfs voor de AT'ers. De opmerking van een van de overvallers dat hij toch al iemand had neergeschoten maakte het er niet makkelijker op. Het bewijs van hun genadeloosheid was daardoor al geleverd, snotneuzen of niet. Hafkamp had op deze vrijdagavond vast liever thuis met een stiekem glas cognac in zijn stoel zitten luisteren naar zijn lievelingsmuziek, dacht ze. Psalmen, waarschijnlijk. Of nog stiekemer een pornofilm gekeken. Ze glimlachte bij het idee.

De burgemeester en Maureen zwegen, zij waren evenmin van plan Hafkamp over de brug te helpen. Ook Eerenberg zweeg, maar keek Anne van opzij aan.

'Wat denk jij?' vroeg hij toen. 'Jij zit erbovenop.'

'Ik adviseer dit ultimatum te laten verlopen,' zei Anne met een strak gezicht. 'En te bekijken of we ze vervolgens weer verder kunnen bepraten. Uitputten in elk geval. De ervaring van onze deskundigen heeft geleerd dat gijzelnemers dan boos worden, maar ook onzeker en vervolgens een nieuw ultimatum stellen.'

Hafkamp keek haar blij verrast aan. 'Zo zij het,' sprak hij plechtig en legde zijn handen voor zich op tafel. 'We laten het verlopen.'

Amen, had Anne bijna gezegd, maar ze slikte dat woord net op tijd in.

Net voor elf uur die avond werd het stil in het commandocentrum. Niemand zei meer wat, af en toe klonk op de achtergrond een zachte stem van de mobilofonist. Iemand tikte nerveus met een pen op een bureaublad. De tijd verstreek tergend langzaam, maar na vijf minuten slaakten ze een zucht van verlichting. Er was niets gebeurd.

Anne rekte zich overdreven uit en besloot net om even een frisse neus te gaan halen, toen het schreeuwen begon. Het klonk als een onverstaanbaar geluid door de luidsprekers en even wist niemand wat er aan de hand was.

'Er is geschoten!' riep Carla vanuit het bestelbusje. 'Er is zojuist geschoten!'

Het was al die tijd stil geweest. In de winkel was geen beweging te bespeuren, meldden de observanten, en ook de telefoon werd niet opgenomen. Tegen het verstrijken van de termijn hadden Carla en haar collega de adem ingehouden. Stiekem hield ze haar vingers gekruist en opgelucht zag ze de wijzers van haar horloge voortkruipen. Het was net op het moment dat ze weer een poging wilde doen om de winkel te bellen toen de knal geklonken had. Droog, dof maar onmiskenbaar.

'Nee!' schreeuwde ze en graaide naar de telefoon. Een paar seconden later had ze Mustafa aan de lijn.

'Jullie!' schreeuwde hij. 'Jullie hebben geen auto gestuurd!'

'Jezus, jongen,' bracht Carla uit. 'Waarom heb je...?'

'Luisteren, kankerlijers!'

Ze hervond zich razendsnel.

'Ik luister.'

'Om vier uur is de volgende aan de beurt! Geen auto? Dood meisje!'

Daarna werd de telefoon erop gegooid. Even later ging het toestel ook niet meer over.

'Ze hebben de stekker eruit getrokken,' zei haar collega en Carla huiverde van kwaadheid. Ingrijpen was het enige wat hen nog restte, met alle risico's van dien.

'Waarom hebben we nog steeds geen beelden?' schreeuwde Anne wanhopig.

Het hielp niet, er veranderde niets aan het feit dat de winkelier vermoedelijk was doodgeschoten, zoals Carla net had meegedeeld. Alleen uit het woord 'vermoedelijk' putte Anne nog wat hoop. Het kon alleen dreigen zijn geweest, maar ze moest nu eigenlijk wel van het ergste uitgaan.

'Zorg dat we er op de een of andere manier achter komen of dat slachtoffer dood of levend is.'

Haar stem had ze snel weer onder controle. Die had ze hard nodig voor de drie vreselijke telefoontjes die ze ging plegen. Laat ik maar met Eerenberg beginnen, besloot ze.

16

Burgemeester Henstra liet zich de behandeling zichtbaar welgevallen en zat er met gesloten ogen tevreden bij.

'Het gaat over de gijzeling in de Haarlemmerstraat,' zei hij. 'Dat zult u vast ook wel gezien hebben?'

Kim keek hem via de spiegel aan en schudde haar hoofd.

'Ik zit midden in mijn tentamens,' zei ze. 'Dat vraagt al mijn tijd. Het enige wat ik op de televisie zie, is *Sesamstraat* omdat mijn dochter dat wil.'

'De halve binnenstad is afgesloten,' legde de burgemeester uit. 'Ook al niets van gemerkt?'

'Al anderhalve week niet meer in de stad geweest,' antwoordde ze en poederde voorzichtig verder.

Toen de deur openging en Jeroen binnenkwam, hield ze even op en keek hem aan.

'Ja,' riep hij, 'eenmaal ragebol op orde, alsjeblieft.'

Hij plofte in de stoel naast de burgemeester.

'Helemaal kaal?' vroeg Kim en haalde de kapmantel van Henstra's schouders. 'Of stekels?'

Hij dook opzij toen zij een schaar pakte en daarmee op hem af kwam.

'Ik ben het zat,' siste ze. 'Elke avond weer van een ragebol iets verzorgds en netjes maken, is te veel voor een mens.'

Hij keek haar strak aan. 'Maak er maar een eind aan dan,' zei hij. 'Maar wurg me, dat geeft minder rommel.'

Kim lachte. Ze mocht Jeroen graag, er was een speciale band ontstaan. Ze legde de schaar weg en deed hem de kapmantel om.

'Verder alles goed?' vroeg hij.

Subtiliteit was hem totaal vreemd, wist ze. Hij zette haar voor het blok, bewust of onbewust, en toch kon ze niet boos op hem worden. Ze deed of ze druk met zijn haar bezig was en zweeg alsof ze hem niet had gehoord.

'Ik vroeg of verder alles goed is?' drong hij aan.

Verschrikt keek Kim op. 'Natuurlijk,' zei ze. 'Alles is prima. Hoezo?'

'Omdat je laatst zo innig met Anne Kramer, onze politievrouw, aan het kouten was.'

Ze slikte een antwoord in. Het liefst was ze even tegen hem aan gekropen om een potje te janken. Toen schudde ze haar hoofd.

'Ik red me wel.' Hij deed zijn mond open, maar ze beduidde hem te zwijgen. 'Als ik het echt niet meer weet, kom ik wel bij je. Goed?'

Toen even later de deur achter hem dichtviel, keek ze hem peinzend na. Juist mensen die haar wilden helpen, stuurde ze telkens weg.

Het was al ver na twaalven toen Kim klaar was en haar fiets pakte. Ondanks het late tijdstip was het nog behoorlijk druk op straat, want het was vrijdagnacht, het begin van het weekend. Ze fietste over de Plantage Middenlaan in de richting van het Tropenmuseum. Op het fietspad aan de andere kant was het drukker, veel jongelui waren onderweg naar het centrum. Kim was gewend aan de stad, ze kende de gevaren. Ze had er zich nooit onveilig gevoeld, maar de laatste tijd was dat anders. Ze zette er flink de sokken in, intussen scherp om zich heen kijkend. Ze ontspande pas weer toen ze de Blasiusstraat in reed. Om zeven uur moest Anouk alweer opgehaald worden bij Daphne, ze had nog een paar uurtjes slaap om bij te komen. Even kwam ze in de verleiding om Anouk nu al bij Daphne op te halen, maar ze liet de gedachte varen.

Snel maakte ze haar fiets met de ketting vast aan het rek en opende de voordeur. Het licht in de gang deed het niet. Tastend zocht ze een weg naar boven. Bijna op de derde verdieping bleef ze doodstil staan. Onder haar deur zag ze een streep licht. Ze twijfelde, als ze wegging deed ze altijd alle lichten uit.

Binnen zat iemand op haar te wachten, dat kon haast niet anders. Met de sleutel in de hand stond ze voor haar deur, niet wetend wat te doen. Het was aardedonker. Haar hart bonkte in haar keel. Heel voorzichtig sloop ze verder en duwde zachtjes tegen de deur. Hij zat dicht en ze luisterde geconcentreerd of er iets in huis te horen was. Stilte. Kim haalde een paar keer diep adem om weer tot rust te komen. Het kon niet anders, ze was in de stress van het weggaan vergeten het licht in het halletje uit te doen. Misschien had Anouk op het laatste moment wel aan het lichtknopje gezeten, net als een week eerder.

Heel voorzichtig stak ze haar sleutel in het slot en duwde de voordeur open.

Er was niets te horen of te zien, met de ogen wijdopen van angst stapte ze naar binnen en deed iedere lamp aan die ze onderweg naar de huiskamer tegenkwam; even later baadde haar kleine etage in een zee van licht. Een zucht van opluchting ontsnapte haar.

Ze liep de gang in om haar jas op te hangen en bevroor toen opnieuw.

Er lag een envelop op het tafeltje. Ze wist het zeker, die lag er niet toen ze wegging.

Een ogenblik stond ze handenwringend naar de brief te kijken. Ze durfde het papier niet aan te raken, er was iemand binnen geweest. In paniek stapte ze achteruit de keuken in, greep snel een groot mes uit de la en liep opnieuw het huis door. Niets, helemaal niets. Even stond ze nadenkend in de kamer, het balkon was ze vergeten! Omzichtig sloop ze de keuken weer in en voelde aan de kruk van de keukendeur. Die zat op slot. Met het mes voor zich uit draaide ze de deur van het slot. Het balkon was leeg, zag ze toen ze haar hoofd om de hoek stak. Toch vertrouwde ze het niet, hij kon wel op het dak zitten. Vlug sloot ze de deur weer en draaide de sleutel om in het slot.

Toen wankelde ze achteruit de gang in en liet zich tegen de muur omlaag zakken. Ze sloeg haar armen stevig om haar knieën, het mes nog in haar handen. Ze sloot haar ogen, in de hoop dat de brief weg was als ze weer keek. Zolang ze niet begreep hoe die daar gekomen was, kwam het niet in haar op de brief te bekijken. Normaal lag de post achter de voordeur in het halletje, iedere bewoner pakte zijn eigen post. Iemand moest in de hal geweest zijn en de brief mee naar boven hebben genomen, het kon niet anders.

Na een paar minuten verzamelde ze al haar moed, stond op en pakte de envelop. Het stempel van de politie stond erop. Het was alsof opeens alle energie uit haar wegvloeide.

Ze sneed de envelop met het mes open, dat vervaarlijk trilde tussen haar vingers. De recherche nodigde haar uit om de volgende woensdagmiddag om twee uur langs te komen om foto's te bekijken. Hakim Ayoub, las ze als ondertekening.

De hoop dat ze haar vergeten waren, ging opnieuw in rook op. Het gevoel van radeloze angst sloeg om in redeloze woede; even later lag de brief in onnoemelijk kleine stukjes in de prullenbak. Haar boosheid zakte maar langzaam en pas in de vroege uren van de ochtend vielen haar ogen dicht.

17

'Kunnen we nu kijken hoe het er binnen echt uitziet?'

Een hele tijd had Anne Kramer al met een koptelefoon op zitten luisteren naar de geluiden vanuit de winkel. Het gegil van het meisje bleef nog lang nagalmen in haar hoofd.

Eindelijk was het gelukt om gaatjes te boren en infraroodcamera's te plaatsen, die in staat waren warmtebronnen weer te geven. In het winkelgedeelte waren er twee die niet van hun plaats kwamen. De andere twee verplaatsten zich regelmatig. Anne mopperde. Ze had graag echte beelden willen hebben, maar voor het arrestatieteam was infrarood cruciaal.

De chef van het AT had ongeveer tien minuten nodig om zijn aanvalsplan uit te leggen. Hij wees met zijn aanwijsstok naar de plattegrond van de winkel die op de tafel lag uitgevouwen.

'Via het dak of belendende percelen is het niet mogelijk om binnen te komen, dus moeten we door de voordeur en het nooddeurtje in het pothuis in de Buiten Brouwersstraat. Beide deuren wil ik met een explosieve lading tegelijkertijd opengeblazen hebben.'

'Zit daar een risico aan voor de gegijzelden?' vroeg Anne.

De commandant schudde zijn hoofd.

'De sterkte is zodanig dat niemand in de winkel gewond kan raken, hooguit een verdachte die te dicht bij een van de deuren komt. Maar dat is momenteel niet onze prioriteit, lijkt me.' Hij tikte met het stokje op de plaats waar een etalageruit stond aangegeven. 'Tegelijkertijd wordt de winkel in het traangas gezet en mikken we een *flashbang* door het raam om onze gijzelnemers te desoriënteren. Als zij wapens in hun hand hebben, worden ze door ons direct en gericht neergeschoten.'

Het verhaal stelde Anne niet gerust. Al vertelde de commandant het met een overtuiging alsof het zijn dagelijks werk was, Anne wist dat er nooit garanties gegeven konden worden. Zij moest straks de Driehoek adviseren over het tweede ultimatum. Hoe ging haar advies luiden?

Het was iedereen aan tafel duidelijk dat ze met onberekenbare jongens te maken hadden. In het begin van de gijzeling was er een redelijk contact geweest met de overvallers, waardoor te gemakkelijk de indruk was ontstaan dat de onderhandelaars grip op de zaak konden krijgen. Al was die man kennelijk niet dood, er moest iets gebeurd zijn, want het gegil van het meisje klonk erg overtuigend.

'Herman,' vroeg ze, 'denk jij dat hij toch dood is?'

Peinzend keek Van Hoogen voor zich uit, wreef even in zijn ogen van de slaap. 'Ik weet het niet,' antwoordde hij toen. 'Zijn lichaam kan misschien langzaam afkoelen of hij kan gewond zijn geraakt.' Hij wierp een scherpe blik in Annes richting. 'Of ze hebben haar met een peuk bewerkt. Of erger.'

Geschokt keek ze hem aan. 'Gatver...' Ze rilde.

Herman keek met opgetrokken wenkbrauwen over de rand van zijn leesbril.

'Je weet het nooit met dit soort psychopaten.'

Ook Anne knipperde met haar ogen van vermoeidheid. 'We weten ook nog niets over de identiteit van die twee.'

'Alleen de voornamen, Bennie en Mussie,' erkende Herman. 'Veel schieten we daar nog niet mee op.'

Anne gaapte. Het kwam erop neer dat ze met lege handen naar de Driehoek moest, ze kon geen garanties geven, alle opties leverden gevaar op. Er was geen contact meer met de daders en de deadline verstreek om vijf uur. Met zichtbare tegenzin nam ze de hoorn van de haak en begon aan haar telefonische vergadering met de drie mannen die moesten beslissen.

'Bestormen of toch wachten tot vijf uur,' besloot ze haar verslag, daarmee het dilemma bij hen neerleggend.

Het bleef stil aan de andere kant van de lijn, de burgemeester en de hoofdcommissaris zwegen. Anne had verwacht dat Hafkamp hun om hun mening zou vragen, maar dat deed de hoofdofficier niet. Het bleef ijselijk stil, ze hoorde geritsel, net alsof hij een krant op bed zat te lezen.

'Ik moet even iets innemen,' klonk het opeens zacht aan de andere kant. 'Migraineaanval.'

'We hebben weinig tijd,' waarschuwde Anne.

Ze keek op haar horloge. Het arrestatieteam was al in de omgeving, maar had tijd nodig om de bestorming daadwerkelijk te beginnen. Voor vijf uur moest de actie op z'n minst begonnen zijn.

De telefoon werd neergelegd en ze hoorde allerlei geluiden op de achtergrond.

'Hallo,' klonk opeens een vrouwenstem.

'Hallo,' antwoordde Anne aarzelend.

'Met mevrouw Hafkamp. Hij is even weg, hoor. Voor zijn pil.'

Mijn god, dacht Anne en wierp wanhopig haar hoofd achterover om naar het plafond te staren.

'Dit duurt te lang,' drong ze aan.

'Nog even maar, hoor,' antwoordde de vrouw. 'Hij moet echt even iets innemen. Anders kan hij niet helder denken en dat zouden we toch ook niet willen, nietwaar? Hij is in de badkamer.'

Via een andere lijn hoorde ze de stem van Eerenberg.

'Er moet nu een beslissing komen!' zei de hoofdcommissaris scherp. 'Desnoods neem ik hem.'

'Dat kan formeel niet,' hoorde Anne burgemeester Henstra zeggen.

Even vroeg ze zich af of Hafkamp werkelijk last had van migraine, of dat hij de beslissing ontdook. Dit was wel het slechtste maar ook onwaarschijnlijkste moment om in te storten.

'Anne, hoelang heb je nog?' vroeg Eerenberg gehaast.

'Niet lang,' antwoordde ze. 'Drie, misschien vijf minuten. Het kost tijd om de explosieven op de deuren aan te brengen.'

'Instortingsgevaar?' vroeg de burgemeester alsof hij elke reden om niet te handelen er wel aan de haren bij wilde slepen.

'Nee,' zei ze stellig.

'Mijn man komt eraan, hoor,' klonk het. 'Dit duurt altijd maar even.'

'Wat een toestand,' hoorde Anne de burgemeester zeggen.

'Ik moet nu een "go" hebben,' zei de AT-commandant nadrukkelijk. 'Anders gaan we de deadline niet, ik herhaal NIET redden.'

'De commandant moet nú weten wat hij moet doen,' schreeuwde Anne in de hoorn.

'Doen verdomme!' riep Eerenberg. 'Anne, ik neem de verantwoordelijkheid. Doen!'

'Go!' riep Anne in de mobilofoon. 'We hebben een "go", AT.'

Er klonk gerommel aan de andere kant van de lijn.

'Daar ben ik weer,' hoorde Anne Hafkamp zeggen.

'AT is onderweg,' bevestigde de commandant.

'Momentje, meneer Hafkamp,' riep Anne met haar meest beminnelijke stem en wachtte een ogenblik.

'Het AT is onderweg,' zei ze toen tegen de drie mannen aan de telefoon.

'Wat?' vroeg de hoofdofficier verbluft. 'In wiens opdracht dan?'

'De mijne,' bromde Eerenberg. 'We konden niet wachten tot jij je aspirientje ophad.'

Het was even stil voor de storm losbarstte.

'Als jij denkt dat ik dan wel de verantwoordelijkheid hiervoor ga dragen, Theo, dan vergis je je heel erg...'

Tegelijk met het toch al niet beste humeur van hoofdofficier Hafkamp ontploften ook de twee explosieve ladingen aan de voor- en achterdeur van de tijdschriftenwinkel.

Ze hadden de schijnexecutie best goed opgezet, vond Bennie. Hij had het liefst gewoon die ouwe vent afgeknald, maar Mustafa wilde het anders doen. Wisselgeld, dat hadden ze nu nodig. Het meisje dacht dat haar vader echt dood in het keldertje lag, dus zij was vreselijk gaan gillen, maar hij had haar uiteindelijk een ram op haar kop gegeven en toen was ze stil geworden. Hij keek op zijn horloge. Nog...

De klap waarmee de flashbang afging werd voorafgegaan door een vreselijke lichtflits die zowel Bennie als Mustafa volkomen verblindde. Even daarvoor was er plotseling een beweging te zien geweest voor de winkelruit aan de linkerkant, die daarna met hevig glasgerinkel werd ingeslagen.

Mustafa hoorde Bennie schreeuwen en brullen als een beest en had gevoeld hoe zijn vriend naast hem overeind gekomen was. Daar was het bij gebleven. Bennie viel als een blok boven op hem, en tegen de tijd dat de jongen alles had begrepen en zijn hersens het enigszins hadden verwerkt, lag hij al op zijn buik en werden zijn armen met genadeloos geweld op zijn rug gedraaid. Boeien klikten om zijn polsen terwijl hij hijgend lucht probeerde te krijgen; het scherpe traangas sneed hem de adem af.

Net voor ze een stinkende zwarte zak over zijn hoofd trokken, zag hij door zijn tranen heen Bennies gezicht met de naar boven starende ogen, net onder het gapende gat waarmee een kogel uit een machinepistool een eind aan zijn leven had gemaakt.

Het meisje was er slecht aan toe, meer dood dan levend werd zij achter de toonbank aangetroffen. De val van de trap had een schedelbasisfractuur tot gevolg gehad die haar bijna fataal was geworden. Onder geflits van tientallen fotocamera's van achter de afzetting werd ze een ambulance in gedragen, gevolgd door haar vader, die snel een isolatiedeken omgeslagen had gekregen.

Tegen de ochtend reed Anne naar huis. Ze was doodmoe en had grote moeite om tijdens de rit niet in slaap te vallen. Ze verlangde hartstochtelijk naar koele lakens. Het aanbod om zich door een chauffeur naar huis te laten brengen had ze beleefd afgeslagen. Ze wilde alleen zijn en een tijdje zo hard mogelijk haar eigen muziek horen. Eerenberg mocht zich gelukkig prijzen dat het goed was afgelopen, maar tegelijkertijd had ze bewondering voor het lef van haar baas. Hafkamp zou weinig poten hebben om op te staan wanneer hij achteraf nog zou protesteren. Migraine, dacht ze en haalde smalend haar neus op.

18

Rond dezelfde tijd ging Kims wekker af. Ze was net in slaap gevallen na een doorwaakte nacht. Binnen een paar tellen wist ze het weer, ze moest eruit om Anouk op te halen. Daphne moest vroeg op voor haar werk.

Ze schoot wat makkelijke kleren aan. Douchen deed ze straks wel samen met Anouk.

Even later spurtte ze op haar fiets naar het huis van Daphne, een paar straten verderop.

Daphne was al aangekleed en stond zich voor de spiegel op te maken. Het gebeurde wel vaker dat ze elkaar maar een paar minuten zagen als haar nichtje op tijd de tram moest halen.

'O ja,' zei Daphne en haalde gehaast een borstel door haar haren, 'Anouk wilde niet slapen omdat ze Beerie vergeten was. Dus moest ik nog naar jouw huis om die rotpop op te halen. Er lag trouwens een brief van de politie voor je op de deurmat.'

Daphne legde de borstel neer en pakte haar lippenstift. 'Wat heb jij met de politie? Problemen?'

Toen tuitte ze geconcentreerd haar lippen. Er kwam geen antwoord. Via de spiegel keek ze de kamer in. Kim zat aan tafel met haar hoofd op haar armen. Haar schouders schokten hevig. Geschrokken liep Daphne de kamer in en sloeg een arm om haar heen. 'Wat is dat?' vroeg ze. 'Wat is er gebeurd, joh?'

'Laat me maar,' snikte Kim. 'Af en toe heb ik het gewoon wat moeilijk.'

'Roep dat maar tegen een ander. Hallo, ik ben Daphne.'

Ze liep naar de keuken en zette even later een glas water voor Kim neer.

'Wat heb jij met die politie?'

Kim haalde een paar keer flink adem en nam voorzichtig een slokje.

'Ik moet foto's bekijken. Er was een overval en die dader is tegen me op gerend.'

'Jezus,' zei Daphne verbluft.

'En ik ken die jongen,' zei Kim met een wanhopige uithaal.

Daphne keek op haar horloge. 'Mijn tram!' riep ze. 'Shit, ik bel af. Ik meld me wel ziek.'

Kim kwam met een nog betraand gezicht overeind en duwde Daphne zachtjes naar de deur. 'Ga nou maar. Het komt allemaal echt goed. Ik ga het weekend naar Purmerend en dan zal het allemaal wel weer beter gaan. Kom jij dan volgende week maandag bij mij eten? Dan vertel ik je wel hoe het precies zit.'

Daphne keek haar even aan, overwoog wat verstandig was. Toen tuitte ze voorzichtig haar lippen, bang om haar make-up te verpesten als ze een kus op de wang van Kim zou drukken.

'Woensdag,' zei ze toen. 'Maandag en dinsdag ben ik... bezet.' Ze wierp Kim een veelzeggend lachje toe.

'Woensdag,' antwoordde Kim.

Daphne rende het huis uit, de voordeur sloeg achter haar dicht. Kim zakte op een stoel neer, haar armen hingen slap langs haar lichaam. Voorzichtig draaide ze haar hoofd heen en weer, haar nek en schouderspieren stonden strakgespannen. Er was dus helemaal niets aan de hand geweest. Ze moest oppassen, zo langzamerhand werd ze een nerveus wrak dat bij het minste of geringste onderuitging en in janken uitbarstte.

Ze haalde Anouk uit bed en kleedde haar aan. Ze zou niet naar Purmerend gaan, wist ze. Ze had het gezegd om Daphne gerust te stellen. Als ze twee weekenden achter elkaar kwam, zouden haar ouders zeker weten dat er iets niet in orde was.

Heel langzaam voelde ze hevige woede in haar opkomen, een gevoel dat ze nog niet eerder had ervaren. Zo'n etterbak was bezig haar leven te vernielen en zij was het weerloze slachtoffer. Misschien was het toch goed om er met Daphne over te praten. Twee wisten meer dan een.

19

'Wat een verschrikkelijke klootzakken,' riep Marit nadat Anne met een slaperig gezicht iets verteld had over de gijzeling.

Ze had een paar uur in bed gelegen en was vervolgens, nog half verdoofd, naar beneden gekomen voor de lunch. Gekleed in een vaal T-shirt en joggingbroek kwam ze de keuken binnen. Haar blonde haar hing in slierten langs haar gezicht, vet en ongewassen na de afgelopen nacht, maar het maakte haar niets uit. Het was zaterdag en ze had een drama overleefd. Trek had ze nog niet, een kop sterke koffie moest haar eerst weer een beetje op de been helpen. Ze ging aan tafel zitten en keek naar het glas naast haar bord.

'Verse jus d'orange?' vroeg ze verrast. 'Toe maar. Wie van jullie heeft...'

'Pa,' antwoordde Wout snel en trok de kaasstolp naar zich toe.

Jacob had dus sinaasappels geperst, besefte ze. Kennelijk ook voor haar. Was dat een soort signaal? Een aangeboden vredespijp?

'Je was om vijf uur nog niet thuis,' zei Marit verwijtend.

Anne schudde haar hoofd. Toen vertelde ze over de gebeurtenissen van die nacht.

De kinderen zaten met afschuw te luisteren.

'Wat een schoften!' Marits verontwaardiging was even oprecht als aandoenlijk, maar Anne stak vermanend haar vinger op.

'Zulke taal bezigen we niet in dit huis.'

Maar het meisje had wel gelijk, wist ze. De beelden van afgelopen nacht kwamen terug. Anne huiverde even. Voor haar gevoel had het ontzettend lang geduurd voordat de bevrijdende mededeling kwam dat de gegijzelden nog in leven waren. Toch had de bevrijdingsactie maar een tweetal minuten in beslag genomen. Doodstil zat iedereen in het commandocentrum af te wachten terwijl het gebeurde. 'Waarom heb je ze niet meteen bevrijd?' onderbrak Wout ruw haar gedachten.

Stevig nam hij de pepermolen in zijn linkerhand en draaide de kop rond boven zijn boterham met kaas en tomaat. Van Wout had ze die vraag kunnen verwachten. Onomwonden, recht voor z'n raap. Intussen propte hij een te groot stuk brood in zijn mond.

'Omdat je nooit overhaast en zonder nadenken moet handelen,' zei ze streng. 'Zoals je ook geen homp brood in je mond moet proberen te proppen. Alsjeblieft Wout, het is geen gezicht.' Anne haalde haar neus op. 'Hol vat dat je d'r bent.'

Ze aten verder, totdat Wout naar zijn kamer verdween om zijn gitaar te martelen en Marit op de fiets sprong voor een afspraak met haar vriendinnen.

Anne dacht een moment na en stond toen op. Langzaam ruimde ze de tafel af, zette de etenswaren weg en liep vervolgens naar Jacobs werkkamer. Zacht klopte ze op de deur. Hij zat aan zijn bureau iets te lezen. Het moesten wel juridische stukken zijn, want de Bijbel of het *Reformatorisch Dagblad* had ze direct herkend.

'Dit kan niet langer zo,' zei ze terwijl hij naar haar opkeek.

'Wat niet?'

'We moeten echt praten. Geen kinderachtig gedrag meer van ons allebei. Gewoon alles zeggen wat je op je hart hebt.'

Jacob schokschouderde. 'Jij wilt niet verder,' zei hij toen. 'Ik wilde laten merken dat ik dat wel wil.' Hij boog zich weer over zijn papieren.

'Draai je niet van mij af,' zei Anne fel. 'Je bent helemaal niet van plan om...'

Ze beet op haar tong en moest zich inspannen om rustig te blijven. Altijd dat zwijgen van hem, zijn arrogante wegdraaien en die houding alsof hij de zielige, onterecht verlaten echtgenoot was. Anne wierp een blik naar buiten. Het regende.

'Als je nou eens gewoon in de kamer komt zitten,' probeerde ze, 'dan gaan we...'

'Je kunt die therapeutische trucjes wel vergeten,' zei hij gebelgd. 'Jij wilt bij mij weg, ik niet bij jou. Meer is er niet over te zeggen.' Hij keek kwaad naar haar. 'Sterker nog, jíj wilt weg en ík moet een andere plek zoeken.' Hij snoof. 'Over rechtvaardigheid gesproken, mevrouw de politieagente.'

'Jacob, hou op alsjeblieft.'

'En je zet de kinderen ook op het verkeerde been,' ging hij verder. 'Ze vervreemden gewoon van me. Gehoorzamen me niet meer. Sterker, ze trekken zich niets van me aan.'

'Dat valt reuze...'

'Wat weet jij daarvan?!' schreeuwde hij haar toe. 'Jij bent er nooit!'

Anne beet op haar lip. Dat verwijt maakte hij haar al jaren. Haar kinderen lieten maar sporadisch merken dat ze er last van hadden, maar hij haalde het paard elke keer van stal als het hem te pas kwam. Ze werd kwaad.

'En dat zeg jij? Terwijl je dat hele eind naar Nijkerk wilt verhuizen zodat ze uren moeten reizen om bij hun vader te kunnen zijn!'

'Alsof ze dat nog willen,' schamperde Jacob en stak zijn vinger naar haar uit. 'En jij maakt niet uit waar ik ga wonen, Anne! Je hebt beslist dat ik hier weg moet en voor de rest heb je dan ook geen moer meer over me te vertellen. Hoor je me? Geen moer!'

Abrupt draaide hij zich om en ze staarde even naar zijn rug. Zinloos, dat was het.

'Om over je escapades met je vriendje in Roemenië nog maar te zwijgen,' zei hij plotseling.

Annes mond viel open van verbazing. 'Wat zeg je?' hijgde ze.

'Met meneer De Bree, de officier,' zei hij. 'Denk je dat ik gek ben? Dat verhaaltjes mij niet bereiken? Ik ben advocaat, Anne. Weliswaar in het bestuursrecht, maar ik kom ook op rechtbanken. Mensen praten met mij, Anne. En die vertellen honderduit over de relatie die jij kennelijk met meneer De Bree bent aangegaan.'

'Ik heb geen relatie met meneer De...'

'Hoofdofficier Hafkamp, een broeder uit de gemeente zoals je weet, bevestigde het.'

'Heeft Hafkamp...'

Jacob hief bezwerend zijn handen. 'Niet rechtstreeks, maar een goed verstaander...'

Annes ogen spoten vuur. 'Die smerige rotschoft!' krijste ze. 'Hoe haalt-ie het in zijn hersens? Ik...'

'Ja hoor,' viel Jacob haar in de rede. 'Schreeuw het ook nog even van alle daken. Hij is machtiger dan jij, Anne.' Hij keek fel in haar ogen. 'En hij heeft recht van spreken, denk ik zo. Of durf je op het leven van je kinderen te zweren dat er niets is tussen jou en Peter de Bree? God is je immers niet zoveel meer waard de laatste jaren.'

Anne aarzelde, ze hakkelde. Ze had iets voor Peter gevoeld, al had dat inmiddels plaatsgemaakt voor afkeer. Helemaal gelogen was het niet, dat er iets was of was geweest. Ze zocht naar woorden.

'Zie je wel?' vroeg hij en de minachting droop van zijn woorden. 'Ga dus maar heel gauw weg met je hypocriete gedoe. Je bent ten prooi gevallen aan die Amsterdamse mentaliteit, aan dat sodom en gomorra-gedrag. Jij stuurt mij weg?' Hij lachte schamper. 'Ik hoef jou niet meer.'

Nogmaals draaide Jacob haar de rug toe. Hij had een spelletje met haar gespeeld, realiseerde Anne zich opeens. Haar gelokt met een glaasje jus d'orange om haar vervolgens genadeloos te confronteren. Trillend van woede smeet ze de deur dicht en liep stampvoetend naar de woonkamer.

Wout zat op de bank met de kat op schoot. Geschrokken keek hij zijn moeder aan.

'Het gaat niet goed, hè?' vroeg hij.

Ze plofte naast hem neer en streek met haar hand door zijn haren. Tranen schoten in haar ogen.

'Nee,' wist ze nog met moeite uit te brengen en legde toen snikkend haar hoofd op zijn schouder.

In de auto keek Herman haar bezorgd aan.

'Niet uitgerust?' vroeg hij. 'Geen lekker weekend gehad?'

Ze schudde haar hoofd.

'Onrustig,' zei ze alleen maar en hij wist dat hij niet verder moest vragen.

Ze hadden het kort over de migraineaanval van Hafkamp.

'Hij is even weg, hoor,' deed Anne mevrouw Hafkamp na. 'Voor zijn pil.'

Herman schaterde. 'Met dat soort idioten moeten wij de oorlog winnen,' zei hij toen. 'Meneer de hoofdofficier van justitie. Schijtbak.'

'Meer dan dat, jongeman,' zei Anne. 'Nog veel erger dan een schijtbak.'

Ze noemde hem altijd jongeman. Herman was zowat zestig, maar hij zag eruit als een jonge vent, al was het dan met een prachtige grijze snor. Je kon echt niet aan de buitenkant zien dat hij tegen zijn pensioen aan zat, hij werd gewoon niet ouder. 'Waar gaan we eerst naartoe?'

'Naar het ziekenhuis, dacht ik zo,' was zijn antwoord. 'Het VU, daar is het meisje opgenomen. Ik heb gisteren nog contact gehad met de ouders, de vader was vrijdagnacht al meteen ontslagen uit het ziekenhuis. Zo op het oog gaat het goed met hem. Maar de verwerking kan maanden of jaren duren.'

Anne knikte. 'Of eeuwig,' zei ze erachteraan. Ze zette haar zonnebril op, de laagstaande zon scheen in haar ogen. 'Pepermuntje?'

'Graag,' zei Herman en liet het gaspedaal een beetje los. De auto minderde vaart. 'Even rust,' zei hij tevreden.

Onder in haar tas vond Anne het rolletje.

'Ik heb nog een nieuwtje voor je,' zei Herman terwijl hij even opzij keek.

'Als het maar iets goeds is, anders hoeft het niet. Ellende heb ik de afgelopen dagen al genoeg gehoord.'

'De dode overvaller heet Benito Ruimgaard, de andere heet Mustafa Gul.'

'Gefeliciteerd,' zei ze, 'een Surinamer en een Turk.'

'En hun criminele vriendjes heten Robert Evert Groen en... Mohammed Benhali. Tenminste, dat denk ik.'

Het bleef stil. Anne had moeite om de verbanden helder te krijgen en de puzzelstukjes te leggen, ze was te moe.

'Zijn bijnaam is Mo,' ging Herman pesterig verder. 'En hij was krantenjongen...'

'Kim de Winters krantenjongen?' vroeg Anne opeens en ging rechtop zitten. Alle vermoeidheid was meteen verdwenen. 'Leg uit. Hoe weet je dat?'

'Van een tekenleraar op hun middelbare school,' vertelde Herman. Ik heb in het weekend uit laten zoeken wat de connectie tussen de levende en de dode overvaller was. Die hebben samen op school gezeten, in dezelfde klas. En nou wil het toeval dat Edo Denneboom, die Surinaamse jongen van Fraude, ook op die school zat en zag hoe vriend Gul wordt voorgeleid. "God," zegt Edo, "dat is er een van het Dope Quartet." Zo werden ze vroeger genoemd omdat zij de handel in wiet in handen hadden op de brave school.'

'Maar hoe weet je dan dat hij krantenjongen...'

'Edo noemde ze alle vier op en ik had een lijst in mijn bureaula met de krantenjongens van alle kranten en folderverspreiders van de afgelopen twee jaar. Bingo.'

'Dan hebben we mogelijk in één klap de gijzeling en die hele serie restaurantovervallen opgelost, Herman,' concludeerde Anne enthousiast.

'Ja chef, daar ziet het naar uit.'

Het ene moment zat je diep in een bodemloze put en was er geen enkele vooruitgang, het volgende moment kon de wereld er totaal anders uitzien, dacht Anne verheugd. Er gloorde licht aan het eind van de tunnel.

'Als Kim die knul nou ook nog herkent,' dacht ze hardop. 'Weten we trouwens waar hij zit? En die ander?'

'Dat is nog zoiets,' zei Herman en drukte het gaspedaal weer verder in. 'Dat is de broer van Evert Robert Groen, een jongen die we vaker in de peiling hebben gehad. Hij was hoofdverdachte in de overval op die geldwagen in Buitenveldert drie jaar geleden, waarbij ze de achterdeur er gewoon uit bliezen. Ik weet niet of je je dat...'

Anne schudde haar hoofd. 'Robert Evert en Evert Robert,' mompelde ze. 'Lekker verwarrend allemaal.'

'Geintje van de ouders, denk ik. Het ergste van alles is dat ze ook nog heel erg op elkaar lijken, al is Evert Robert meer dan een jaar ouder.'

'Weten we dan waar hij zit?'

'Nog niet,' antwoordde Herman vrolijk en draaide de oprit naar het VU-ziekenhuis op.

'Anne Kramer, van de politie.'

Voorzichtig stak het meisje haar hand uit.

'Nienke.'

Ze zat tot Annes verbazing zelfs een beetje rechtop in bed toen ze de kamer binnenstapten. In een stoel zat een vrouw van middelbare leeftijd die opstond. Anne liep om het bed heen en schudde de uitgestoken hand.

'Ik weet niet hoe ik het zeggen moet...' bracht de vrouw uit, waarna ze in snikken uitbarstte.

'Ma, toe nou,' zei het meisje tegen haar moeder. 'We leven nog.'

'Dank u wel,' snifte Nienkes moeder met zachte stem, terwijl ze een traan wegpinkte. Ze had urenlang handenwringend en machteloos zitten wachten, niet wetend of haar man en dochter er levend uit zouden komen.

Nienke kwam wat verder overeind. Anne had verwacht dat het meisje er veel slechter aan toe zou zijn. Haar gezicht zat vol donkere plekken, allemaal bloeduitstortingen, en om haar hoofd zat een zwaar en stevig verband.

'Waar is uw man?' vroeg Anne aan Nienkes moeder, maar het meisje gaf antwoord.

'Thuis,' zei ze. 'Gelukkig in zijn eigen bed.'

Zo op het eerste gezicht ging het goed met haar, ze was bij de tijd en lekker fel.

'En jij?' wilde Anne weten.

'Ze hebben mijn schedel gebroken. Toen ik dacht dat ze mijn

vader... Ik gilde en die dikke schreeuwde en daarna weet ik niks meer.' Ze trok een pijnlijk gezicht. 'En ik heb een hersenschudding.'

Anne schudde haar hoofd. 'Dat is niet niks.'

'Het bewijst in elk geval dat ik iets heb om te schudden,' antwoordde Nienke. 'Dat kon je van die twee idioten niet zeggen.'

Anne zag wel dat het meisje zich moeilijk kon bewegen. Het kwam dus niet doordat ze samen met een van die criminelen van de trap gevallen was. Ze keek met bewondering naar haar; zij had zich op alle mogelijke manieren verzet.

Anne vroeg zich even af of die flinkheid permanent of tijdelijk was. De echte klap moest misschien nog komen.

Op dat moment ging de deur open en stormde er een vrouw binnen. Huilend viel ze Nienkes moeder in de armen. Anne en Herman keken een moment gebiologeerd toe.

'Mijn tante,' zei Nienke met iets van afkeer in haar stem. 'Die was even naar het toilet. Van de schrik.' De twee vrouwen liepen zonder iets te zeggen de kamer uit en Nienke zuchtte diep. 'Ik word gek van dat mens,' zei ze wanhopig en sloeg haar ogen op. 'Alsof zij al die tijd in de winkel zat in plaats van ik.' Ze zweeg even. 'Het duurde wel verdomde lang,' zei ze toen.

'Als de politie zomaar naar binnen was gestormd, was de kans groot dat jullie allebei waren doodgeschoten. Ik snap wel dat het heel zwaar was.' Anne legde haar hand op Nienkes arm. 'Is er verder niks gebeurd? Ze... ze hebben je verder niks gedaan?'

Voor het eerst liet Nienke haar flinkheid varen. Ze maakte geen geluid, er liepen alleen een paar tranen over haar wangen. Heel voorzichtig kwam ze naar voren en kroop in Annes armen weg. Stil zaten ze een tijdje bij elkaar. Anne streek over haar blonde haren en wiegde haar een beetje heen en weer. Even keek ze achterom naar Herman, die knikte en naar de gang vertrok.

'Jullie hadden ze allebei dood moeten schieten,' snotterde Nienke. 'Die hufters.'

Anne knikte en drukte het meisje voorzichtig wat steviger tegen zich aan. Ze voelde zich leeg, onbestemd en er was geen spoor van vreugde in haar hart, ook al was alles voorbij en was het goed afgelopen voor het meisje en haar vader. Ze was graag ook in janken uitgebarsten, maar als je haar zou vragen waarom, zou ze het antwoord niet weten.

20

Kim vloekte niet snel, maar nu stikte ze zowat van woede en teleurstelling. Een vier voor haar werkstuk Nederlands. Het was een klap in haar gezicht.

Ze staarde naar het papier, het cijfer vier leek steeds groter te worden. 'Kom even langs,' stond er in de bovenhoek, het leek wel een bevel. Ze vroeg zich af wat er gebeurde als ze niet ging. De kans dat ze een slecht eindcijfer zou krijgen werd dan wel erg groot.

Eigenlijk had ze meer zin om de school uit te rennen en een baksteen door de ruiten van het politiebureau te gooien. Ze hadden haar bij de keel en knepen die heel langzaam dicht. Ze stikte, inmiddels zowel van woede als van angst. Sinds het incident in de Ruyschstraat was het gedaan geweest met haar onbevangenheid.

Als zij Mohammed van de foto aanwees, had ze een veel groter probleem. Ze rook nog steeds zijn adem, ze rilde bij de gedachte aan zijn ogen die op haar borsten gericht waren geweest. Ze was doodsbenauwd voor het lot van Anouk. Als een tijgerin zou ze haar dochter beschermen, maar wie zou dat doen als haar zelf iets overkwam? Daphne?

Tegen de begeleidsters had ze afgelopen week nogal kortaf gezegd dat ze Anouk aan niemand mochten meegeven. Ze hadden haar bevreemd aangekeken, kinderen worden nooit aan onbekenden meegegeven. Haar toon was fout geweest. Kim had het gevoel dat ze overal problemen kreeg, op school, in de crèche én bij de politie.

Gelukkig kwam Daphne vanavond eten. Ze had zich voorgenomen haar alles te vertellen; alleen de gedachte al luchtte haar op.

Met haar tas onder de arm rende ze naar het klaslokaal. Ze had niet veel tijd meer, ze moest Anouk ophalen.

Dat ze in de rij voor de deur moest aansluiten, maakte haar niet vrolijk. Er waren meer studenten met een onvoldoende, maar kennelijk met veel minder haast. Ze leek wel een klein kind, daar in de gang, hangend tegen de muur. Ze zuchtte en liet haar kin op haar borst zakken. Een jongen naast haar keek haar aan.

'Probleem?' vroeg hij met opgetrokken wenkbrauwen.

'Nee,' antwoordde ze bits. 'In elk geval niet jouw probleem.'

Hij keek haar met een donkere blik aan. 'Oei,' zei hij en er zat een onheilspellende klank in zijn stem. 'PMS, de eisprong, ochtendhumeur, geen middagslaapje gehad?'

Kim schoot onwillekeurig in de lach.

'Sorry,' zei ze toen, 'een beetje opgefokt en nogal wat haast.'

'En een slecht cijfer.' Hij wees naar het papier in haar hand. 'Ook gestrand bij Piet Paaltjens zeker?'

Ze schudde haar hoofd. 'Al bij Reve,' zei ze sip.

Becker stak zijn hoofd om de hoek van de deur en keek de rij langs. 'Kim,' zei hij en wenkte haar.

Dankbaar maakte ze zich los uit de rij en haastte zich het lokaal in, begeleid door de verontwaardigde uitroepen van de andere wachtenden. Ze nam plaats aan Beckers bureau. Haar leraar Nederlands was een rustige man van middelbare leeftijd. Door zijn lessen had ze tot haar eigen verbazing steeds meer plezier gekregen in het lezen van literatuur. Ze kon de laatste jaren zelfs genieten van een goed boek. Een onvoldoende voor een werkstuk Nederlands was inmiddels ongewoon voor haar doen en ze wist dat Becker dat ook wist.

Hij keek haar over zijn leesbrilletje aan. 'Ik begrijp het niet,' zei hij uitnodigend. Hij bleef haar zwijgend aanstaren. Na een paar seconden keek ze weg, ze voelde zich beroerd.

'Het spijt me, ik heb een moeilijke tijd...' probeerde ze.

Hij schoof zijn stoel wat naar achteren en zakte iets onderuit. Zijn leesbrilletje hing aan een touwtje om zijn nek. 'Maar daarmee laat je toch niet al die jaren studie om zeep helpen, mag ik hopen?'

Ze keek opzij om haar zelfbeheersing terug te krijgen en streek met nerveuze vingers het haar uit haar gezicht.

'Zo slecht sta ik er nog niet voor,' mompelde ze.

'Krap aan, Kim. Dat is het. Nog zo'n cijfer en je herstelt het niet meer op je examen.'

Ze zuchtte geërgerd. Ze kon hem niet uitleggen wat er aan de hand was. Ze pakte haar tas en slingerde die over haar schouder.

'Als ik er niet meer uit kom, zal ik u om hulp vragen, goed?'

Hoofdschuddend keek de leraar haar na.

Het was stil bij de crèche, de voordeur stond open. Ze was later dan normaal, alle kinderen waren al opgehaald. Toen ze naar binnen liep, schrok ze zich wezenloos. Anouk zat alleen op de trap in de gang te wachten, haar tasje met spulletjes parmantig op schoot. Tegen alle afspraken in hadden ze haar zonder toezicht hier laten zitten. Haastig tilde ze haar dochter op en rende door het gebouw, witheet. De vlammen sloegen haar uit.

De verschillende lokaaltjes waren al leeg, er was niemand meer. In de vergaderkamer keken drie begeleidsters verbaasd op toen ze binnenstormde.

'Zijn jullie nu helemaal gek geworden?' schreeuwde ze met een hoge schrille stem. De vrouwen verstijfden.

'Kim...' begon de oudste van de drie. 'Kalm. Wat is er...'

'Dat jullie haar niet alleen zouden laten. Dát is er!'

Ze zette Anouk met een van woede vertrokken gezicht op de grond. Een van de begeleidsters schoof een stoel aan.

'Kom, ga even zitten,' zei ze bedaard.

Ze waren wel wat gewend op de crèche, er kwamen wel vaker moeders over de rooie binnen. Kim was de laatste tijd wat gespannen, wisten ze inmiddels. Vast problemen met een ex, die conclusie hadden ze al snel getrokken.

'Er is niks met je kind gebeurd. Niemand is zelfs maar in haar buurt geweest.'

'Maar aan jullie heeft dat niet gelegen, godverdomme! Jullie zouden op haar letten!'

Woest draaide Kim zich om en liep de hal in. 'Noem je dit opletten, Irene? Nou? Mijn kind zit in de gang bij de voordeur en jullie zitten hier thee te leuten!'

Ze pakte de buggy, zette Anouk erin en liep driftig de straat op. Ze jakkerde door de supermarkt en pas op weg naar huis pakte ze haar mobiel.

'Ik heb pasta voor ons gehaald,' meldde ze aan Daphne.

'Con funghi?'

'Ja ja,' antwoordde Kim, 'tante paddestoel. Moet je horen, ze hebben Anouk bij de crèche zonder toezicht gelaten.'

'Echt waar?'

'Ik was zó kwaad, Daph... ik heb ze gewoon uitgescholden.'

Ongeduldig drukte Kim op het knopje bij het zebrapad op de Wibautstraat. Het duurde eindeloos voor het licht op groen sprong.

'Hoe laat kom je?' wilde Kim nog weten.

'Een uur of zes.'

Kim verbrak de verbinding. Snel liep ze de Blasiusstraat in. Vlak bij haar huis zag ze achter zich een schaduw op de stoeptegels opdoemen.

Ze herkende zijn stem uit duizenden.

'Loop door. Doe geen gekke dingen, want ook je kind gaat eraan.'

Ze versteende bijna, ze kon nauwelijks de ene voet voor de andere krijgen. Als een robot maakte ze de laatste passen naar de deur, de buggy met haar argeloze dochter voor zich uit duwend. Ze wilde snel om zich heen kijken, zoeken naar hulp. 'Kijk voor je,' commandeerde hij. 'Jullie zijn dood voor je kunt roepen.'

Bij de voordeur liet ze de boodschappentas op de grond zakken. Met trillende vingers maakte ze de sluiting van Anouks riempjes los, tilde het meisje uit de buggy en zette haar op de stoep. Ze moest vertragen, tijd winnen.

'Schiet op,' siste Mo.

Toen ze eindelijk de sleutelbos te pakken had, rukte hij die uit haar handen.

'Neem dat ding mee,' gebood hij en wees naar de buggy. Kim

pakte de handgrepen beet en klapte het ding in. Het was niet zwaar. Het was het enige wat haar restte.

Mo reikte langs haar heen, stak de sleutel in het slot en opende de deur.

'Naar binnen. Ik draag de boodschappen naar boven,' zei hij op bijna vriendelijke toon.

Vanuit haar ooghoek zag ze dat hij zich bukte om de boodschappentas van de stoep te pakken. Het zou niemand opvallen, het vredige plaatje van een pril gezinnetje dat thuiskwam. Haar door angst gedreven woede laaide in alle hevigheid op.

21

'ZwaCri,' klonk het gedecideerd. 'Met Jolanda Blom.'

'Recherche, wijkteam Oost, Klaas de Vries.'

Jolanda had veel over hem gehoord. Een rechercheur van de oude stempel, ervaren en uiterst plichtsgetrouw. Een van de weinigen die nog in een pak liep. Vandaar dat ze hem 'de das' noemden en hem soms zelfs met die naam aanspraken. Hij zat daar niet mee, maar verfoeide de vrijetijdskleding die jonge collega's op hun werk droegen. Een rechercheur moest in alle milieus binnen kunnen stappen, dat kon niet in spijkerbroek met een leren jasje. Hij leek misschien wat ouderwets, maar hij was een echte vakman.

'Het gaat over die Kim de Winter uit de Blasiusstraat,' viel Jolanda met de deur in huis.

Klaas zuchtte. Hij was net zover dat hij de constructie van een fraudenetwerk op een rijtje had en de verdachte klem zou kunnen zetten en nu kwam dit, een telefoontje over dat schreeuwerige mens waar hij al veel te veel tijd aan besteed had.

'Even dit afmaken,' bromde hij, waarna hij de hoorn neerlegde. Er schoot van alles door zijn hoofd. Het bureau van Kramer belde over dat mens. Zou ze geklaagd hebben? In dat geval was de aanval de beste verdediging, schatte hij in.

Jolanda tikte intussen met haar vingers op het bureau. Ze zat op hete kolen, geduld was niet haar sterkste kant. Ze had De Vries dringend nodig voor de opsporing van Mohammed Benhali en Robbie de Boer. Tandenknarsend bleef ze wachten. Anne had de boel op scherp gezet. Die twee hadden topprioriteit en Anne maakte zich ook zorgen over Kim de Winter vanwege het verhaal van dat Marokkaanse rechercheurtje van Wijkteam Oost over de handelwijze van

De Vries. Kim had niet op de brief gereageerd.

Eindelijk hoorde Jolanda wat gerommel aan de andere kant.

'Ik zat net in een ingewikkeld fraudeverhoor.' De Vries lachte. 'Dat moet ook gebeuren. Waarmee kan ik je van dienst zijn?'

'Met het aanhouden van twee mannetjes, ene Benhali, Mohammed en een zekere Robert Evert Groen.'

'Of Evert Robert?' vroeg De Vries. 'Daar heb ik wel mee van doen gehad. Dat is zijn...'

'Weet ik,' onderbrak ze hem. 'Het gaat om Robert Evert. Die Mohammed is trouwens de krantenjongen van Kim de Winter geweest. Zegt die naam je nog iets?'

Ze zei het vals, gemeen, bespeurde hij. Het zat fout, helemaal fout.

'Vanochtend is hier op het hoofdbureau besloten dat als die twee vandaag niet aangehouden worden, Kim de Winter en haar kind direct ondergebracht zullen worden in een safehouse. Rechtstreekse opdracht van mevrouw Kramer. Ze wil trouwens dat die collega van jou, Ayoub, het gezin begeleidt. Hij kon wel goed met die vrouw opschieten, heb ik begrepen?'

'Safehouse, safehouse...' sputterde De Vries. 'Dat lijkt me wat overdreven, hoor. Van bedreigingen heb ik niks gemerkt. Ze is geen bedreigde politicus of...'

'Je bedoelt zo'n praatgrage, camerageile, publiciteitshongerige onbenul die af en toe een hatemailtje krijgt maar iedere keer wel gratis aandacht opeist door zich met een massa lijfwachten te omringen?' Jolanda lachte misprijzend. 'Tja, dat is zo'n wijfie dat met een paar woorden een bende overvallers voor jaren achter de tralies kan krijgen, natuurlijk niet waard, al die ophef.'

De Vries voelde gêne en hij was blij dat de vrouw aan de andere kant van de lijn hem niet kon zien. 'Maar wat verwacht je nou van mij?' vroeg hij.

'Dat je die Ayoub naar Kim de Winter stuurt om haar te vertellen wat Anne Kramer wil doen en dat jij met alles wat je hebt naar die twee gasten uitkijkt. Als je ze ziet...'

'... pakken!' gromde hij. 'Natuurlijk.'

'Als er bijzonderheden zijn, kun je mij dag en nacht bellen,' gaf ze hem nog mee. 'Ik blijf op het bureau.'

Weinig enthousiast legde hij neer. Die Kim de Winter-zaak kon hem maar niet boeien. Zou ze echt bedreigd worden? Hij schudde zijn hoofd. Ze speelde een spelletje met hem, wilde niet toegeven dat ze gewoon een relatie met die hufter had gehad en hem een hak had willen zetten. Maar toen de politie echt aan haar deur kwam, was ze teruggekrabbeld. Ze weigerde opeens mee te werken, terwijl die Mohammed Benhali blijkbaar wel steeds in haar buurt rond-scharrelde. Als het echt zo dreigend was allemaal, had ze heus wel gepraat, wist De Vries. Zuchtend schoof hij zijn stoel achteruit en liep naar de recherchekamer.

'Hakim, luister even,' riep De Vries terwijl hij binnenkwam. 'Hoe laat komt die Kim de Winter meestal thuis?'

Hakim keek hem verbaasd aan.

'Moet ik dat weten?' vroeg hij

'Ja,' zei De Vries fel. 'Als je allerlei dingen over die griet aan mevrouw Kramer kunt vertellen, weet je ook vast wel hoe laat ze thuiskomt!'

Hakim Ayoub schrok zichtbaar. 'Nou, volgens mij tussen vier en vijf uur. Eerst haalt ze het kind van de crèche en dan gaat ze naar huis.'

De Vries keek op zijn horloge, het was half vier.

'We gaan nu naar de Blasiusstraat,' zei hij gehaast. 'Je mag gaan babysitten van de bobo's. Neem maar een slaapzak mee.'

'Hoezo?'

Hakim kreeg al geen antwoord meer. Hij draaide zich om. 'Eikel,' mompelde hij.

Even later sjokte Hakim moedeloos achter zijn mentor aan het bureau uit.

'We moeten die Mohammed Benhali trouwens ook aanhouden,' begon De Vries terwijl ze wegreden, 'samen met zijn vriendje Robert Evert Groen.'

'Evert Rob...'

'Nee wijsneus! Robert Evert! "Het broertje van..." Ziet er bijna hetzelfde uit. Dus houd je ogen open.'

Hakim vloekte binnensmonds en ging boven op de rem staan voor een plotseling uitwijkende fietser. 'En wat was dat met die slaapzak?' vroeg hij toen.

'Mevrouw Kramer wenst dat jij bij die griet blijft als ze onderduikt, want jou vertrouwt ze meer dan mij.' De Vries lachte schamper. 'Dat haalt je de koekoek, want ik heb haar door, jij niet.'

'Nou...' begon Hakim, maar zweeg toen toch maar wijselijk. Nog meer wrijving met zijn mentor kon hij niet gebruiken.

'Je zult het zien, jongen,' zei die triomfantelijk. 'Straks komen we daar aan de deur en dan zit ons boefje prinsheerlijk bij onze Kim aan de couscous. Wedden?'

De jonge rechercheur fronste zijn wenkbrauwen.

'Dat hele hoofdbureau is op jacht naar die Benhali, maar ze kunnen hem nergens vinden. Want niemand komt natuurlijk op het idee om bij die Kim te zoeken, omdat die door onze alwetende mevrouw Kramer heilig is verklaard. Die gast heeft daar een prachtig onderduikadres.'

Niet veel later reden ze door de Blasiusstraat.

'Aanbellen?' vroeg Hakim.

Klaas de Vries schudde zijn hoofd. 'Nog niet,' bromde hij. 'Zet de wagen maar iets verderop, maar wel zo dat we haar ramen kunnen zien. Wie weet zien we daar opeens een overvallertje achter verschijnen.'

Even later had Hakim de wagen opgesteld en tuurden ze naar de gevel.

'Hoelang nog voor je klaar bent met je stage?' vroeg De Vries verveeld.

'Zes maanden.'

'En dan heb je je doel bereikt, dus,' concludeerde de oude rechercheur. 'Als je je stage tenminste goed afsluit.'

Het was een verholen dreigement, voelde Hakim, maar het effect op hem was averechts. 'Wat nou doel bereikt? Daarna ga ik studeren.'

'Jij?' De Vries hoonde. 'Waarom zou je dat doen, jongen?'

'Anders kom ik toch nooit verder hier? Kijk naar jezelf. Jij zit hier toch ook helemaal vastgeroest?'

'Dus je wilt weg?'

'Welnee, hogerop wil ik. Rechten studeren en dan echt naar de top.'

'Zorg jij nou maar eerst dat je een goeie rechercheur wordt,' zei De Vries meewarig. 'Daar zul je het al moeilijk genoeg mee krijgen. Bovendien, om te studeren moet je vwo hebben, lekker ding.'

'Ik héb vwo,' antwoordde Hakim fel. 'Mijn grootvader was dan wel gastarbeider, mijn vader heeft een eigen bedrijf en vond maar één ding belangrijk voor al zijn kinderen: dat we zouden studeren. Mijn ouders waren vooruitstrevend.'

'Niet zoals die ouders hier, dus?'

'Ik hoefde als jongen niet te flikken wat die gastjes tegenwoordig allemaal uitvreten, als je dat bedoelt.' Hij wees opeens door de voorruit. 'Wel verdomme, Klaas, krijg je toch nog gelijk.'

Verbaasd keken ze samen naar het stel dat de hoek om kwam. Zij liep voorop, Hakim herkende haar meteen. Zij duwde de buggy met het kind en in haar vrije hand droeg ze een boodschappentas. Direct achter haar zag hij de jongen lopen.

'Benhali,' mompelde De Vries.

'Denk je echt?'

'Ik herken een verdachte nog op een kilometer afstand,' bromde De Vries en greep naar de mobilofoon.

Hakim kneep zijn ogen tot spleetjes. Zijn mentor was goed in deze dingen, dat moest hij na een aantal maanden stage wel erkennen. Dat moest Benhali zijn. De Vries grijnsde. Dit werd een triomfantelijk momentje, dat was wel zeker.

'Daar zijn ze dan eindelijk,' zei hij vergenoegd. Snel meldde hij zijn bevindingen aan de centrale en vroeg om assistentie.

Hakim ging met zijn hand naar de deurkruk. Hij was van plan

een sprintje te trekken en Benhali te grijpen. Die jongen kwam niet meer weg.

'Rustig,' zei Klaas. 'Altijd eerst kijken.'

Gespannen tuurden ze de straat in. Het stelletje was het huis tot op een paar meter genaderd. Ze liepen langzaam naar de voordeur. Het enige wat hem opviel was dat Benhali niet naast Kim liep, maar schuin achter haar. Ze konden aan de gezichten niets aflezen, daar was de afstand te groot voor.

'Hebben we geen verrekijker in deze auto?'

'Ja, in de kofferbak,' antwoordde Hakim. 'Zal ik hem pakken?'

De Vries schudde zijn hoofd. 'Niet doen, als die jongen iets merkt, zijn we hem kwijt.'

Hij wist dat hij zelf niet de snelste meer was; Hakim zou het werk alleen moeten doen. Het leek hem beter om te wachten tot het stel binnen was en pas dan tot aanhouding over te gaan.

Kim zette de boodschappentas op de grond en stak een hand in haar tas. Het duurde een tijdje voordat ze er de sleutels uit viste. De jongen griste de sleutels uit haar hand en opende achter haar langs de deur. Zij klapte de buggy in. Benhali greep de tas met boodschappen.

Nog geen seconde later keken beide rechercheurs verbijsterd toe hoe de buggy in een vloeiende beweging door de lucht zwaaide en met een daverende klap tegen het hoofd van de jongen aan sloeg. Hij viel achterover en smakte tegen de grond. Meteen tilde Kim de buggy weer hoog boven haar hoofd. Net op het moment dat de jongen overeind probeerde te krabbelen, raakte ze hem opnieuw vol op zijn hoofd. Dit keer bleef hij stilliggen, maar Kim blééf nu slaan, zo hard ze maar kon. Het kleine meisje stond gillend tegen de deur aan gedrukt. Vijf, zes, zeven keer kwam de buggy op het lijf van Benhali neer.

Hakim opende haastig het portier en sprong naar buiten. Terwijl hij de straat over rende, zag hij de vrouw met het kind op de arm naar binnen gaan. De deur viel achter haar in het slot.

De Vries bleef verbluft in de auto achter. Hij telde in een reflex de klappen na die Kim Benhali gegeven had. Daarna meldde hij de gebeurtenis via de mobilofoon en vroeg om een ambulance. Pas toen stapte hij uit en volgde zijn collega.

Een paar tellen later stonden ze allebei gebogen over de jongen heen. Hij bloedde uit een paar flinke hoofdwonden en zag lijkbleek. Voorzichtig schoof Hakim de kromme buggy aan de kant. Kims vingerafdrukken stonden er ongetwijfeld op, voor het geval ze nog extra bewijs nodig mochten hebben.

Sirenes van politie en ambulance vulden de straat. De stilte van de late middag was volledig verstoord. Mensen kwamen naar buiten om te zien wat er gebeurde. Anderen hingen uit het raam of over het balkon om maar niets te missen.

'Eindelijk heeft de juiste eens de klappen gekregen,' riep een oudere vrouw naar beneden met een onvervalst Amsterdams accent. Toen schrok ze. 'Dat is toch Anouks buggy?' vroeg ze luid.

Klaas de Vries keek omhoog. 'Kunt u de voordeur even opendoen?' riep hij vriendelijk naar de vrouw.

Nog geen seconde later sprong de deur open en gingen de twee rechercheurs met een paar agenten achter zich aan naar binnen.

In het halletje voor Kims woning was het dringen geblazen. Klaas drukte op de bel, maar er kwam geen reactie.

'Politie, opendoen,' riep hij met zijn zware stem terwijl hij tegen de deur bonkte.

Ze moest in huis zijn met het kind. Ze hadden haar zelf naar binnen zien gaan.

Hakim Ayoub voelde een lichte paniek opkomen.

'Dit klopt niet, misschien doet ze zichzelf iets aan. En Anouk.' Hij keek wanhopig rond. 'Klaas, die deur moet eruit.'

'Kim, doe alsjeblieft open,' riep De Vries nog eens, maar ook nu bleef een reactie uit.

'Koevoet,' fluisterde hij toen. Het ding werd hem vlug aangereikt en vaardig zette De Vries de ijzeren stang in de deurstijl. Het kostte niet veel moeite. Na wat wrikken vloog de deur met een klap uit het slot. Het was stil in het huis. In de woonkamer was niemand te zien.

In de slaapkamer vonden ze de vrouw met haar kind, weggekropen in een hoek. Haar hele lichaam schokte, het kind had haar armpjes om Kims nek geslagen.

De Vries stuurde de agenten de slaapkamer uit. Met de armen over elkaar leunde hij tegen de deur en keek hoe Hakim op de rand van het bed ging zitten, vlak bij hen. Langzaam kwam Kim overeind. Ze keek van de een naar de ander en huiverde.

'Waar is Mohammed?'

'Naar het ziekenhuis,' antwoordde Hakim zacht.

De Vries keek haar zijdelings aan. Natuurlijk zou die Benhali wel iets geflikt hebben waardoor zij hem aangevallen had. Maar wat dat ook was, een veroordeling van Kim was in zijn ogen haast onvermijdelijk.

'Je moet mee naar het bureau,' zei Hakim voorzichtig. 'Dat begrijp je wel, denk ik?'

De opmerking leek niet door te dringen, ze klemde Anouk tegen zich aan.

'Is het voorbij?' vroeg ze.

De Vries knikte. 'Het is voorbij, meid. Maar je moet mee naar het bureau,' herhaalde hij. 'Ik moet je aanhouden op verdenking van poging tot doodslag of zware mishandeling.'

Hij hoopte dat ze geen stennis ging trappen. Het laatste waar hij nu op zat te wachten, was dat ze door agenten de trap af gesleurd zou moeten worden. De buurt zou dat niet pikken.

De deur van de slaapkamer ging open.

'Een nichtje van mevrouw staat voor de deur,' zei een agente tegen Hakim. 'Ze wil natuurlijk graag met mevrouw praten en ik dacht... vanwege het kind...'

Hakim keek naar De Vries. Die knikte slechts.

Daphne stormde naar binnen, keek snel rond en viel Kim daarna om de nek.

'Ik heb hem...' begon Kim, maar barstte weer in snikken uit.

'Ik hoorde het,' zei Daphne. 'Beneden... Iedereen heeft het erover.'

Ze bleven met de armen om elkaar heen zitten met Anouk tussen hen in. De tranen vloeiden rijkelijk.

'Mevrouw moet met ons mee,' begon Hakim.

Kim wees op de boodschappen. 'Begin maar vast met koken. Ik ben zo terug.' Ze griste nog gauw een jas van de kapstok. 'Zorg goed voor Anouk,' zei ze en liet zich door Hakim naar beneden leiden.

Voor het huis stond een politieauto klaar, de rechercheur deed de deur voor haar open.

'Handboeien om?' vroeg een van de agenten.

Hakim schudde van nee. Hij kon het niet over z'n hart verkrijgen. Hij legde zijn hand op haar hoofd terwijl ze instapte, zodat ze zich niet zou stoten aan de daklijst.

In het korte stukje naar het bureau nam Kim zich voor zo snel mogelijk de politiefoto's te bekijken. Daarna zou ze samen met Daphne en Anouk kunnen eten.

Ze werd via de achterdeur het bureau binnengeleid en kwam met een van de agenten bij een kleine balie. Achter een traliewerk stond een man die zich voorstelde. Zijn dikke vingers gleden schijnbaar moeiteloos over het toetsenbord van zijn computer. Hij had het over de hulpofficier van justitie. Kim begreep hem niet.

'U bent aangehouden voor poging tot doodslag, dan wel zware mishandeling, mevrouw De Winter.'

'Is Mo dood?' vroeg ze verbaasd.

'Daar moet u met de behandelend rechercheur over spreken, vanavond of morgen,' zei de agent terwijl hij gewoon doortikte.

'Maar kan ik niet naar huis dan?'

'Nee mevrouw, u moet hier blijven,' zei hij vermoeid.

Ze keek de man nu verbijsterd aan.

'Maar mijn dochtertje dan? Die is nog thuis met de oppas, maar dat kan niet te lang duren. Ik moet dus echt naar huis,' zei ze stellig.

De brigadier maakte een aantekening.

'Uw spullen op de balie graag en dan onder het traliewerk door schuiven.'

Hij pakte het handtasje dat ze aan hem gaf en opende het.

'Scherpe dingen?' vroeg hij toen. 'Zitten er naalden in, mesjes?'

Kim schudde haar hoofd. Hij haalde haar tasje leeg, alles werd gecontroleerd. Het voelde als een ongewenste intimiteit dat hij met zijn handen aan haar spulletjes zat.

'Gaat u even mee?'

Naast haar stond een agente met plastic handschoenen aan. 'Ik moet een veiligheidsfouillering doen zodat we zeker zijn dat u geen gevaarlijke dingen bij u hebt.'

Kim aarzelde zichtbaar.

'Blijft ze hier vannacht?' vroeg de agente aan de brigadier. Die knikte.

Toen pakte ze Kim zacht bij haar arm en voerde haar mee. Even later stonden ze in een klein hokje.

'Doet u uw armen maar even omhoog.'

De agente keek eerst van boven naar beneden, daarna ging ze achter haar staan. Haar handen begonnen onder haar oksels, langzaam omlaag tot aan haar middel. Over haar spijkerbroek gleden ze naar beneden tot aan haar voeten.

Toen de agente niets vond zei ze: 'Nu graag uw kleren uit, eventuele panty uit, bh ook afdoen.'

Er gleed een diepe blos over Kims wangen.

De agente zag haar twijfels. 'Sorry mevrouw, het hoort bij de procedure. Ik doe het elke dag, hoor. Niks om u voor te schamen.'

Kim trok haar bloes uit en haakte achter haar rug de bh los. Traag maakte ze de riem van haar spijkerbroek los en trok haar broek uit. Ze bukte zich voorzichtig om haar evenwicht niet te verliezen terwijl ze haar sokken uitdeed. Toen ze weer overeind kwam, had ze alleen haar slipje nog aan. Ze stond vrijwel naakt tegenover een politieagente. En al was het een vrouw, Kim voelde zich schaamteloos vernederd. Zo snel ze kon, trok ze haar bloes en spijkerbroek weer aan. De agente had de riem eruit gehaald en schudde het hoofd. 'Die krijgt u weer terug als u hier weggaat,' gaf ze als verklaring.

Kim rilde en wreef over haar armen. Ze had kippenvel, merkte ze.

De ruimtes in deze kelder waren koud.

'Klaar,' riep de agente naar de brigadier.

'Cel 3!' riep de man terug.

De agente pakte Kim opnieuw bij de arm, waarna ze de muffe cel-lengang door liepen. De vrouw deed de deur open en beduidde Kim naar binnen te gaan. Terwijl ze haar cel binnenliep, hoorde ze de deur dichtslaan en het slot knarsen.

'Straks krijg je dekens voor de nacht,' zei de agente door het luikje. Als laatste hoorde Kim haar voetstappen in de verte wegster-ven.

22

Het was al een tijdje geleden dat Anne zo haar best had gedaan op het klaarmaken van het eten. Haar dochter stond ook in de keuken en deed het snijwerk voor de salade.

'Wees voorzichtig met dat scherpe mes, Marit.'

Meewarig schudde het meisje haar hoofd en sneed toen als een volleerde kokkin de avocado aan vier kanten in. Geconcentreerd trok ze de vrucht in vier parten uit elkaar, waarna ze de grote pit verwijderde en in haar hand hield.

'Kijk eens, wat een prachtige bal.'

Even rolde ze de pit over haar hand, hij was eigenlijk te mooi om zomaar weg te gooien. Met een theelepeltje scheidde ze daarna de vrucht van de schil.

Wout zat aan de keukentafel en vertelde dat hij komende zondagmorgen moest tennissen.

'Ik ga het niet tegen pa zeggen,' sprak hij terwijl hij een poging deed om Annes croutons uit een schaal te stelen. 'Je weet hoe die is. Ik smeer 'm gewoon en dan krijg ik achteraf wel die preek.'

'Dan heb je die in elk geval gehad op zondag,' zei Marit ad rem.

'Wat is er op zondag?' vroeg Jacob terwijl hij de keuken binnenkwam.

'Dan mag je niet door het huis sluipen, pa,' reageerde Wout betrapt. 'Net als op maandag tot en met zaterdag.'

Jacob zei niets, liet alleen zijn blik door de keuken dwalen.

'Het ging over Wouts tenniswedstrijd, komende zondag,' legde Anne uit.

Ze weigerde te liegen of nog langer om de hete brij heen te draaien. Het was het allerslechtste voorbeeld voor de kinderen, die er alleen maar van leerden dat liegen kon, mits het maar uit onderdanigheid en gemakzucht was.

'Je weet hoe ik...' begon Jacob tegen Wout, maar Anne hief haar hand.

'Hij gaat gewoon,' zei ze, 'want hij hoeft niet te geloven dat je in de hel komt als je op zondag wat aan beweging doet.'

Wout stond op. 'Kom kijken, mam,' zei hij gretig. 'Er is een heel leuk terras naast de tennisbaan.'

Anne keek naar Jacob, die zonder een woord te zeggen wegliep. Het was net alsof hij zijn zoon zelfs niet gehoord had. Om dit soort kwesties ging het steeds, gewoon met je kinderen op zondag naar de tennisbaan, haar werk dat logischerwijs nooit ophield. Hij wilde alleen maar naar de kerk. Haar vroegere neiging om de lieve vrede ten koste van alles te bewaren, had ze al lang geleden van zich af geschud. Rustig legde ze haar pollepel neer.

'Ik kom,' zei ze en lachte om het blije gezicht van haar zoon.

'Mooi,' riep Wout en zoende haar op haar wang. 'En nu moet ik weg.'

'Sija wacht,' sneerde Marit.

De jongen wierp zijn zus een vernietigende blik toe en liep de keuken uit naar buiten.

'Sija?' vroeg Anne aan Marit, maar die dook meteen op de volgende avocado. 'Dat moet-ie je zelf maar vertellen,' zei ze quasi-onschuldig.

Annes telefoontje piepte en ze keek geërgerd op het schermpje. Herman, zag ze. Hield het nooit op?

'Bel ik gelegen?'

'Hang je op als ik nee zeg?' vroeg ze.

'Nee.'

'Vraag het dan ook niet. Je geeft een mens valse hoop.'

'Kim de Winter is aangehouden en zit in de cel.'

Anne zeeg op haar stoel neer. 'Hoezo?'

Zonder te interrumperen luisterde ze naar zijn verhaal. Benhali lag nog op de operatietafel. Kim was nog niet gehoord. Het enige wat bij haar opkwam was dat die Marokkaan, als hij nog in leven was, onmiddellijk aangehouden moest worden.

'Godver, Herman! Hoe heeft dit kunnen gebeuren?'

Marit schrok zichtbaar van haar vloekende moeder. Ze had niet in de gaten dat Jacob weer binnen was gekomen en haar verbijsterd stond aan te kijken.

'Ik kom onmiddellijk naar Amsterdam,' besloot ze.

'Je kunt hier niks doen,' bezwoer Herman, maar het was een zinloze strijd.

'Welk bureau?' vroeg ze afgemeten. Van binnen was ze furieus. Dit klopte niet en ze ging daar dan ook een eind aan maken. Kim de Winter hoorde niet in een politiecel.

'Je mag je er niet mee bemoeien,' probeerde Herman haar nogmaals te stoppen.

'En wie gaat zich er dan wel om bekommeren? Dat kind heeft nota bene een beroep op mij gedaan, Herman. Ik ben hier medeverantwoordelijk voor. Ik ga haar uit de cel halen,' zei ze beslist.

'Maar voorlopig zit ze wel veilig in die cel,' deed hij nog een laatste poging. 'Die laatste hebben we nog niet. Die Evert...'

'Robert...'

'Die bedoel ik. Anne, denk aan je carrière.'

'Het is de wereld op z'n kop. Ik kom eraan.'

Ze gooide haar telefoontje in haar tas. 'Ik weet niet hoe laat ik weer thuis ben...' begon ze, maar Marit zwaaide haar met een spottend gezicht uit.

'Ga maar, mam,' zei ze. 'Ik hoop wel dat het eten goed blijft tot je volgende week terug bent.'

Een half uur later kwam ze met opgestoken zeilen het politiebureau in Oost binnen. Zonder wat te zeggen wilde ze doorlopen naar de lift.

'Mevrouw,' klonk een vriendelijke stem van achter de balie. 'Waar wilt u naartoe?'

Ze hield in. 'Mijn naam is Kramer, hoofdinspecteur Kramer.'

De agente achter de balie bekeek haar van top tot teen. 'En hebt u iets van een legitimatie bij u?'

Geïrriteerd zocht Anne in haar tas tot ze het mapje met haar politiepas gevonden had. Geroutineerd flapte ze het open en hield het de agente onder de neus.

'Ik...' hakkelde die en liep rood aan. 'Iedereen kan natuurlijk wel zeggen dat ze...'

'Je hebt helemaal gelijk,' erkende Anne gehaast. 'Zit een zekere Kim de Winter hier in de cel?'

De agente knikte. 'Aangehouden voor 302 Wetboek van Strafrecht,' antwoordde ze.

'En waar is ze?' vroeg Anne ongeduldiger. 'In het dagverblijf?'

De agente schudde haar hoofd.

'Nee, in de cel. Maar u kunt het beste naar de derde etage gaan en vragen naar Hakim Ayoub. Dat is de schaduw van rechercheur Klaas de Vries. Die is al naar huis, maar Hakim is er nog.'

Anne had geen geduld voor de lift, ze liep via de trap naar de derde etage.

Hijgend kwam ze boven, een regelmatiger bezoek aan de sportschool was hard nodig. Boven aan de trap volgde ze een pijl die naar links wees. Nog voor ze de recherchekamer in kon lopen, botste ze tegen Hakim op.

'Mevrouw Kramer,' riep de jonge rechercheur verrast.

Zijn collega's keken op. Ze herkenden de vrouw meteen, ze was een van de bekendste chefs van de Amsterdamse recherche. Anne liet alle formaliteiten varen.

'Ik wil onmiddellijk Kim de Winter spreken,' commandeerde ze zonder verdere inleiding.

Hakim herinnerde zich hun vorige gesprek op het hoofdbureau nog bijna woordelijk. Dit was van hetzelfde laken een pak, voelde hij. Verdomme, iedere keer als Anne Kramer opdook, was Klaas er niet en moest hij de klappen opvangen.

Hij keek schichtig om zich heen. 'Ik weet niet of ik wel...' begon hij, maar ze gaf hem geen kans om uit te spreken.

'Haal haar onmiddellijk uit de cel.'

Moedeloos liet Hakim de schouders zakken en liep hoofdschuddend weg.

Vijf minuten later kwam hij terug en bracht Anne naar een spreekkamer, waar Kim de Winter zat te wachten. Ze was zichtbaar onzeker, maakte een beweging in de richting van Anne om haar vast te pakken, misschien zelfs te omhelzen, maar liet zich weer op haar stoel vallen en legde moedeloos haar handen in haar schoot. Ze had Anne Kramer vertrouwd en het verhaal verteld, waarna alles was misgegaan.

Anne schrok van de aanblik van de jonge vrouw, die er zo mager en dodelijk vermoeid uitzag.

'Waarom heb je me nooit gebeld?' vroeg ze voorzichtig.

Kim keek moedeloos. 'Heb ik gedaan,' antwoordde ze schor, 'maar je zat in het buitenland. Dat werd er gezegd, tenminste.'

'Hebt u mij nog nodig?' Hakim stond nog in de deuropening.

'Nee, niet nodig,' zei Anne kortaf. 'Ik heb liever dat je het ziekenhuis even belt en vraagt naar de toestand van die jongen.'

Als het slecht met Benhali ging, waren Annes mogelijkheden om Kim uit de cel te halen vrijwel nihil. In de auto naar Amsterdam had ze tijd genomen om na te denken over de stappen die ze kon zetten. Herman mocht zich dan misschien zorgen maken over haar emotionele reactie, ze was natuurlijk niet gek. Anne wist zelf ook wel hoe de rechtsregels in elkaar zaten. Natuurlijk moest ze haar verstand gebruiken. Dingen die de positie van Kim verder konden schaden, moesten vermeden worden.

Hakim liep naar zijn bureau. Hij belde eerst het ziekenhuis en daarna Klaas. Benhali ging het halen, zeiden ze in het VU.

Hij vertelde Klaas dat Anne Kramer op bezoek was en in een kamertje met Kim de Winter zat te praten. Die gaf hem de wind van voren; het hoorde niet dat een ander zomaar met een van zijn verdachten ging zitten praten.

Hakim kreeg geweldig de pest in. Makkelijk gezegd als je lekker thuiszat. 'Ik zal je Anne Kramer geven,' zei hij daarom plompverloren. 'Dan kun je het zelf oplossen.'

Terwijl hij met de telefoon naar het kamertje liep, hoorde hij Klaas sputteren. Hakim klopte op de deur maar deed direct open. Anne zat tegenover Kim, haar handen lagen op tafel.

'Rechercheur De Vries voor u, mevrouw,' zei Hakim, stak Anne het toestel toe en maakte dat hij wegkwam.

Anne verontschuldigde zich bij Kim en beloofde meteen weer terug te komen. Ze liep de gang op en bracht de aangereikte telefoon naar haar oor.

'Anne Kramer,' mompelde ze.

'De Vries, mevrouw.'

'Hoe komt u op het waanzinnige idee om mevrouw De Winter in hechtenis te nemen? Die vrouw is een bedreigde getuige.'

'Die voor mijn ogen en die van collega Ayoub een man zodanig heeft afgetuigd dat die in levensgevaar op de operatietafel ligt. Ik kon niet anders, mevrouw Kramer. Dat zult u toch wel kunnen begrijpen?'

Annes bloed begon te koken. 'Maar wat was de reden dat ze die man zo geslagen heeft? Hoe kon het dat die bij haar was? Dat u dat toeliet, ondanks mijn persoonlijke opdracht aan u om over haar te waken? Nou?'

De aanwezige rechercheurs hoorden haar luide stem door de klapdeuren en zaten met oren op steeltjes te luisteren. Hakim had ze toegefluisterd dat Kramer 'de das' aan de telefoon had en met leedvermaak hoorden ze nu hoe hun collega geschoren werd.

'U ziet dus, als ik het goed begrijp, de bedreigde getuige met haar belager door de straat lopen en u doet niets. U grijpt niet in terwijl u weet hoe bang die vrouw is en wat...'

'... er was helemaal niets te bespeuren van bedreiging, mevrouw Kramer. Ze liepen gewoon over straat alsof ze het eerste het beste traditionele Marokkaanse gezinnetje waren...'

'... waarvan u zou moeten weten, en zeker uw Marokkaanse collega, dat dan de vrouw achter de man zou lopen, verdomme nog an toe!' Ze hijgde bijna van woede. 'U doet niets, mevrouw moet voor haar eigen veiligheid vechten en slaat daarbij te hard.'

'Slaat vijf, zes, zeven keer, mevrouw. Ik was er zelf bij. Ze bleef maar rammen met die buggy.'

'Omdat u niet ingreep, natuurlijk. Wat moest ze anders? Wachten tot hij weer opstond?' Ze lachte schamper. 'U hebt uw taak verzaakt en mevrouw was daardoor gedwongen om zichzelf te verdedigen met alle gevolgen van dien. Noodweerexces, dat was het.'

Klaas de Vries schraapte zijn keel. 'Met alle respect, mevrouw Kramer, maar bent u nu mijn baas of haar advocaat?'

Verbijsterd zocht Anne naar een antwoord. Hoe durfde hij? Sprakeloos verbrak ze de verbinding.

Hakim stapte bij Kim binnen met een bekertje koffie. Ze pakte het met een argwanende blik aan.

'U hoeft zich geen zorgen te maken. Mohammed Benhali redt het wel, hebben ze net in het ziekenhuis gezegd. Morgen, zaterdag, zal rechercheur De Vries u horen over alles wat er is gebeurd. Ik ben er dan zelf ook bij. En daarna zal de officier van justitie beslissen of u nog wat langer moet blijven of dat u naar huis kunt. Hij haalde zijn telefoon uit zijn broekzak.

'Heeft uw nichtje een telefoonnummer?' vroeg hij toen.

Even later kon Kim bellen met Daphne, zodat ze zeker wist dat met Anouk alles goed was. Het meisje sliep, vertelde haar nicht, en had alles redelijk goed doorstaan.

'Dank je wel,' zei ze na het gesprek en gaf Hakim zijn telefoon terug.

'Heb je het koud? Je warmt steeds je handen aan je bekertje.'

Kim snoof, ze voelde zich inderdaad niet lekker. Ze was in de cel door en door verkleumd.

'Het gaat wel,' zei ze. 'Ik wil alleen maar naar huis.'

De deur ging open, Anne kwam binnen en ging zitten. Ze keek even naar Kim en het bekertje in haar handen.

'Koffie?' vroeg ze toen aan Hakim.

Die sprong overeind. 'Ik haal wel voor u.'

Als De Vries Kim vanavond zou hebben gehoord, had ze daarna naar huis gekund. Benhali zou het overleven en daardoor was een dringende reden om haar nog langer te houden niet meer aanwezig. Toch moest ze de nacht in de cel blijven.

Hakim schonk het bekertje vol toen zijn telefoon ging.

'Zit die Kramer nog bij jou?' vroeg Klaas chagrijnig.

Vanuit de recherchekamer keek Hakim door een zijraam naar de beide vrouwen. Ze waren druk in gesprek.

'Ja,' zei hij. 'Ze zit bij Kim de...'

'Zodra je kunt, breng je haar terug naar haar cel. Want ze mag niet weg. Ik heb net de officier gesproken.'

'En als Kramer daar bezwaar tegen maakt?' vroeg Hakim voorzichtig.

'Dan zeg je dat de officier dat opgedragen heeft, natuurlijk.'

Hakim schudde zijn hoofd, Klaas kon het heen en weer krijgen. De jongen leerde snel.

'Komt voor elkaar,' zei hij, waarna hij de verbinding verbrak en zich op het papierwerk op zijn bureau stortte. Voorlopig liet hij beide vrouwen met rust.

'En toen zag je geen uitweg meer,' concludeerde Anne.

'U zeker wel?' vroeg Kim spottend. 'Hij had al gezegd dat hij me wat ging doen en hij had me al te pakken. In mijn eigen hal, nota bene. De politie was in geen velden of wegen te bekennen. Die zakkenwassers die na die uitzending kwamen, bedreigden me ook. Wat moest ik?' Ze sloeg hard met haar vlakke hand op het tafelblad. 'Nou? Opeens was-ie er en ik wist wat er zou komen. Dat heb ik niet laten gebeuren.'

'Ik snap het,' suste Anne. 'Die De Vries timmer ik morgen hoogstpersoonlijk op zijn smoel.'

Even keek Kim verbaasd en schoot toen, al haar boze tranen ten spijt, hevig in de lach.

'Wat lach je nou?' vroeg Anne afwachtend.

'Ik dacht...' hikte Kim, '... ik dacht opeens... of je mijn buggy soms wilde lenen...' Ze schaterde het uit.

'Ik moet weg,' zei Anne serieus. 'Maar ik ga voor je doen wat ik kan. Vannacht moet je hier nog blijven.' Ze keek nijdig door het raam naar Hakim. 'Omdat de officier dat wil. Maar morgen haal ik je hier uit. Dat beloof ik.'

Ze stond op en Kim deed hetzelfde. Daarna stak Kim haar hand uit, maar Anne omhelsde haar. 'Hou je haaks,' fluisterde ze en Kim knikte.

Onderweg naar Heiloo vroeg Anne zich af hoe het mogelijk was dat de dingen zo uit de hand konden lopen.

De politie, zijzelf voorop, had gefaald. Kim had er de afgelopen weken totaal alleen voor gestaan, terwijl de dreiging van Mohammed Benhali en zijn criminele vriendjes was toegenomen. De recherche had die dreiging niet herkend. Integendeel, de druk op Kim om Mohammed aan te wijzen en vast te pinnen op de overval in de Ruyschstraat was opgevoerd. Kim was eerst nog in de war geweest, maar toen Anne wegging had ze het gevoel dat de jonge vrouw er weer een beetje tegen kon.

De telefoon onderbrak haar gedachten.

'Anne.'

'Peter.'

Ze hapte naar lucht. 'Dat is een verrassing,' zei ze toen fijntjes.

'Ik...' begon hij, maar ze gaf hem de kans niet.

'Jij hebt mij heel erg voor schut gezet,' snauwde ze. 'Jij hebt meneer Hafkamp, ouderling Hafkamp, Huftertje Hafkamp, verteld dat je iets met mij zou hebben.'

'Anne...'

'Laat me,' riep ze. 'Ik ben aan het woord en jij mag zo. Of niet. Dat hangt helemaal van de zin af die ik overhoud om ooit nog een woord met je te wisselen.'

'Het was niet wat ik zei, maar wat ik niet zei. Hafkamp vroeg ernaar en ik zweeg. Kennelijk vond hij dat een bevestiging...'

'... stik erin, Peter de Bree! Denk je dat Cok doof is? Denk je dat ik gek ben? Ik heb juist de boot afgehouden en dat weet je heel goed. Ik heb je niet willen zien in Roemenië en daar had ik heel goede redenen voor. Wat denk je? Mijn man had het er zelfs over!'

'Ik snap niet...'

'Maar ik wel! En ik krijg alle verwijten en zondvloeden over me uitgestort. Het valt me nog mee dat hij nog niets tegen mijn kinderen heeft gezegd. Want een mooier wapen kon je Jacob niet in de hand geven. Ze houden namelijk niet van huichelarij, Peter. Net zomin als ik!'

'Ik bedoelde er echt niks mee,' zei De Bree wanhopig. 'Het was... Ja, het was dom, ja.'

Anne haalde minachtend haar neus op. 'En je belde om me dat te vertellen? Of om me weer eens "gezellig" mee uit eten te nemen, terwijl de *Telegraaf*-fotograaf achter een plant zit?'

'Ik bel over die vriendin van je. Het meisje uit de Blasiusstraat.'

'Kim? Hoezo?'

'Ik hoorde dat je bij haar op bezoek was?'

'En wat heb jij daarmee te maken?'

'Ik krijg haar maandag voorgeleid. En ik wil niet dat je zulke bezoekjes aflegt. De indruk zou kunnen ontstaan dat de politie niet onpartijdig is. Koren op de molen van Benhali's advocaat.'

'En van ontstane indrukken weet jij alles, nietwaar Peter? Ik bezoek wie ik wil, als je het nog niet doorhad. Dat meisje is het slachtoffer, Benhali niet.' Even dacht ze na. 'Dus hoor haar en laat haar los. Morgenochtend meteen. Of wil je dat ik eens een klachtje uit over de wijze waarop een zeker lid van de staande magistratuur zich ten opzichte van een zekere politievrouw gedraagt? Ook niet geheel onpartijdig, om het zo maar te zeggen...'

Het werd even stil. 'Ik zal zien wat ik voor je kan doen,' zei hij vaag.

'Dat is niet genoeg,' antwoordde ze vinnig.

'Anne, bemoei je hier nou niet mee. Uiteindelijk bepaalt de rechter of die Kim schuldig is, en niet jij.'

'Dan mag ik bepalen wat ik doe als iemand roddels over me verspreidt die mijn eer en goede naam aantasten, mijn huwelijk ontwrichten, mijn...' Ze haalde even diep adem om zichzelf te hervinden. 'Luister goed, Peter, jij weet net zo goed als ik wat dit betekent. Kim de Winter gaat een jarenlange juridische molen in van rechtbank, hoger beroep, civiele schadeclaims en noem maar op. Wat heeft ze gedaan? Ze heeft zichzelf en haar kind beschermd tegen een Marokkaanse jongen die haar wilde vermoorden, omdat zij hem nota bene een overval heeft zien plegen. Je maakt een dader van haar terwijl ze een slachtoffer is.'

'Anne, je draaft door.'

'Dat zal best,' blafte ze. 'Maar ik heb daar dan ook alle reden toe. En Kim gaat morgenochtend naar huis of ik zorg ervoor dat jij morgenochtend naar huis gaat!'

'Kunnen we dit niet even onder vier ogen...'

'Zodat je daar weer een stoer verhaaltje over aan je baas kunt vertellen?' Anne lachte schamper. 'Wij zijn uitgegeten, Peter de Bree. Geloof mij maar.'

Ze verbrak de verbinding en keek om zich heen. Tot haar verbazing zag ze dat ze bijna thuis was; Heiloo kwam al in zicht.

23

'Froukje de Bruin, voorlichting.'

'Met Paul de Bie, *Het Parool*.'

De naam Froukje de Bruin had hij nog niet eerder gehoord, ongetwijfeld een nieuw licht aan het firmament.

De Bie belde vrijwel iedere morgen met de politie, om aan de hand van het dagelijkse persbericht aanvullende vragen te stellen. De meeste mensen die bij dit bureau werkten kende hij inmiddels persoonlijk.

'Nieuw?' vroeg hij dan ook.

'Vandaag begonnen.'

'Succes, zou ik zo zeggen.'

Ze bedankte hem. 'Zeg het eens,' zei ze toen vriendelijk.

'Het persbericht over afgelopen vrijdag. Dat incident in de Blasiusstraat.'

Froukje scrollde door de berichten van het afgelopen weekend.

'Een vrouw die een jongen in elkaar gerost heeft,' hielp hij nog.

Het korte berichtje had direct zijn aandacht getrokken. De kunst was altijd om uit de grote berg dat ene te plukken waar een goed verhaal in zat. De Bie had er in de loop der jaren een soort zesde zintuig voor ontwikkeld. Uit het bericht kon hij niet precies afleiden wat er echt gebeurd was. Maar meestal was het gegeven dat de politie iets vaag hield reden om erbovenop te duiken. Terwijl hij wachtte, keek hij op de klok. Het was tegen tienen, hij moest opschieten, de redactievergadering begon zo.

'Ja, hier heb ik het,' hoorde hij haar zeggen.

Paul stelde de vraag tussen neus en lippen door, zodat Froukje aan de andere kant van de lijn niet argwanend werd en zich zou afvragen waarom hij dit vroeg. Zij was nog nieuw, dacht Paul, dat maakte de kans groter dat zij hem zou helpen.

'Was dat een Nederlandse vrouw?'

'Even kijken, het staat er niet bij.'

'Nee, daarom bel ik juist,' zei hij met een lachje.

Hij hoorde haar gelukkig ook lachen, dat was een goed teken.

'Ik pak het politierapport erbij.'

Hij hoorde haar door papieren bladeren.

'Ja, hier heb ik het. Ze is geboren in Amsterdam.'

'En die jongen?' Paul hield zijn adem in.

'Ook.'

'Autochtoon of allochtoon?' vroeg hij nadrukkelijker. 'Heet hij Jaap of Achmed?'

'Geen van beiden,' antwoordde ze. 'Mohammed. Zo heet-ie.'

De Bie kneep van plezier in zijn handen. Dat feitje was buiten het persbericht gehouden, ongetwijfeld om geen deining te veroorzaken.

'Weet je toevallig nog hoe het met die jongen is?' vroeg hij.

Het duurde even voordat ze het gelezen had. 'Gebroken neus en kaakbeen, gebroken ribben.' Hij hoorde haar ademhaling door de hoorn. 'En hij is daarna aangehouden in het ziekenhuis door het Bureau Zware Criminaliteit. Zolang hij daar ligt, moet hij bewaakt worden.' Ze klakte met haar tong. 'Da's geen kleinigheidje.'

En ook geen incidentje, dacht De Bie terwijl zijn pen over het papier raasde.

Hij bedankte haar en legde op.

Een Nederlandse vrouw die een Marokkaanse jongen het ziekenhuis in sloeg, dat kwam al niet dagelijks voor. Maar dat die vent vervolgens was aangehouden door het hoofdbureau... Hij kon er nog geen touw aan vastknopen. Had een vrouw haar man, die in de georganiseerde misdaad zat, in elkaar gehengst of zo?

Op de redactievergadering bleek ook niemand over het incident gehoord te hebben en De Bie wist dat er niets anders op zat dan ouderwets veldwerk.

Een half uur later fietste hij rustig door het Oosterpark naar de Blasiusstraat. Hij stapte van zijn fiets en liep naar nummer 119. Naast de voordeur stonden de namen van de bewoners. Jansen-Van Veen, las hij. Waarschijnlijk een oudere vrouw. Schreuder kon ook een man zijn. Kim de Winter op driehoog. Die zou het kunnen zijn, dacht hij en drukte op de bel. Er gebeurde niets. Dat kon kloppen; de vrouw uit het persbericht zat in de cel. Hij drukte op de bel van de tweede etage. Boven hem ging een raam open.

'Wat wilt u?' riep een oudere dame met een hese stem, vermoedelijk veroorzaakt door veel nicotine en alcohol.

Gehaast zocht hij naar een goede smoes. Oudere dames lieten meestal geen onbekenden meer binnen. In elk geval had hij zijn uiterlijk mee, hij zag er vriendelijk en onschuldig uit.

'Ik kom voor Kim,' riep hij listig omhoog. 'Ik had afgesproken met haar, maar ze doet niet open en nou maak ik me zorgen dat er iets met haar is.' Hij wees naar boven. 'Kunt u niet even gaan kijken?'

De vrouw schudde haar hoofd en beduidde hem om te blijven wachten. Een paar seconden later klikte de deur open. De Bie liep de trappen op tot hij bij de vrouw kwam, die in haar deuropening stond.

'Wist u dan niet...' zei ze. 'Hebt u het nog niet gehoord?' riep ze hoofdschuddend.

'Nee, wat dan?' zei hij terwijl hij als een volleerd acteur grote schrikogen opzette.

Ze beduidde hem snel om binnen te komen en even later zat hij aan haar eettafel met open mond te luisteren. De Bie hoefde niks meer te vragen. Ze had vrijdagmiddag op de eerste rang gezeten en kon hem exact vertellen wat er voor hun deur gebeurd was. Het enige wat ze niet wist was de reden dat Kim die jongen zo had geslagen.

'Maar wat was het voor een jongen?' vroeg Paul.

'Een Marokkaanse jongen,' zei ze verontwaardigd. 'Natuurlijk weer zo'n Marokkaan. Het is schandalig toch?' Ze knikte. 'Groot gelijk had ze. Ze ramde hem helemaal in mekaar.'

'Trapte ze hem of zo?'

'Met de buggy.'

'Met de buggy?' herhaalde De Bie, die even moeite had zich een beeld te vormen. 'Heeft ze die jongen met een buggy geslagen?'

De vrouw knikte en verviel toen in een hevige hoestbui. Het duurde even voor ze weer op adem kwam.

'Zo voor mijn ogen. Ze had dat ding ingeklapt en sloeg. Een paar keer zeker. Heel hard op z'n kop. Maar het ergste was het natuurlijk voor Anouk.'

Wie was Anouk? De vraag brandde op De Bies lippen, maar zou hem direct aan de oude dame verraden. Hij luisterde gespannen, niets mocht hem nu ontgaan.

'En Kim is zo'n lieve meid. Ze komt altijd even kijken hoe het met me is. Ik ben namelijk alleen, weet u? Ze doet ook boodschappen voor me.' Ze schudde haar hoofd. 'En die arme Anouk, zo zonder haar mama...'

'Weet u waar Anouk nu is?'

'Bij Daphne, die nam haar mee gisteravond.'

'O ja, natuurlijk Daphne.' Hij moest te weten komen waar die Daphne woonde.

De vrouw bood hem koffie aan. Beleefd sloeg hij af. Hij moest maken dat hij wegkwam, maar niet zonder dat laatste antwoord.

'Schande, zoals die arme ziel als een crimineel door de politie werd afgevoerd,' riep de vrouw.

Hij knikte. 'Weet u toevallig waar Daphne woont,' vroeg hij toen voorzichtig. 'Ik ken Kim wel, maar Daphne ken ik niet zo goed.'

Ze keek hem even verward aan. 'Tja,' mompelde ze vervolgens, 'dat weet ik ook niet, meneer. Ik weet dat dat meisje Daphne heet omdat Kim me dat vertelde en ik heb haar weleens gezien. Maar waar ze woont...' Opeens keek ze De Bie scherp aan. 'Waar kent u Kim eigenlijk van?'

Hij kwam overeind. 'Ik moet echt gaan,' mompelde hij en haastte zich naar de deur.

'U bent helemaal geen vriend van Kim,' riep ze boos. 'U bent vast ook zo'n schoft, net als die jongen.'

De Bie hief de handen. 'Nee,' bezwoer hij, 'echt niet. Ik ben journalist, mevrouw. Ik heb niks kwaads in de zin.'

Glimlachend daalde hij de trap af en stapte de straat weer op, begeleid door haar verontwaardigde kreten. Even later fietste hij terug naar de redactie, beduidend harder dan op de heenweg. Het verhaal had hem volledig in de greep.

Dit was het moment om het hogerop te zoeken, misschien om Anne Kramer zelf te bellen. Hij had haar al een paar keer gesproken op persconferenties en ook een keer op een plaats delict van een liquidatie. Via een vriendje dat allerlei agenten kende, had hij, in ruil voor vijf borrels en een seizoenskaart voor Ajax, een hele waslijst met persoonlijke telefoonnummers gekregen, ook dat van Anne Kramer. Nog nooit had hij haar rechtstreeks benaderd en hij moest goed beslagen ten ijs komen, anders zou ze hem waarschijnlijk meteen weer neerleggen.

Het moment dat hij haar nummer draaide was best spannend. Met zijn ene hand hield hij de telefoon bij zijn oor, met de andere veegde hij nerveus langs zijn voorhoofd. Zijn blocnote en pen lagen klaar om alles vast te leggen.

'Anne Kramer.'

Het klonk kortaf en bepaald niet gemoedelijk, stelde hij vast.

'Met Paul de Bie van *Het Parool*.'

Even was ze stil. 'Ja?'

'Bel ik gelegen?' Hij hield zijn adem in, bang voor het antwoord.

'Journalisten moeten Bureau Communicatie bellen. Als u ergens antwoorden op wilt, die geef ik niet.'

'Die had ik al aan de telefoon, maar ze verwezen me naar u.'

'Wie deed dat?'

'Dat kan ik me niet meer precies herinneren,' loog De Bie. 'Een meneer. Maar ik had toevallig uw telefoonnummer en...'

'Van wie hebt u dat dan?'

'Dat kan ik me ook niet meer herinneren,' antwoordde hij haastig. 'Maar ik heb het al een paar jaar en ik heb u nog nooit lastiggevallen. Dit is echter iets waarvan ik dacht dat u het me niet kwalijk zou nemen als ik u er over belde.'

Hij hoorde haar iets onverstaanbaars zeggen tegen iemand. Even later sloeg er een deur dicht.

'Waar gaat het dan over?'

Vriendelijk klonk het nog niet, maar ze had in elk geval niet opgehangen.

'Vrijdagmiddag, de Blasiusstraat...'

'Meneer de Bie, districtsrecherche Amsterdam-Oost. Dat is geen zaak van de Centrale Recherche.'

'Niet? Ik zou toch zweren dat... Waarom is die Marokkaan dan door uw ZwaCri-mensen aangehouden?'

'Hoe...'

'Dat moet u niet aan een journalist vragen.'

Hij hoorde haar diep zuchten. 'Hoe discreet kunt u zijn?'

'Zo discreet als uw belofte om mij de scoop te geven als u de bom laat barsten.'

Juichend zat hij een paar minuten later op zijn fiets, op weg naar het hoofdbureau. Annes secretaresse haalde hem op uit de hal en nam hem mee naar boven. Op de gang van de eerste etage herkende hij Anne meteen. Ze keek hem onderzoekend aan.

'Meneer De Bie.'

Ze gaven elkaar een hand en Anne nam de journalist mee naar haar kantoor. Ze liep heupwiegend voor hem uit door de gang, zelfverzekerd, mensen knikten naar haar. Dit was haar thuis. De Bie keek naar haar benen en kreeg het warm. Haar kantoor maakte op hem een gezellige indruk, een bloemetje op tafel, foto's van haar kinderen. Ze wees hem een stoel en ging tegenover hem aan tafel zitten.

'Ik zal eerlijk zijn. Als het niet hoefde, sprak ik nu niet met u. De reden dat ik het wel doe is dat ik geen verkeerd verhaal over het slachtoffer in de krant wil, dat kan haar schaden. Daarnaast wil ik de voortvluchtige verdachte niet meer laten weten dan wat jullie toch al in de krant hebben gezet.'

'Maar het slachtoffer is dus een hele zware crimineel, als ik het goed...'

'Dat is de dader.'

'Maar die man is toch door een vrouw helemaal...'

'Dat is het slachtoffer.' Ze schudde haar hoofd toen ze zijn vragende gezicht zag. 'Ik ga u het hele verhaal vertellen, daarna schrijft u het maar op en laat u het aan mij lezen. Als de laatste verdachte gepakt wordt, kunt u publiceren, maar ik bepaal uiteindelijk wat.'

Ze sprak haar eisen uit alsof ze volkomen normaal waren.

'Maar de politie verzweeg om te beginnen dat het om een Marokkaanse jongen ging,' probeerde Paul. 'Sociaal niet wenselijk?'

'Hou op met dat stomme gezeur,' reageerde ze vinnig. 'Bij Kim de Winter zetten we er ook niet bij dat ze blank is. Die verdachte is geen Marokkaan, hij is in Oost geboren. Hollander dus.' Ze keek hem strak aan. 'Akkoord met de voorwaarden?'

Hij knikte. Uit een waterkan schonk ze voor hen beiden een glas in.

'Als je iets niet begrijpt, onderbreek je me maar.'

Geconcentreerd begon Anne aan het hele verhaal. De Bies pen vloog over het papier; hij wist al na een minuut dat hij een vette primeur te pakken had.

'Begrijp je dat je dat van de make-up bij *Pauw en Witteman* niet mag opschrijven? Als jij in de krant schrijft dat Kim de Winter daar in dat kamertje uit zichzelf en als eerste met mij gesproken heeft, is ze voor die criminelen gesneden koek.' Ze priemde met haar vinger in zijn richting. 'Ik meen het: als je haar neerzet als een verraadster laat ik elke agent in de stad je om de kilometer aan de kant zetten om te blazen. Dag en nacht.'

'Ik begrijp het,' stelde hij haar gerust. De kern van Anne Kramers boodschap was dat Kim de Winter onrecht was aangedaan, ook al had zij die jongen natuurlijk wel met haar buggy kreupel geslagen.

'Maar feitelijk heeft de recherche in Oost dus misgekleund?' vroeg hij ter afsluiting.

Hij zag een soort machteloosheid. Als het aan Kramer lag, was die Kim allang thuis geweest.

'Iemand die ook niet beter wist,' verzuchtte ze. 'Ben jij latinist?'

'Nee, journalist,' antwoordde hij gevat.

'Dan weet je in elk geval hoe je iets op moet zoeken. "Summum ius, summa iuria." Google daar maar eens naar. Het enige wat Kim de Winter deed, was zichzelf en haar kind beschermen. Zij was een kat in het nauw, stond met de rug tegen de muur. En toen ze uiteindelijk, na weken van doodsangst, in radeloosheid terugsloeg, was ze meteen verdachte en werd ze opgesloten. Daar heb ik moeite mee, dat mag je rustig weten.'

Onderweg naar *Het Parool* dacht De Bie al na over de kop van zijn artikel.

'De Buggy-zaak.' Hij schudde zijn hoofd. Dat zouden mensen kunnen verwarren met een coffeeshop van lang geleden. 'De Buggy-vrouw' vond hij eng klinken. 'Het Buggy-meisje', besloot hij. Dat zou het worden.

24

Het was een heerlijke fietstocht van Heiloo naar het huis van haar ouders. Na alle drukte van de gijzeling had Anne een dag vrij genomen en peddelde op haar gemak achter de duinen langs. Het beetje tegenwind was ze wel gewend en tegen de vijftien kilometer die ze nog te gaan had keek ze evenmin op. Ze had haar ouders al weken niet meer gezien. Soms, als ze het te kwaad kreeg, belde ze haar vader, zoals gisteren over Kim de Winter. Hij had voornamelijk geluisterd, haar de gelegenheid gegeven stoom af te blazen. Hun gesprek was geëindigd in de afspraak om de volgende dag langs te komen.

Anne was al een tijdje van plan geweest om naar haar ouders te gaan, ze moest ze immers ook vertellen over haar moeilijkheden met Jacob. Ze zouden er waarschijnlijk geen drama van maken en al te lang verzwijgen kon ze het niet meer. Op zeker moment zou Marit of Wout er vast iets over zeggen tegen hen.

Over één ding voelde ze zich opgelucht: dat ze Peter het bos in gestuurd had. Het verbaasde haar dat ze zo snel van iedere gedachte aan hem was bevrijd door het kunstje dat hij haar geflikt had.

De wind werd wat steviger, met een lichtere versnelling reed ze Bergen door op weg naar Schoorl.

Haar gedachten gingen terug naar gistermiddag, naar het gesprek met die journalist van *Het Parool*. Hij had haar het concept toegestuurd en ze was geschrokken van haar eigen woorden. Het zou commotie veroorzaken, dat wist ze nu al, maar ze weigerde er een woord van terug te nemen. Zij was integer en het stuk was dat ook.

Haar ouders woonden aan de rand van het dorp in een vrijstaand huis. Als je doorfietste naar Camperduin kwam je op de Hondsbossche Zeewering. Als ze in Schoorl was, maakte ze vaak met haar vader een wandeling over die dijk. Hij was haar grote voorbeeld, van hem had ze als kind geleerd dat het soms wijs was om te zwijgen, maar dat je soms niet mág zwijgen, wat de consequenties daarvan ook mogen zijn. Haar vader was vorig jaar gepensioneerd na een glanzende carrière op het ministerie van Verkeer en Waterstaat. Hij wist alles over trucs en machtsspelletjes binnen bestuur en politiek.

Haar moeder stond haar al op te wachten toen ze de oprit op reed. Vlug zette ze haar fiets tegen het huis. Ze kusten elkaar op de wang.

Binnen trof ze haar vader. Ze omhelsden elkaar langdurig. Dit was nog steeds de veiligste plek ter wereld, tegen de borst van haar vader. Toen ze haar tranen de vrije loop liet, wist de oude man genoeg.

Niet veel later zaten ze aan de koffie met gebak, speciaal voor haar komst gehaald, al was inmiddels wel duidelijk dat er weinig te vieren was.

Met haar onaangeroerde gebakje voor haar neus vertelde Anne over thuis, de kinderen en Jacob.

'Soms kan ik haast niet verder,' bracht ze met moeite uit. 'Ik heb ooit heel veel om hem gegeven, maar hij is niet meer wie hij vroeger was. Het gaat niet meer.'

Haar moeder was bleek en keek bezorgd, haar handen hield ze in haar schoot. Vader Kramer zat met halfgesloten ogen in zijn stoel en luisterde alleen maar. Hij hield niet van opwellingen en sprak zelden voor zijn beurt.

'Heb je zin in een wandeling?' vroeg hij opeens, en hij kwam overeind en gaf zijn vrouw een knipoog.

Niet veel later wandelden ze samen over de zeewering. Zoals meestal kwam de wind uit het noorden, waardoor ze iets voorover moesten buigen om hun evenwicht te bewaren.

Met de wind in de rug wandelden ze terug. Haar moeder zou het eten wel bijna klaar hebben; er werd bij haar ouders tussen de middag warm gegeten.

'Zag jij het aankomen van Jacob en mij?' wilde ze van haar vader weten.

Hij keek opzij en knikte toen. 'Het wordt steeds moeilijker om met hem te praten. Hij verzuipt in het geloof. Dat is niet de bedoeling van Onze-Lieve-Heer, geloof ik.'

Ze knikte.

'Ik kan die preken van hem niet meer horen. Wout en Marit houden heel veel van hun vader, maar die zijn het ook allang spuugzat,' zei ze, heftiger dan ze van plan was.

Haar vader deed zijn arm opzij, Anne stak de hare erin. Dicht tegen elkaar aan liepen ze in de richting van hun huis.

'Hij zegt dat hij een huis in Nijkerk zoekt,' vertelde Anne verder. 'Maar opschieten doet hij niet.' Bij de deur stonden ze stil. 'Als ik heel eerlijk ben, kan ik niet wachten tot hij weg is. Hij beschuldigde me er laatst zelfs van dat ik een relatie zou hebben met iemand van mijn werk.'

'En dat was niet zo?'

Verrast keek ze naar haar vader. 'Pap!' riep ze verontwaardigd. 'Wat denk je wel niet?'

'Dat denk ik ook niet,' zei hij, 'maar niets verbaast me meer tegenwoordig en ik zou het zelfs hebben begrepen, Anne.'

Ze kneep in zijn arm. 'Meen je dat?'

'Er is geen liefde meer in je huwelijk. Dat zien je moeder en ik al heel lang. En zonder liefde is het moeilijk leven. Als het niet anders kan, moet het. Maar denk eraan: alleen een rustperiode kan echte inzichten geven.'

'Wat bedoel je daar nou weer mee?' vroeg Anne.

'Voor zo'n aantrekkelijke en intelligente vrouw staan de mannen in de rij, Anne. Maar bedenk altijd: die staan daar ook niet zomaar. Ze zijn niet voor niets alleen.' Hij bromde. 'Nog afgezien van die lui die de kat in het donker knijpen.'

'Maar denk je dat ik van Jacob moet eisen dat hij...'

'Jij moet beslissen Anne, niet ik. Daarin kan ik je geen advies geven. Volg je hart en houd je hoofd erbij.'

Ze kuste hem op beide wangen. 'Bedankt, pap.'

Flink zijn, Anne Kramer, dacht ze de volgende dag. Als je hoog spel speelt, moet je ook kunnen incasseren. Ze drentelde voor Hafkamps deur heen en weer, nauwlettend gadegeslagen door diens secretaresse.

Hafkamp liet haar met opzet wachten, daar was ze zeker van. Zelfs de secretaresse zei geen woord. Er heerste een grafstemming. Even overwoog ze om gewoon weer weg te gaan. De arrogantie van de macht, die neerbuigende houding. Eindelijk klonk er een snerpend bevel door een intercom en de secretaresse wees naar Hafkamps deur.

'U kunt naar binnen,' zei ze koud.

De beelden van het kantoor stonden Anne nog vers in het geheugen: kleurloos, net als de man zelf. Hij zat achter zijn bureau en gaf zonder een woord van welkom een knikje naar een stoel.

Daarna volgde onmiddellijk de preek. Ze had zich in zijn ogen als een beginneling gedragen. Hij hield de krant omhoog en schoof zijn bril op het puntje van zijn neus.

'Het Openbaar Ministerie is een bange, steriele organisatie. Kim de Winter wordt niet in bescherming genomen, hoewel zij dat wel degelijk verdient. Vanuit een ijskoude wetshandhaving, niet met enig rechtsgevoel, gooit men haar in de cel.'

Hij legde de krant terzijde.

'Bij de leiding van het Openbaar Ministerie is inmiddels de vraag opgeworpen of u wel geschikt bent voor uw functie, mevrouw Kramer.' Zijn vissenogen keken haar koel aan. 'Wat de krant niet heeft gehaald, is dat u ook nog een van mijn officieren op basis van uw relatie met hem onder druk hebt gezet om mevrouw De Winter vrij te laten. Ik weet niet welke middelen u hebt aangewend, maar hij is daarvoor gezwicht zonder mij te consulteren. Anders had ze nog vastgezeten, dat garandeer ik u.'

Anne keek verrast. Kim was dus vrijgelaten. Haar boze gesprek met Peter had in elk geval iets goeds opgeleverd.

'Ik geloof niet dat het aan u is om over mij te oordelen,' kaatste ze Hafkamps bal terug, kennelijk was dat ongebruikelijk voor hem, want zijn gezicht liep rood aan van kwaadheid. 'Dat is aan meneer Eerenberg en ik heb van hem geen klachten vernomen.'

'Als u denkt...' sputterde de hoofdofficier, maar Anne kwam op stoom en opeens kon zijn dreigen haar niets meer schelen, laat staan tegenhouden.

'Wat de krant ook niet heeft gehaald, meneer Hafkamp, is dat uw officier meneer De Bree overal heeft rondverteld dat hij "iets" met mij zou hebben. Dat is een verzinsel dat u gemakkelijk had kunnen weerleggen als u met de andere deelnemers aan de reis naar Roemenië was gaan praten. Ik heb de heer De Bree juist gemeden en hem onlangs nog gezegd dat ik niets, maar dan ook niets met hem te maken wil hebben.' Ze hapte naar lucht en sloeg haar armen over elkaar. 'Ik heb ook nooit iets met hem gehad, al gaat u dat geen zak aan.'

Hafkamp keek haar strak aan, knipperde af en toe met zijn ogen; hij had een zenuwtrek onder zijn linkeroog. 'U praat tegen een dienaar van het recht, mevrouw Kramer.'

Anne ontplofte bijna.

'Die in niets anders geïnteresseerd is dan anderen dwars te zitten met onmenselijk strakke regeltjes. Juristen maken altijd dezelfde fout! Namelijk dat mensen er zijn om de wet te dienen. Nou, de wet is er voor de mensen, meneer Hafkamp.' Ze smaalde en stond op. 'Net als uw Bijbel trouwens.'

Met die woorden liep ze naar de deur, de hoofdofficier verbluft achterlatend.

'U blijft hier!' brulde de man.

'Pas maar op, straks krijgt u weer migraine,' sneerde ze over haar schouder.

Ze was niet meer bang voor hem, al zou hij haar carrière breken door overal te vertellen dat ze een ongeleid projectiel was. Ze wierp nog een vuile blik naar Hafkamps secretaresse die haar met grote geschrokken ogen nastaarde.

25

Kim had de hele avond zitten blokken. Ze moest het drama met Mohammed uit haar gedachten bannen, en zich volledig concentreren op haar schoolwerk. Ze had maar één doel: haar cijfer Nederlands ophalen. Als dat lukte, was ze over de streep.

Dit kon een van de laatste keren zijn dat ze onderweg was naar de crèche om Anouk op te halen. Als ze slaagde, zou dat allemaal anders worden. Onwillekeurig keek ze spiedend rond, al zei haar verstand dat het niet meer hoefde. De recherche had haar verzekerd dat Mohammed in de cel bleef, en de verwachting was dat Robbie Groen binnen een paar dagen gepakt zou worden. Hij vormde geen dreiging voor haar, dacht ze. Hij kende haar niet en zij had hem niet herkend bij de overval.

Tegenover haar zat een man *Het Parool* te lezen. Haar blik viel toevallig op de voorpagina. Even ontging de betekenis haar nog, al was de kop bijna niet te missen: 'Buggy-meisje vocht voor haar kind'.

Zo goed en zo kwaad als het ging probeerde ze iets van het artikel te lezen. Het ging over haar. Ze zag haar initialen, de officier van justitie had besloten om haar zaak te seponeren, stond er.

Ze kon er niets aan doen, haar ogen vulden zich met tranen. Het was dus afgelopen. Eindelijk. Ze vroeg zich in stilte af of ze er blij mee mocht zijn. Soms kwam het beeld van Anouk weer op haar netvlies, zoals het meisje zich in doodsangst tegen de deur drukte. Dat zou nooit meer overgaan. Ze depte haar ogen met haar sjaal. Niemand lette op haar.

Gek dat ze niet gebeld was. Geschreven hadden ze ook niet, besefte ze boos. Waarom moest ze dit in de krant lezen? Ze zag zichzelf weer zitten in de cel op het politiebureau: koud, eenzaam en verdrietig om Anouk. Dat eindeloos lange weekend. Het bezoek van Anne Kramer, dat toch ook niet geleid had tot een snellere vrijlating. Het enige lichtpuntje was het telefoontje naar Daphne geweest. Ze was Hakim daar vreselijk dankbaar voor. Daarom had ze hem die avond nog het hele verhaal over Mohammed verteld, en diens foto aangewezen.

Glazig naar de krant kijkend bereikte ze haar metrohalte. Ze haalde Anouk op bij de crèche, en samen maakten ze hun dagelijkse gang naar de supermarkt, waar Kim het niet kon laten Het Parool te kopen.

Toen ze de voordeur opende, zag ze in een oogopslag de brief van het Openbaar Ministerie op de mat.

Pas nadat alle boodschappen opgeruimd waren en Anouk voor de tv zat, ging ze aan tafel zitten en opende de brief.

Met bonzend hart begon ze te lezen. Het was het formele bericht van de officier van justitie dat haar zaak was geseponeerd. Ze zuchtte diep. Het was dus waar: het was voorbij.

Ze trok de krant naar zich toe en las het laatste stuk, waar ze in de metro de kans niet voor gekregen had.

De advocaat van Mohammed zou tegen het seponeringsbesluit in beroep gaan, stond er. Zijn cliënt was immers volkomen onschuldig en had alleen de intentie gehad haar boodschappen naar binnen te dragen. Hij was geen onbekende, ze had hem regelmatig op de koffie uitgenodigd. Er was totaal geen aanleiding om hem met de buggy toe te takelen en hij eiste een forse schadevergoeding.

'Mam, mag ik wat drinken?'

'Ja, zo.'

Kims gevoel van opluchting verdween als sneeuw voor de zon; het ging dus gewoon door. Ze zou nog tijden door justitie en de advocatuur achtervolgd worden.

'Mam, ik heb dorst.'

Zonder iets te zeggen, schonk Kim wat appelsap in en zette de beker voor Anouk neer.

Haar werkstuk Nederlands wachtte, wist ze. Als ze haar gedachten daar niet bij hield, zou het toch nog fout gaan. Ze greep naar de telefoon. Anne Kramer had gezegd dat ze moest bellen als het moeilijk werd. Dat was nu het geval.

Zwijgend hoorde Anne even later Kims verhaal aan.

'Ik wist ook niets van een seponeringsbesluit,' zei ze. Inwendig lachte ze echter. Hafkamp had de van Peter de Bree afgedwongen beslissing niet terug durven draaien.

'Maar zijn advocaat gaat een procedure aanspannen.' Kim klonk wat wanhopig.

'Dat moet hij doen,' sneerde Anne. 'Dat doen ze altijd, meid. Dat is standaard. Maar hij zal het wel laten. Die Mohammed heeft straks echt wel wat anders aan zijn hoofd. Een overval of vijf. Die heeft het veel te druk voor jou.'

Kim luisterde maar kon het allemaal nog steeds niet overzien.

'In het najaar hoor je waarschijnlijk pas dat ze het hebben ingetrokken, Kim. Zet het maar lekker van je af,' probeerde Anne haar gerust te stellen.

Een beetje opgelucht ging Kim even later toch maar aan de slag met haar werkstuk. Anouk lag op de grond en keek tekenfilms tot ze uiteindelijk in slaap viel.

26

'De rechtbank!' riep de bode.

Alle aanwezigen in de zaal stonden op, de deur aan de achterzijde ging open. Even later liepen de rechters achter elkaar naar binnen. Voorop liep een wat oudere man, daarachter twee nog jonge vrouwen. Ze gingen achter de lange tafel zitten, de oude voorzitter in het midden. Aan de linkerzijde van de rechters stond de officier van justitie, aan de andere kant zaten de advocaten met hun cliënten Mohammed Benhali, Robert Groen en Mustafa Gul op een rij stoelen voor zich. Die laatsten kwamen niet overeind en staarden ongeïnteresseerd voor zich. Ook hun advocaten kwamen nauwelijks overeind, zij beperkten zich tot een snelle beweging. Dit in tegenstelling tot de officier van justitie, die pas ging zitten toen de voorzitter achter de tafel had plaatsgenomen.

De zaal van het gerechtsgebouw aan de Parnassusweg was redelijk gevuld. Voor straatroven en overvallen bestond meestal niet zo veel belangstelling, maar deze zaak was anders.

Paul de Bie troonde vooraan op de perstribune. Ook zijn twee *Telegraaf*-collega's waren gekomen. De tekenaar had zijn materiaal uitgestald.

Anne keek naar Kim. Ze zaten op de gang en de jonge vrouw staarde voor zich uit. Het was anders gelopen dan ze gedacht had. Kim werd als getuige opgeroepen en ze móést verschijnen. Anne had wel kunnen regelen dat Kim met een escorte van huis was gehaald, dat gaf haar een veilig gevoel, maar uit het telefoongesprek van Anne met de officier van justitie was wel duidelijk geworden dat Kim een zware middag voor de boeg had. Zou ze overeind blijven in het spervuur van vragen?

Anne keek op. Een meisje kwam met een oudere vrouw de gang in lopen. De vrouw kwam Anne bekend voor. Pas toen herkende ze het meisje: het was Nienke. Ze kende het knappe meisje bijna niet terug. Anne had haar alleen maar lijkbleek en met haar hoofd in verband gezien. Ze schudde de uitgestoken handen.

'Waar is uw man?' vroeg ze aan de vrouw.

'Griep,' zei deze veelbetekenend, 'die ligt in bed.'

'Ben jij dat meisje dat gegijzeld was?' vroeg Kim voorzichtig.

Nienke knikte. 'En jij bent het Buggy-meisje, hè?' zei ze enthousiast. 'Wat heb jij die gast geweldig op z'n flikker geramd, joh!'

Nienkes moeder maande haar dochter tot stilte. De deur zwaaide open.

'De getuige Kim de Winter,' riep de bode in de deuropening.

Anne kwam overeind en nam Kim bij de arm.

'Ik blijf bij je,' sprak ze zacht en gaf ook Nienke een bemoedigend knikje.

'Zet 'm op, Kim!' riep het meisje.

De aanwezigen draaiden zich om en keken nieuwsgierig naar hen. Anne beduidde Kim door te lopen naar voren, waar een stoel stond. Zelf nam ze zo ver mogelijk vooraan aan het gangpad plaats. Ze wierp een blik op de mannen en vrouwen in de toga's en even stokte haar adem. Peter de Bree stond overeind, zijn ogen priemend in haar richting. Haastig richtte ze haar blik op Kim.

'Mevrouw De Winter,' zei de voorzitter en knikte haar minzaam toe. 'Neemt u maar plaats op de stoel hier vooraan. U bent Kimberley Eefje de Winter, geboren op 16 juni 1984 te Amsterdam?'

Ze knikte.

'U bent hier als getuige en als zodanig moet u de eed of de belofte afleggen dat u de volledige waarheid gaat vertellen...'

'De eed graag,' zei Kim bijna haastig. Ze was blij met alles wat Anne haar van tevoren had ingefluisterd.

'Heft u dan de twee vingers van uw rechterhand maar en zegt...'

'Zo waarlijk helpe mij God Almachtig,' vulde ze hem plechtig aan.

'En wat is uw beroep, mevrouw De Winter?' vroeg de voorzitter verrast.

'Visagiste,' antwoordde Kim.

De rechter bladerde in de stukken die voor hem op de tafel lagen.

'Ze hebben het hier over...' Even was het stil, hij zocht nog steeds de goede bladzijde. Een van de vrouwelijke rechters boog zich naar hem toe en vond met één vingerbeweging de juiste passage.

'Ah juist... U was op 12 juli van dit jaar, dat was een donderdagavond, in de Ruyschstraat, toch?'

'Ja,' antwoordde ze. Niet meer zeggen dan wat er werd gevraagd, had Anne haar geïnstrueerd en daar hield ze zich aan.

'En wat gebeurde er toen?'

Ze vertelde helder en duidelijk wat er die avond was voorgevallen. Ze kwam al snel bij het moment dat de overvaller naar buiten rende en tegen haar en Anouk op vloog.

'En u herkende de man?'

'Ja,' antwoordde ze timide en ze strekte haar arm uit naar de verdachtenbank. 'Dat was Mohammed.'

Het was voor het eerst dat ze hem aankeek. Ze schrok, ze keek nog eens goed. Was dat Mohammed? Een vreselijk dikke neus en een opgezette wang. Zijn hele gezicht was vervormd. Voorheen was het smal geweest, nu was het veel dikker.

'Ik zie dat u twijfelt?'

'Nee, nee... hij is het zeker, maar...'

'Maar...?' wilde de rechter weten.

Ze moest het wel zeggen, wist ze. 'Zijn gezicht is erg beschadigd, zoals ik nu zie, en daardoor wel veranderd,' zei ze met zachte stem. Voor het eerst realiseerde ze zich hoe hard ze hem geraakt moest hebben.

'U moet echt zeker van uw zaak zijn, mevrouw De Winter,' maande de rechter. 'Gaat u eens staan,' zei hij vervolgens tegen Mohammed en wendde zich toen weer tot Kim. 'Kijkt u alstublieft nog een keer heel goed.'

Kim en Mohammed staarden elkaar aan.

Hier was ze al die tijd bang voor geweest, dit ultieme moment waarop zij Mohammed feitelijk naar de gevangenis zou sturen. Wat zou er gebeuren als zij gewoon zei dat ze hem niet herkende? Zou hij dan weer vrijgelaten worden? Verward schudde ze haar hoofd, ze kon niet meer terug. Bij de politie had ze verklaard dat hij het was; ze had zijn foto met zekerheid herkend.

Toen ze scherp naar Mohammed keek, zag ze hoe zijn onder- en bovenlip bewogen. De verdomde klootzak, zelfs hier in de rechtszaal durfde hij te dreigen: Anouk.

'Wat zei u daar?' vroeg de rechter plotseling streng aan Mohammed.

Mohammed keek hem aan. 'Ik?'

'Ja, u. Ik zag uw mond bewegen. U zei iets tegen mevrouw. Wat zei u daar?!'

Benno Galesloot, de advocaat van Mohammed, kwam omhoog. 'Door de verwondingen in zijn gezicht lijdt meneer aan onbewuste trekkingen van de gelaatsspieren, meneer de president. Daardoor lijkt het alsof hij wat zegt, maar dat doet hij niet.'

'Meneer dient zich te onthouden van elk commentaar in de richting van mevrouw,' gromde de voorzitter. Hij leek maar met moeite genoegen te nemen met de verklaring van de raadsman.

'Overigens merk ik daarbij op dat die verwondingen nota bene door mevrouw zijn toegebra...'

De rechter onderbrak hem fel. 'Dat is deze rechtbank bekend, maar mevrouw staat hier niet terecht. Laat dat even heel duidelijk zijn. Wij hebben het hier uitsluitend over de misdrijven waarvan deze verdachten zijn beschuldigd. Dus onthoudt u zich ook van opmerkingen daarover.'

'Maar mevrouw heeft gronden om meneer zo lang mogelijk achter de tralies te krijgen...' protesteerde de raadsman. De voorzitter wuifde zijn woorden weg en keerde zich weer naar Kim met een vragende blik.

'Herkent u meneer?'

Ze wist dat ze nu moest kiezen, ze moest wel.

Kim knikte. 'Ja, het is hem. Honderd procent zeker.'

De rossige jongen die naast Mo zat, keek haar strak aan. Zijn ogen lieten Kim geen moment los. Ze kende hem niet, had hem nooit eerder gezien. Hij moest de laatste uit het rijtje zijn, Robbie Groen. Zijn aanhouding was bijna sullig geweest, had ze in de krant gelezen. Hij lag in Zandvoort in een kuil die was dichtgegooid door de kinderen van zijn tante. Alleen zijn hoofd en voeten staken er nog uit toen het arrestatieteam hem te grazen nam.

'Hebt u nog vragen aan deze getuige, meneer de officier?'

Peter de Bree schudde zijn hoofd.

'Nee, meneer de president. Dank u wel.'

'Meester Galesloot?'

Het zweet brak Kim uit toen ze hoorde hoe de raadsman achter haar opstond.

'Geacht rechtscollege,' begon de advocaat, 'we weten dat een Marokkaan bij voorbaat schuldig is.'

'Pardon?' vroeg de voorzitter.

'Veroordeeld,' verduidelijkte Galesloot, die hem een uitdagende blik toewierp. Hij was een jonge man met een wilde bos haar, jongste partner op het kantoor en berucht om zijn wilde bokkesprongen. Zijn bef was scheef boven zijn toga geknoopt.

'Alleen vragen aan de getuige, meneer de raadsman,' zei de rechter vinnig. 'Spaar uw beschouwingen maar op voor uw pleidooi.'

Veel indruk maakte het niet op de advocaat. 'Mevrouw de Winter, nietwaar?' vroeg hij achteloos.

Kim knikte en zei verder niets.

'U had toch een relatie met de heer Benhali?'

Even schrok ze, maar schudde toen heftig met haar hoofd. Haar keel leek dichtgeschroefd door de spanning. Achter haar ontstond zacht rumoer.

'Hoe komt u erbij?' wist Kim ten slotte uit te brengen.

'Mo was toch regelmatig bij u thuis?'

Ze zweeg.

'U noemde hem ook Mo toch?' drong hij aan. 'En u bent een

ongehuwde moeder, is het niet?' Hij rommelde wat in zijn dossier, trok toen een foto tevoorschijn.

'Mevrouw de Winter,' zei hij zacht, 'misschien kunt u even hierheen kijken? Is dit uw dochter?'

Hij hield voor iedereen zichtbaar Anouks foto omhoog.

'Meneer Galesloot...' zei de voorzitter dreigend.

'Edelachtbare, als u goed kijkt kunt u zien dat dit meisje oosterse trekken heeft. Sterker nog, dat ze ten zeerste op mijn cliënt lijkt. Althans, toen hij nog niet door mevrouw verminkt was.' De advocaat stapte naar voren en overhandigde de foto aan de rechter.

Die bestudeerde de foto een ogenblik. 'Is dit uw dochter?' vroeg hij toen.

Kim knikte. De man keek nog even naar de foto en toen van Kim naar Mohammed.

'Meneer de president,' protesteerde Peter de Bree, 'ik geloof niet dat dit...'

'Maar ik geloof wel dat als deze beide personen samen een dochter hebben dat er dan een andere relatie tussen getuige en verdachte is,' onderbrak de voorzitter hem.

'En dat, meneer de president, is precies waar ik op doel,' zei Galesloot triomfantelijk.

'Kijk naar het gezicht van mijn cliënt op de politiefoto, dan ziet u genoeg. Deze vrouw heeft een geschil met mijn cliënt en denkt dat op te lossen door hem aan te wijzen voor een overval,' besloot hij zijn betoog.

Hierna ging hij zitten en deed demonstratief zijn armen over elkaar.

Kim zat te beven van mateloze verontwaardiging. Natuurlijk, Anouks vader was een Marokkaan, maar Mohammed kon helemaal niet weten met wie ze geslapen had. Maar om haar geloofwaardigheid niet te verliezen, zou Kim de naam van Anouks vader moeten noemen. En dat zou ze nooit doen. Dat had ze gezworen.

De pennen van de journalisten gleden intussen over het papier. Paul de Bie was overdonderd, hij was ervan overtuigd geweest dat

Kim de onschuldige ooggetuige van een overval was. En nu dit... De meewarige gezichten van zijn collega's spraken boekdelen, hij was er vreselijk in getuind.

De rechter boog zich naar voren, hij keek Kim met vriendelijke ogen aan.

'Mevrouw, is de verdachte de vader van uw dochter?'

Kim staarde hem aan en schudde haar hoofd. 'Nee, meneer. Op mijn erewoord.'

'Maar wie is het dan wel?' vroeg Galesloot en stond weer op.

'Dat is niet relevant, mevrouw staat hier niet terecht!' snauwde de officier.

'Heren!' De stem van de oude rechter schalde door de zaal. 'Mevrouw is niet gehouden hier te verklaren wie de vader is. Het is voldoende dat zij onder ede zegt dat de verdachte dat niet is. Dat mevrouw de verdachte kent omdat zij hem weleens koffie heeft aangeboden, maakt nog niet dat zij daardoor met zekerheid zwanger van hem is geraakt.' Hij glimlachte. 'Daar is meer leut voor nodig dan een bakje leut. Maar het feit dat zij hem kende, is wel zeer belangrijk voor de zaak, aangezien zij hem daardoor ook hérkende.' Hij zuchtte. 'Meneer Galesloot, als u iets wilde inbrengen: ik ga het verwerpen.'

'De raadsman van meneer Benhali gaat af op beweringen van zijn cliënt,' opperde Peter de Bree nog, 'die natuurlijk van alles verzint om onder het bewijs voor deze overval uit te komen. Ik vind het kwalijk dat de foto van dat kind in deze rechtszaal wordt getoond. Ik vind dat bijna intimiderend. Afkeurenswaardig.'

'Vastgesteld is dat de getuige de verdachte Benhali heeft herkend en dat wordt dan ook genoteerd.' De rechter knikte naar Kim. 'U mag gaan.'

Paul de Bie keek zijn collega's van de *Telegraaf* met een triomfantelijke blik aan. Hij wist het wel, zijn intuïtie was goed geweest.

Kim schoof op de bank naast Anne. Anne kneep haar goedkeurend in haar arm.

Vol aandacht luisterde iedereen vervolgens naar de getuigenis van Nienke. Je kon een speld horen vallen toen ze vertelde hoe ze werd vastgebonden en de man met zijn pistool naar haar vader zag lopen. Even haperde ze en veegde een paar tranen van haar gezicht. Het was net of iedereen in de zaal het schot hoorde dat op haar vader afgevuurd was. Ze was ervan overtuigd geweest dat hij dood was en had tijdenlang gegild, tot ze geen stem meer overhad.

'Ze belden toch met elkaar?' antwoordde Nienke op een vraag van Peter de Bree of ze alleen opereerden. 'Ik was erbij dat die jongen,' ze wees naar Mustafa, 'dat hij aan het bellen was.' Nienke schudde haar hoofd. Nee, ze hadden samengewerkt met mensen buiten.

'Er werd de hele tijd gebeld door die Mussie en soms door Bennie. Ze vroegen wat ze moesten doen. Daarna kon het niet meer omdat de verbinding weg was. Maar dat van die vluchtauto hadden ze van iemand uit een telefoongesprek. En die Mustafa was ook nog kwaad dat die ander aan de telefoon lekker ergens in de zon lag terwijl zij in de winkel zaten opgesloten.'

De voorzitter had al haar verklaringen al gelezen in het dossier. Dat ze ze moeiteloos herhaalde, was een bevestiging van hun waarde. Dat Mussie met Mo had gebeld, was uiteindelijk uit de telefoongegevens van de zendmast vlak bij de winkel gebleken. Al was dat geen sluitend bewijs dat ze alles samen hadden bedacht en uitgevoerd.

'Dank je wel,' zei hij zacht tegen Nienke. 'Je mag gaan.'

Waardig liep het meisje door het gangpad naar de deur.

'Kunnen wij ook weg?' vroeg Kim aan Anne. 'Ik krijg de kriebels van die lui.'

Ze stonden samen op. Uit haar ooghoek zag Anne hoe Peter haar nakeek. Ze zou hem niet bellen, besloot ze. Ook nu niet.

Twee weken later werden Robbie Groen en Mohammed Benhali tot zes jaar cel veroordeeld, terwijl Mustafa Gul tien jaar onvoorwaardelijke gevangenisstraf met aftrek van voorarrest kreeg. De schijnexecutie werd hem door de rechtbank zwaar aangerekend. Toen ze het hoorde, slaakte Anne een zucht van verlichting maar ook van tevredenheid.

Kim hoorde het vonnis op de radio. Ze was niet onverdeeld tevreden. Ook vier jaar gingen ooit voorbij; dan zou Mohammed al voorwaardelijk vrijkomen. Verder wilde ze er niet meer aan denken; het examen had haar inmiddels totaal in beslag genomen. Met de hakken over de sloot haalde ze ten slotte haar diploma. Ze mocht eindelijk voor de klas en op internet zocht ze vacatures voor het komende schooljaar. In de Dapperbuurt zochten ze iemand en ze nam uitgebreid de tijd voor haar sollicitatiebrief. Samen met Anouk gooide ze die de volgende morgen huppelend op de bus. Misschien was de euforie over haar nieuwe kansen de reden dat Kim de gestalte niet zag die haar van een afstand observeerde.

27

Opnieuw klonk haar voicemail: 'Met Kim de Winter. Spreek maar iets in, dan bel ik je terug.'

Daphne maakte zich zorgen. Kim was wel vaker een paar dagen weg geweest, maar dit duurde te lang. Even overwoog ze Kims ouders te bellen, maar deed het uiteindelijk niet. Daphne wist dat ze in België op vakantie waren en als ze belde werden die mensen meteen ongerust.

Binnen vijf minuten was ze op de fiets in de Blasiusstraat. Er werd niet opengedaan. Ze twijfelde of ze naar binnen durfde te gaan, bang iets aan te treffen. Ze vermande zich en opende de deur. Het was stil in huis, alles was opgeruimd, de keuken was schoon. In de slaapkamer was het bed normaal opgemaakt. Tweemaal liep ze het huis door, maar er was niets vreemd te ontdekken. Voor de zekerheid keek ze in laden en kasten in de slaapkamer, de kleren lagen op keurige stapeltjes. Het zag er niet naar uit dat Kim op reis was gegaan. Ook de buurvrouw op de trap kon haar niet vertellen waar Kim was of wanneer ze de laatste keer thuis was geweest.

Nog ongeruster keerde ze huiswaarts, maar ze besloot nog even af te wachten. Als ze Kim vanmiddag nog niet had bereikt zou ze haar ouders bellen en desnoods naar de politie gaan. Daphne was een nuchtere meid, paniek zaaien kon altijd nog, vond ze.

Donderdagmiddag stapte ze het politiebureau binnen.

'Ja, ik weet het niet,' begon ze. 'Misschien is er helemaal niks aan de hand hoor, maar...'

Een standaardzin voor een vrouw, dacht Niels Overweg. Hij keek naar het meisje dat voor de balie stond. Ze was ontegenzeggelijk knap, maar er was meer. Haar oogopslag, de manier waarop ze naar hem keek...

Hij dwong zichzelf terug naar de realiteit en boog zich over de balie naar haar toe.

'Over wie gaat het dan?'

'Mijn nicht, ze is niet thuis.'

'Hoe oud is dat nichtje?'

'Drieëntwintig,' antwoordde Daphne onzeker.

'Uw nicht dus. Hoe lang?'

'Ongeveer een meter zestig, denk ik.'

Hij schoot in de lach. 'Nee, nee, dat niet. Hoelang is ze al weg?'

'Ik weet niet... Twee dagen, denk ik.'

Niels pakte een notitieblok om wat gegevens op te schrijven.

'Hoe heet ze?'

'Kim de Winter.'

Het was alsof de bliksem hem trof. 'Uit de Blasiusstraat?'

Daphne knikte geschrokken. Wisten ze al iets?

'Gaat u maar even mee naar binnen.'

Hij ging haar voor naar een klein kamertje. Binnen stelde hij zich voor en wees haar een stoel.

'Dus u heet dan Daphne de Winter?' vroeg hij. Daarna liet hij haar het hele verhaal vertellen, waarbij hij aantekeningen maakte op zijn schrijfblok. Alle alarmbellen rinkelden. Voorzichtig informeerde hij of Daphne iets wist van de problemen van Kim.

Het meisje knikte. 'Ze kan toch niet zomaar met Anouk van de aardbodem verdwenen zijn?' vroeg ze, nerveus heen en weer schuivend op haar stoel. 'Zit die Mohammed nog wel vast?'

Ze keek naar de agent tegenover haar. Lang, knap en indrukwekkend, vond ze. Ze hield van uniformen, van witte overhemden zoals hij ze droeg, met emblemen erop. Het stond hem goed en ze schudde even haar hoofd om deze afleidende gedachten van zich af te zetten.

Niels had scherp geluisterd. Twee dagen leken niets, maar bij Kim de Winter was één dag al te veel.

'En in de woning was niets te zien?' vroeg hij nogmaals.

'Alles leek normaal. Schoon, opgeruimd...'

Overweg dacht even na. Hij kende iemand die dit direct zou willen weten. 'Blijf nog even, ik ga bellen.' Met die woorden liet hij Daphne alleen.

Koortsachtig zocht hij tot hij het nummer gevonden had en toetste het snel in.

'Anne Kramer.'

'Niels Overweg, mevrouw. Van bureau...'

'Wijkteam Oost. Dat weet ik, Niels.'

'Ik bel u omdat de nicht van Kim de Winter hier is. Kim is vermist.'

'Hoelang al?' vroeg Anne meteen.

'Pas twee dagen, dus...'

'Goddank,' verzuchtte ze. 'Dan kan het nog vals alarm zijn.'

'Maar in het huis was alles in orde,' zei Niels sussend. 'Ik heb het gevoel dat het...'

'Gevoel kan ons allebei bedriegen,' concludeerde Anne. 'Dat nichtje komt niet voor niets. Ik wil dat je direct met haar hierheen komt.'

Een paar minuten later was Niels bij Daphne terug.

'Ze willen graag dat u met mij meegaat naar het hoofdbureau. Niet omdat de nood aan de man is, maar ze willen geen enkel risico nemen.'

Daphne sprong op, blij dat er actie werd ondernomen. De verdwijning van Kim werd tenminste serieus genomen. Onderweg keek ze tersluiks naar de agent, die hen door het drukke stadsverkeer manoeuvreerde. Zijn aanwezigheid gaf haar een prettig gevoel, meer dan veiligheid alleen. Hij had schitterende blauwe ogen. En het was een mooie warme dag vandaag.

'Wat vind jij?'

Herman keek nog eens naar zijn aantekeningen. 'Geen risico nemen,' besloot hij toen. 'Volop ertegenaan.'

'Onderzoeksteam?'

'Ja, alles uit de kast, Anne. Ze brengen dat nichtje hier, dus haar eerst even horen.'

'Het lijkt me lastig om een vrouw mee te nemen met een kind erbij.'

'Zoals ik die Kim de Winter ken, zou ze zich met man en macht hebben verzet. De vorige heeft ook klappen gehad, vergeet dat niet. Ze zou zich nooit zomaar laten meevoeren.' Herman schudde zijn hoofd. 'Ik denk dat het wel meevalt. Echt, die komen binnen een paar uur wel weer boven water.'

'Maar toch een onderzoeksteam?'

Van Hoogen tikte met zijn pen tegen zijn kin. 'Ja. Want je kunt hierin geen enkel risico nemen.'

'Kun jij wat mensen vrijmaken dan?'

Hij keek Anne met een schuin oog aan. 'Moeilijk. Je weet het zelf, iedereen zit in projecten over vrouwenhandel en die dope-zaak van Rubens.'

Ze wist het, de afspraak was dat ze lopende onderzoeken zo veel mogelijk ongemoeid zouden laten. Rechercheurs klaagden steen en been dat ze voortdurend van hun onderzoeken af gehaald werden.

'Ik zal Floor van Raalte even bellen, wijkteamchef in Oost. Die Klaas de Vries, Overweg en die Marokkaanse jongen, Ayoub, die kennen haar zaak allemaal. Misschien dat we ze van Floor kunnen huren voor een paar dagen.'

'Ik bel Floor wel,' zei Herman. 'Ze is me nog wat schuldig voor een geintje van een jaar of wat geleden.'

Een uur later had Herman de eerste maatregelen al genomen. Er was een speciale onderzoeksruimte vrijgemaakt, waar het zojuist geformeerde team van Jolanda Blom al aan het werk was. Jolanda was een bijtertje: als iemand Kim terug kon vinden was zij dat wel.

Toen Anne de ruimte binnenliep, zaten er tien rechercheurs rond een grote tafel. Hakim en Niels herkende ze meteen en groette hen. Klaas de Vries schudde ze wat langer de hand. Iemand met een gebruiksaanwijzing, merkte ze direct. Nukkig, niet al te vrolijk, maar ongetwijfeld een gedegen vakman want anders had hij het nooit al die jaren volgehouden. Ze had zo haar twijfels over de manier waarop hij in de afgelopen tijd met Kim de Winter was omgegaan en was voornemens dat op een later moment nog eens goed met de man te bespreken.

'We hebben even op je gewacht, Anne,' begon Jolanda. De vrouw straalde rust uit, wat onmisbaar was bij de start van een onderzoek. Door te veel haast werden in het begin de meeste fouten gemaakt. Anne ging midden in de groep zitten, ze vond het prettig om mee te discussiëren.

Jolanda pakte haar aanwijsstok en wees naar foto's die ze op het bord had geprikt. Ze had haar voorwerk al gedaan. De min of meer vertrouwde gezichten van de overvallers aan de ene kant en Kim en Anouk aan de andere zijde van het bord.

'De foto's van mevrouw De Winter en haar dochtertje heeft collega Overweg van het nichtje gekregen dat de verdwijning gemeld heeft,' meldde Jolanda en keek veelbetekenend naar Niels. 'Een goede band is belangrijk bij recherchewerk.'

Niels knikte enthousiast. Het feit dat Anne Kramer hem speciaal bij dit rechercheteam had gehaald, maakte hem trots. Volgens Daphne was Kim aan het solliciteren op een basisschool in de Dapperbuurt, vertelde hij.

'Directeur basisschool horen', schreef Jolanda bij de waslijst op het bord.

Anne kneep met haar ogen. Ze moest eigenlijk haar ogen laten opmeten, maar de angst voor een bril weerhield haar daarvan.

Ongemerkt schoof ze haar stoel wat naar voren om beter te kunnen zien. Bij Kim en Anouk las ze: 'reconstructie afgelopen vijf dagen, alle contacten onderzoeken. Ouders Kim opsporen!'

Bij de overvallers stond: 'onderzoek naar bezoekerslijsten en telefoongebruik'.

Met haar viltstift in de hand keek Jolanda de kring rond en vroeg of er nog andere ideeën waren. Tot nu toe had Klaas de Vries niets gezegd, maar hij zat voor zich uit te staren als een broedende kip.

'We moeten weten wie de vader van Anouk is,' zei hij opeens.

'Wat is daar toch zo belangrijk aan?' vroeg Anne geïrriteerd. 'Iedereen is daar maar de hele tijd benieuwd naar. Tot in de rechtszaal aan toe.'

De Vries trok een strak gezicht. Hij wist dat hij tot nu toe niet best had gescoord bij Anne Kramer en wat hij ging zeggen zou dat niet verhelpen. 'Zodra dat onderwerp door mij bij mevrouw De Winter ter sprake werd gebracht, werd ze koppig en weigerde mee te werken.'

'Vind je het gek, Klaas?' zei Anne vinnig. 'Ik zou ook geen woord meer zeggen als jij steeds in mijn privéleven zat te wroeten. Dat gaat je gewoon niks aan en ik vraag me af waarom je er toch zo op door blijft gaan.' Ze kneep haar lippen op elkaar en keek de oude rechercheur doordringend aan.

Die staarde terug en schudde toen zijn hoofd. Zijn zesde zintuig bleef het zeggen. 'Het antwoord zit in het kind,' sprak hij overtuigd. 'Als mensen geheimzinnig gaan doen en vervolgens verdwijnen, combineer ik die twee factoren toch liever dan dat ik ze negeer. Ik heb er de hele tijd al geen goed gevoel bij gehad.'

Iedereen zweeg, alle ogen waren op hem gericht.

'Er is er maar een die een tipje van de sluier kan oplichten en dat is Mohammed Benhali,' zei De Vries zelfverzekerd. 'Die gelijkenis is me al te treffend. En hij heeft al een reden om de pest aan Kim de Winter te hebben. Dat ze niet eerder is vermoord, kan ook te maken hebben met het feit dat ze de moeder van zijn kind is.'

Jolanda werkte het bord bij. 'Ouderschap Anouk de Winter'. Ze draaide zich weer om. 'Weten we of Kim haar paspoort heeft meegenomen?' Ze keek naar Overweg. 'Heb je dat aan Daphne gevraagd?'

Hij schudde zijn hoofd, voelde zich een beetje betrapt. Als hij aan Daphne dacht ging het over andere dingen dan Kims paspoort. 'Ik ga erachteraan,' antwoordde hij haastig.

Anne hief haar hand. 'Ga ook na bij het stadhuis of Anouk in Kims paspoort is bijgeschreven,' instrueerde ze Niels. 'En ik wil alles naar *Opsporing verzocht*, kranten, kabelkrant, onze eigen webpagina's...'

'Amber Alert?' opperde Herman.

'Dat zeker,' zei ze. 'Wat jullie maar kunnen bedenken.'

Samen met Herman liep Anne na afloop van het overleg door de gang. Voor de deur van haar kamer bleef ze nog even staan.

'Wat vind je van die De Vries?' vroeg ze.

Herman keek argwanend. 'Hoe bedoel je?'

'Gewoon. Wat vind je van hem?'

'Een chagrijn. Moet nodig met pensioen. Daar zit aardig wat frustratie over gemiste promoties en dat soort dingen, denk ik.' Van Hoogen fronste zijn voorhoofd. 'Maar hij is wel een verdomd goede rechercheur, vergis je daar niet in. Hij heeft een heel goede staat van dienst. Nooit gelazer geweest, vrijwel al zijn zaakjes opgelost.'

Anne keek zuinig. 'Maar nooit bevorderd. Zo goed was-ie dus ook weer n...'

'... omdat hij een azijnpisser is en altijd zal blijven. Niemand wil met hem in een kantoor zitten. Maar als hij zegt dat hij een raar gevoel heeft bij het kind van Kim de Winter, zou ik dat zeker niet naast me neerleggen.'

Ze knikte. Morgen zou ze toch eens een gesprekje met meneer De Vries op haar agenda laten zetten.

Diezelfde avond ging Annes telefoon.

'Hou je vast,' zei Jolanda Blom. 'Het kind zit bij haar grootouders in de caravan in België.'

'Echt waar?' Anne liet zich opgelucht achterover op de bank vallen. 'En Kim?' vroeg ze toen.

'Helaas,' was het antwoord. 'Helemaal niks. Geen spoor. Dinsdag hebben de grootouders Anouk opgehaald en meegenomen voor een paar dagen in de Ardennen. Kim zou aan het eind van de week komen, die wilde eerst haar sollicitatie afronden met die school.'

'Maar ze kwam niet opdagen, bedoel je?'

'Precies. Die ouders zijn nu helemaal in paniek.'
'Logisch, na zo'n telefoontje.'
'Ze zijn inmiddels onderweg naar huis.'

28

Mohammed zag er slecht uit. Zijn gelaatskleur was vaal en hij had zich slecht geschoren de afgelopen tijd. Hij droeg een afgetrapt trainingspak dat om zijn lijf slobberde. Zijn mismaakte gezicht was er niet beter op geworden en hij keek hen niet aan.

Bepaald geen toonbeeld van een succesvolle roofovervaller, dacht Hakim Ayoub. Het gevangenisleven was niet goed voor deze jongen. In de pikorde van opgesloten boeventuig stelde Benhali niet zoveel voor.

'Ga zitten,' zei De Vries tegen Mohammed. 'We willen met je praten. Over Kim de Winter.'

Benhali nam plaats op de harde houten stoel en zette een stoere blik op. 'En ik wil niet met jullie praten,' zei hij. 'Over Kim de Winter.'

'Goed,' zei De Vries berustend en drukte op een belletje. 'Zoals je wilt.'

Verbluft keek Benhali naar de oude rechercheur. Dit was alles?

'U mag meneer weer meenemen,' zei De Vries tegen de bewaarder die de deur van het verhoorkamertje opende. 'Hij wil niet met ons praten.'

Tevreden keek hij toe hoe de verbouwereerde straatboef werd weggeleid.

'Wat doe je nou?' vroeg Hakim. 'Is dit alles?'

De Vries schudde meewarig het hoofd. 'Nee,' zei hij toen, 'nee, meneer Hakim. Dit is pas het begin. Laat hem maar even denken dat het voorbij is.'

Hij haalde zijn telefoon tevoorschijn en belde naar Jolanda Blom.

'Zou jij een lichtingsbevel hierheen willen laten faxen en een busje sturen om Benhali op te halen?' vroeg hij.

Twee uur later zaten ze opnieuw in een verhoorkamer, maar nu op het hoofdbureau.

'Waar slaat dit op?' vroeg Mohammed verontwaardigd. 'Denk je dat ik hier wel wat ga zeggen, soms?'

'Dat denk ik niet, maar je vrienden wel,' antwoordde De Vries bijna vrolijk. 'Die denken straks dat wij jou hierheen hebben laten komen omdat je heel veel te vertellen had. Ook over hen. Over zaakjes die jullie hebben gedaan maar die wij niet weten.'

Benhali dacht na, een nogal langdurig proces dat Hakim Ayoub deed glimlachen. Maar het kwartje viel.

'Fuck!' schreeuwde de jongen woedend. 'Jij gaat me zwartmaken bij mijn vrienden, ouwe lul. Dat wil je toch? Kankerlijer!'

'Dat kan zijn,' zei De Vries. 'Wat denk je dat zij zullen denken wanneer ik ze morgen allebei laat halen en beschuldig van allerlei zaken, of ze nou waar zijn of niet?' Hij boog zich over de tafel en greep de jongen bij zijn jack. 'Dus ga je me vertellen over Kim de Winter, etterbakje! Of ga ik volgende week in de bajes onderzoeken hoe jij zo lelijk uit kon glijden in de douche?'

'Gebruik je verstand, Mo,' drong Hakim aan.

De jongen keek op. 'Alleen als ik mag roken,' zei hij toen.

Er moest in elk geval iets voor hem te winnen zijn, wist De Vries en hij knikte.

Even later drentelden ze samen over de lege luchtplaats. De Vries hield de jongen een pakje sigaretten voor. Tevreden liet Benhali zich een vuurtje geven en inhaleerde diep.

'Wat is er met Kim de Winter?' vroeg hij toen. 'Wat wil je van me?'

'Ze is weg. Verdwenen.'

Benhali liet de sigaret zakken en keek De Vries aan. Het kwam de rechercheur voor dat de jongen schrok, maar hij verborg het goed.

'Ik ben hier,' zei Benhali. 'Dus ik heb niets gedaan.'

'Waar is ze?' vroeg De Vries.

De jongen haalde zijn smalle schouders op.

'Als je weet waar ze is, zeg het me dan,' drong de rechercheur aan. 'Denk aan haar kleintje.'

Benhali rochelde en spoog een klodder slijm op de tegels.

'Vraag het Samir,' zei hij opeens.

'Samir?'

'Ja, Samir. Mijn superbroer.'

De Vries stak zelf ook een sigaret op en keek even naar de lucht. 'Vertel me over je broer,' zei hij toen. 'Alles.'

Benhali smaalde.

'De grote Samir,' begon hij. 'De baas, meneer de ondernemer. Een paar jaar geleden had hij een slim idee. Een uitzendbureau, speciaal voor Marokkaanse meiden. Slimme meiden die het goed doen op school, die op de universiteit zitten en geen goede baan kunnen krijgen omdat ze Marokkaan zijn.'

'Ik weet het,' zei De Vries.

'Die meisjes krijgen van hun vader geen vrijheid. Ze moeten altijd thuisblijven en kunnen alleen maar studeren. Dus die worden steeds slimmer, dacht Samir. Dus is-ie dat bureau begonnen en nu stuurt hij allemaal Marokkaanse meiden als secretaresse en zo. Allerlei bedrijven hebben nu mensen van hem in dienst.' Benhali maakte een kwaad gebaar met zijn hand. 'Meneer mijn superbroer. Mijn vader zit altijd te zeiken dat ik moet doen wat hij doet.' Hij spoog nogmaals op de grond. 'Alsof ik dat kan, man. We zijn niet allemaal hetzelfde. Maar mijn vader vindt dat ik anders een mislukkeling ben. Want ik rijd niet in een gloednieuwe, eerlijk verdiende BMW, man. Samir wel. Ik heb geen leuk gezinnetje, man. Samir wel.' Hij grijnsde opeens breeduit. 'Maar ik heb ook geen witte chick zwanger gemaakt en moet daar misschien wel mijn hele leven voor dokken, man. En Samir, die lul, dus wel!'

Hij keek naar De Vries om het effect van zijn woorden te zien. Eén ding was duidelijk: hij had alle aandacht van de rechercheur.

'Drie of vier jaar geleden had Samir wat met die Kim. 'Een kind bij een niet-moslimvrouw, hij was een grote schande voor de familie. Maar niemand wist het. Behalve ik dan. Hij wilde me betalen zodat ik mijn bek hield. Maar dat doe ik niet, me laten betalen.'

'Hoe kwam je er dan achter?' vroeg De Vries.

'Ik was krantenjongen toch? Ik zag meneer mijn broer 's morgens heel vroeg bij haar weggaan. Heel vaak, man. En later zag ik haar met haar dikke buik en stond ze hem uit te zwaaien, politieman.' Hij zweeg een moment. 'Veel later zag ik dat kindje. Net Samir, man.'

De rechercheur zag dat Mohammeds handen beefden. 'Heb je er met hem over gepraat?'

Benhali knikte. 'Maar hij zei dat hij niks meer met haar had. Paniek, man, omdat hij haar zwanger had gemaakt. Hij heeft haar gewoon laten stikken, durfde nooit meer naar haar en het kind om te kijken, meneer mijn heldhaftige broer.'

'Nou ga je me toch niet vertellen dat jij bij Kim de barmhartige samaritaan wilde uithangen?' Benhali had nog nooit gehoord van een samaritaan, zag De Vries aan zijn vragende ogen. 'Jij wilde Kim helpen omdat jouw broer haar in de steek gelaten had? Ging je daarom naar haar?'

Heftig schudde Mohammed zijn hoofd. 'Het was heel koud en toen vroeg ze me een keer binnen en gaf me koffie. Ik was natuurlijk nieuwsgierig. Anouk leek op mijn zusje Aïsha, toen ze nog klein was. Als twee druppels water.' Mohammed staarde voor zich uit. 'Ik zou Anouk nooit iets aandoen.'

'Zie je Samir nog weleens?'

Benhali schopte een steentje weg. 'Hij kwam vorige week bij me op bezoek in dat keurige pak van hem. Echt helemaal onverwacht. Opeens stond-ie daar. "Ze had je dood moeten slaan." Dat hij zei, meneer de allesweter. Weet je dat zijn vrouw, Mouna, in verwachting was toen hij Kim toevallig weer op straat tegenkwam?' Hij grijnsde. 'Dus hij loopt daar met zijn zwangere kipje en daar loopt een ander kipje. Ook met een kuiken van hem.'

'Waarom kwam hij op bezoek? Wat wilde hij van je?'

'Dreigen, dat kwam-ie. Dat ik haar met rust moest laten. Mijn poten thuis moest houden en zo. Ze mocht geen last van mij hebben, zei hij. En toen heb ik gezegd dat hij eerder last van haar zou krijgen. Dat ze binnenkort op zijn stoep zou staan voor geld.' Hij zuchtte. 'Ik zei hem dat Kim me dat verteld had, dat ze wist dat hij heel rijk was geworden en dat ze hem nu zou komen plukken.'

'Een leugen dus...'

Benhali keek beschaamd naar de grond. 'Ja,' zei hij toen, 'wel een beetje, ja.'

De Vries keek bedenkelijk. 'Zeg vriend,' vroeg hij toen voorzichtig, 'zou het kunnen dat Samir daarom iets te maken heeft met Kims verdwijning? Omdat hij dacht dat ze hem zou gaan chanteren?'

Mohammed Benhali haalde zijn schouders op. 'Ik weet niet of Samir vrouwen dood kan maken,' zei hij op een vlakke toon. 'Ik weet dat ik het zou kunnen. Maar ik heb het beste alibi dat er bestaat.'

'Maar als hij dat zou doen, is dat omdat jij een lulverhaal tegen hem hebt opgehangen, jochie!' zei De Vries opeens woedend. 'Schaam jij je niet?'

Mohammed Benhali schudde zijn hoofd. 'Waarom, man? Hij is een klootzak die me het huis van mijn vader heeft uit gejaagd en zij... Zij is gewoon een witte slet, man. Daar gebeuren die dingen mee.'

29

Al vroeg in de morgen stonden Anne en Herman voor de deur in Purmerend. Kims ouders waren in de loop van de avond thuisgekomen; de caravan stond voor de woning geparkeerd. Het huis zag er stil uit.

Anne zag tegen de confrontatie op. Ze had deze mensen nog niets te bieden, ze wilde alleen maar vragen stellen.

De deur werd geopend voor ze kon aanbellen. Anne keek in het gelaat van een oudere uitgave van Kim. De ogen van de vrouw waren rood en haar oogleden dik, waarschijnlijk had ze zojuist nog gehuild.

'Kom binnen,' zei ze zacht en maakte een uitnodigend gebaar.

In de eetkamer zat de vader van Kim aan tafel, naast het kind.

'Wat een mooi meisje,' zei Anne in een opwelling en lachte naar Anouk.

Het kind had overduidelijk oosterse trekken: een smal gezicht met gitzwarte ogen en lang zwart haar. Het lachte niet terug en at gewoon door.

Kims vader stond op en gaf Anne en Herman een hand. 'Ko de Winter,' stelde hij zich voor. 'Fijn dat jullie zo snel zijn gekomen.' Hij had iets weg van Herman met zijn zware grijze snor. Een verweerde kop, knoestig. Ruwe bolster blanke pit, dacht ze.

'Is er nieuws?'

'Helaas,' antwoordde Herman. 'Wij weten nog niets.'

Met opzet liet hij woorden als 'vermissing' of 'verdwijning' achterwege. Ze zouden op voorhand hun hoop de bodem in kunnen slaan. En die hoop moest behouden blijven; er waren voorbeelden te over van mensen die tegen de verwachtingen in weer opdoken of ongedeerd werden teruggevonden.

'Wanneer hebt u Kim voor het laatst gesproken?' vroeg Anne.

De man keek naar zijn vrouw. 'Welke dag waren we in Amsterdam?' probeerde hij zich te herinneren.

'Dinsdag toch?' vroeg ze. Toen rechtte ze haar rug. 'Ik weet het zeker. Op de Wibautstraat. Ko wil nooit met de caravan achter de auto de buurt in, want dat is zo lastig met parkeren, snapt u? En Kim komt dan altijd met Anouk naar de ventweg langs de Wibautstraat. Daar hebben we Anouk opgepikt.'

'En woensdagochtend belde ze nog even,' vulde vader De Winter aan. 'Ze zou later komen omdat ze eerst haar sollicitatie wilde rondmaken met die school. Er was iets met haar verklaring van goed gedrag, zei ze.'

'Als ze dat geregeld had, kwam ze met de trein achter ons aan. Dat heeft ze ook al wel eerder gedaan, hoor,' zei Kims moeder. 'Kim kun je wel om een boodschap sturen.'

Anne rekende. Het was nu vrijdag, het laatste contact was woensdagmorgen geweest. Ze hadden haar op donderdag gebeld, zei haar vader, maar toen nam ze niet op. Nog geen reden voor ongerustheid, maar Kim had afgesproken dat ze op vrijdag naar België zou komen en was niet gearriveerd. En dat was wel gek.

'Wat was er met die verklaring?' vroeg ze.

'Nou ja, op die school zeiden ze tegen Kim dat ze die bij haar papieren moesten hebben. Anders kon ze niet meedoen in die sollicitatierondes. En Kim wil zo graag die baan, dus dat wilde ze per se geregeld hebben.'

Herman maakte een aantekening; ze moesten natrekken of Kim inderdaad bij het stadhuis langs was geweest.

'Kunt u iets meer over Kim vertellen? En over...?' Anne wees steels naar Anouk.

Mevrouw De Winter zuchtte diep. 'Ja,' zei ze toen, 'wat weet je eigenlijk van je dochter? Ze vertellen hun ouders niet alles, mevrouw Kramer. Hebt u kinderen?'

Anne knikte. 'Twee.'

'Nou, dan weet u het wel. Je kunt raad geven zoveel je wilt, maar ze weten het zelf altijd beter. Ik denk dat Daphne meer van Kims escapades weet dan wij.' Ze keek even peinzend voor zich uit. 'Voor de geboorte van Anouk was het feesten, uitgaan; ze sloeg geen weekend over. Het was ook zo'n mooie griet, weet u? De jongens hingen in slierten achter haar aan.'

'Ze wilde zelfstandig zijn, lekker op zichzelf,' zei Ko de Winter en pulkte een stukje ei van het plastic tafelkleed. 'Ze had al die cursussen voor schoonheidsspecialiste en visagiste gedaan. Toen kon ze opeens bij de televisie aan de slag.' Hij hief zijn handen. 'De grote vrijheid.'

Moeder De Winter knikte. 'Het ging allemaal heel goed. We zagen haar natuurlijk weinig. Ze moest veel werken en dat feesten was alleen maar erger geworden, volgens mij. En toen kwam ze ineens vier jaar geleden thuis met de mededeling dat ze in verwachting was.'

'Stom natuurlijk, maar ze heeft Anouk gekregen en helemaal alleen verzorgd. Ze werkte en studeerde tegelijk, pakte alles aan. Ik heb ook niet lang op haar gemopperd want zoals ze de verantwoordelijkheid nam... Dat was indrukwekkend, hoor.' Hij wreef even in zijn ooghoek.

'Maar wist u wie de vader van Anouk was?' vroeg Anne.

Ze keek scherp naar de ouders, nieuwsgierig als ze was naar hun reactie. Wisten ze het? Lag het gevoelig, hadden ze er vrede mee? Ze zag dat de vader een haast onzichtbare beweging met zijn hand maakte en zich afwendde.

'Kim heeft het nooit willen vertellen,' antwoordde mevrouw De Winter rustig.

'Hebben jullie er wel naar gevraagd?'

'Natuurlijk.' De vrouw haalde haar schouders op. 'Mijn dochter was daar heel halsstarrig in. "Basta." Dat zei Kim dan. "Ik wil zijn naam zelfs niet meer weten." En daar liet ze het bij, mevrouw Kramer, dus op een dag stop je ook met vragen. Het maakt ook eigenlijk niet uit, want Anouk is het liefste meisje van de hele wereld.'

'Wij denken te weten wie de vader is,' zei Anne voorzichtig.

Ze wilde niets overhoophalen, maar de aansluiting met het verhaal van Mohammed Benhali kon eigenlijk maar op één manier worden bewezen.

'Is dat belangrijk dan?' vroeg Ko de Winter argwanend.

'Wel als die vader iets met de verdwijning van uw dochter te maken heeft.' Herman hief zijn handen bezwerend. 'Ik zeg niet dat dat zo is, maar ik wil geen enkel spoortje hebben dat niet onderzocht is.'

'Wie is het dan?' vroeg De Winter.

'Dat mogen we niet zeggen,' antwoordde Anne. 'Helemaal niet als we het niet zeker weten en ook niet weten of die man iets met de verdwijning te maken heeft.'

'Een Turk, nietwaar? Of een Arabier of zo?' De Winter keek haar met priemende ogen aan en Anne knikte. Even was ze bang dat het mis zou gaan en ze keek gespannen naar zijn reactie.

'Kijk naar je kleindochter, Ko,' sprak zijn vrouw verwijtend. 'En zeg me dan dat het ertoe doet.'

Hij schudde zijn hoofd. 'Het kan me niks schelen,' zei hij toen tegen Anne. 'Het interesseert me geen barst. Dat hij haar heeft laten zitten, heeft bedonderd, dát houdt me bezig. Dat had dat meisje niet verdiend, snapt u? En daarom heb ik de pest aan die jongen.'

Anne knikte begripvol.

'Maar vindt u het goed dat we een beetje wangslijm van Anouk afnemen?' vroeg ze toen. 'Zodat we in elk geval ook kunnen aantonen dat iemand het niet is?'

'Als u haar maar geen pijn doet,' zei Kims moeder zacht.

Anne haalde een buisje tevoorschijn, schroefde de plastic dop eraf en trok er een wattenstaafje uit.

'U mag het zelf doen,' zei ze tegen de vrouw. 'Dat is minder eng voor Anouk. Gewoon even langs de binnenkant van de wang halen. Dat is genoeg.'

Anouk deed haar mond wagenwijd open toen haar oma dat vroeg en even later was haar DNA veilig opgeborgen in Annes tas.

30

Vrijdag 17.00 uur

Jolanda Blom was streng. Eerst allemaal het dossier lezen en daarna pas praten. Daarom was het doodstil in de ruimte, alle leden van het onderzoeksteam lazen. Af en toe kuchte iemand of sloeg een bladzijde om.

Anne had een vreselijke conclusie getrokken. Als ze haar verstand gebruikte, wist ze dat Kim met het verstrijken van de uren minder kans maakte. Dat ze van de aardbodem verdwenen zou zijn was onwaarschijnlijk, tot het moment dat het vaderschap van Samir Benhali boven kwam drijven. Met stijgende verbazing las ze het verhaal en vervolgens knikte ze Klaas de Vries tevreden toe. Dat hij Mohammed aan het praten had gekregen, verdiende respect. De Vries knikte trots terug.

De een na de ander schoof het dossier opzij, langzaam ontstond er geroezemoes, zachtjes pratend wisselden rechercheurs hun eerste indrukken uit. Klaas de Vries zat er rustig bij, hij was allang klaar met lezen. Het leeuwendeel van het dossier had hij immers zelf geschreven.

'Iedereen klaar?' wilde Jolanda weten. Ze pakte haar aantekeningen en liep naar het bord waarop de foto's bevestigd waren van Kim, Anouk en de drie overvallers.

Snel liep ze een aantal zaken langs die onderzocht waren en geen resultaat hadden opgeleverd.

'Bij het onderzoek van de woning aan de Blasiusstraat bleek dat de deuren niet geforceerd waren, er waren geen sporen van een vechtpartij. Geen bloed of iets anders. Paspoort en ook haar mobiel zijn in de woning aangetroffen.'

'Mobieltje?' vroeg Anne.

'Door de specialisten uitgelezen. Geen opvallende nummers of berichten. Laatste gesprek was op woensdag. Voicemail is daarna nog ingesproken door mensen die allemaal bekend zijn. Niets vreemds.'

'Portemonnee?'

'Niet aangetroffen,' antwoordde Jolanda.

Iedereen zat na te denken over de consequenties van deze feiten. Kim was dus kennelijk in de loop van woensdagavond of donderdag het huis uit gegaan zonder haar mobiel.

'Ze moest naar de Stopera,' zei Anne. 'Dat weten we van haar ouders. Voor die verklaring van goed gedrag.'

'Omtrent het,' verbeterde Jolanda. 'Dat heet tegenwoordig "verklaring omtrent het gedrag". Ze kan inderdaad donderdag naar het stadhuis zijn gegaan om dat te regelen.' Ze keek op haar horloge. Half zes. 'Op het stadhuis is natuurlijk niemand meer, dus dat wordt niet eerder dan maandagochtend.'

'O nee,' zei Anne vastberaden, 'laat dat maar aan mij over.' Al moest ze bij de burgemeester zelf beginnen, ze zouden binnen een paar uur weten hoe het zat met Kims bezoek.

'Uit het buurtonderzoek blijkt dat er op de trap bij Kim één oudere dame woont. Die heeft niets gezien of gehoord. Anderen in de omgeving evenmin. Dat zijn voornamelijk Turkse en Marokkaanse gezinnen. De meesten kennen Kim en Anouk en zijn erg met hen begaan. De woningen aan de overkant en verderop in de buurt moeten nog bezocht worden.' Ze keek de groep rond. 'Vragen tot nu toe?'

'Is haar fiets misschien ergens gevonden?' vroeg een van de teamleden.

Niemand reageerde, het was niet bekend of Kim op de fiets naar het stadhuis gegaan was. 'Fiets' schreef Jolanda op.

Er ging een andere hand omhoog. 'De andere twee overvallers? Wisten die nog iets?'

'Met Robbie en Dennis waren we snel klaar. Geen reactie op het bericht dat Kim vermist is, laat staan een aanwijzing of zoiets. Het interesseerde de heren een stuk minder dan de vraag waarom hun vriend Mo door collega's De Vries en Ayoub uit de bak was gelicht.'

'"En of de recherche maar weer wilde oprotten,"' vulde een van de bezoekende rechercheurs aan. '"En jullie konden ook allemaal de tering krijgen." Bezoekerslijsten leverden geen bijzondere contacten op, trouwens.'

Jolanda schreef intussen op het bord. 'Samir Benhali', 'vader Anouk (DNA)' en 'studiebeurs'.

'Gaan we Samir aanhouden?' vroeg ze vervolgens aan Anne.

Die trok quasiverbaasd haar wenkbrauwen op. 'Onmogelijk. We kunnen hem hooguit vragen om langs te komen voor een gesprek. Als hij er ook maar iets mee te maken heeft, zullen we dat dan uit hem moeten persen.'

'Wat mij betreft halen we hem vanavond nog op,' zei Klaas de Vries. 'Ook zonder gronden. Dat meisje moet terug.'

Annes ogen vernauwden zich. Ze kon de oude rechercheur wel zoenen, want hij sprak onomwonden uit wat zij het liefst zou doen maar gezien haar functie niet kon zeggen. Herman van Hoogen keek van opzij naar zijn bazin. Hij maakte zich zorgen; Anne was er te emotioneel bij betrokken, besefte hij.

'Geen persoonlijke gevoelens,' bromde hij daarom in haar oor. 'Zijn advocaat maakt kachelhoutjes van ons allemaal.'

Anne verstarde terwijl hij tegen haar sprak. Natuurlijk hadden ze juridisch geen poot om op te staan. Als ze Samir zouden aanhouden, stond hij over een paar uur weer op straat en zat het onderzoeksteam met lege handen en het besef dat ze een slapende hond wakker hadden gemaakt.

'Nodig hem maar uit,' zei Anne tegen Jolanda. 'Zonder nadere verklaring. Zorg dat hij onder observatie staat voordat hij het telefoontje krijgt. Ik zou niet willen dat hij ertussenuit piept of, erger nog, een mogelijk levende Kim alsnog om het leven brengt.' Ze keek naar De Vries en Ayoub. 'En na het gesprek hier verliezen jullie hem geen moment meer uit het oog! Belangrijk is wat hij na het gesprek gaat doen.'

'Hallo, met Daphne de Winter.'

'Ja, met Niels. Niels Overweg. Van de politie, weet u nog wel?'

'Is er nieuws over Kim?' vroeg ze schril.

'Nee,' antwoordde hij. 'Het spijt me.'

Het werd stil.

'Maar ik bel wel in verband met de zaak van uw nicht. Ik wilde u vanavond nog spreken als dat kan.'

'Natuurlijk,' antwoordde ze. 'Kom je naar mij toe?'

Even dacht hij dat het misschien beter was om haar te vragen naar het bureau te komen, maar een uur later belde hij bij haar aan. Daphne deed open. Alles stond die jongen goed, flitste het door haar heen, ook een jack en een spijkerbroek.

'U woont leuk,' zei Niels toen hij binnenstapte.

Hij bleef voor het raam staan, vanuit de woning keek je uit over de Amstel.

'Mijn ouders hebben hier gewoond. Ze zijn verhuisd naar Purmerend, vlak bij Kims ouders trouwens. Ik mocht hier blijven wonen van ze.'

'Dan hebt u echt geluk gehad,' vond Niels, 'want ik woon al meer dan drie jaar op een kleine rotkamer omdat er in heel Amsterdam niks goeds te vinden is.'

Ze kwam de keuken uit met twee dampende koppen thee. Even stond ze stil en bestudeerde zijn achterkant. Lekker kontje, dacht ze. Toen zette ze met een kreetje de koppen op tafel.

'Gebrand?' vroeg hij geschrokken.

Ze stak een vinger in haar mond. 'Nee,' mompelde ze intussen, 'maar het deed wel zeer.'

'Ik vind het echt leuk dat je er bent,' zei ze. 'De aanleiding is erg, natuurlijk, maar ik ben blij dat je bent gekomen, want zo blijf ik tenminste op de hoogte. Weten jullie al iets meer?'

Hij schudde mismoedig zijn hoofd. Wat had hij haar graag goed nieuws willen brengen, want dan zou ze hem zeker om de hals gevlogen zijn. 'Nee, helemaal niets.'

Daphne sloeg onwillekeurig haar hand voor haar mond en staarde hem aan.

'Daarom ben ik ook eigenlijk hier,' ging Niels verder. 'We zitten vast en eigenlijk hopen we dat u ons iets meer kunt vertellen over haar privéleven. Relaties, mannen, dat soort zaken.'

Even bekroop Daphne een gevoel van teleurstelling. Hij was weer de politieagent die zich geen knollen voor citroenen liet verkopen.

'Weet u met wie ze...?'

Ze keek hem verbijsterd aan. Moest ze daar zomaar antwoord op geven?

'Momenteel met niemand,' volgens mij, besloot ze toch maar. 'Wij allebei niet, trouwens. Kim was vroeger best een feestbeest, hoor. Maar sinds Anouk er is helemaal niet meer. Ik weet echt niet precies wie toen haar vriendjes waren. Ergens in die periode is ze in verwachting geraakt.'

Hij opende zijn mond om een vraag te stellen maar Daphne schudde haar hoofd.

'Ik heb geen idee,' zei ze. 'Eerlijk waar, ik weet het niet.'

Niels aarzelde. Hij had het gevoel dat ze de waarheid sprak, hoewel ze hem zo biologeerde dat hij op dat moment alles wat ze hem vertelde voor zoete koek zou slikken. 'Maar nu is er niet een bijzonder iemand,' stelde hij vast.

'Helemaal niemand,' bezwoer ze. 'Moet je je voorstellen, zelfs Jeroen Pauw heeft ze een blauwtje laten lopen. Ik zei nog tegen haar dat ze oliedom was, maar zo serieus is ze geworden.' Daphne lachte. 'Het siert haar alleen maar dat ze niet meer zo is.'

Het lag Niels voor in de mond om haar te vragen waarom ze zelf geen relatie had en hij moest moeite doen om bij de les te blijven.

'Zegt de naam Samir u iets?'

Ze schudde driftig haar blonde lokken. 'Nee, wat is daarmee? Is hij de vader van Anouk?'

Hij kon het niet opbrengen om zijn mond te houden. 'Het zou kunnen dat die Samir inderdaad de vader van Anouk is.'

'En hoe komen jullie aan zijn naam dan?' vroeg ze verbaasd.

'Dat mag ik u helaas niet zeggen.'

Ze keek hem aan met de liefste blik die ze maar op kon zetten.

'Hou eens op met dat "u",' zei ze zacht.

Vrijdag 20.00 uur

'Zo op het eerste gezicht een succesvol bedrijfje,' mompelde Hakim.

Via internet had hij het kantoor gevonden waar Samir Benhali de scepter zwaaide. Volgens het observatieteam was de man nog nergens opgedoken. Hij kon thuis zijn, maar dat was niet zeker. Het gezin woonde boven het uitzendbureau.

'Een sprekend voorbeeld voor veel jonge Marokkanen,' mompelde Klaas de Vries cynisch.

Hakim knikte slechts. Hij vroeg zich af of ze Samir thuis moesten benaderen, in aanwezigheid van zijn gezin, of dat ze moesten wachten tot hij de deur uit ging. Het probleem was dat ze nauwelijks tijd hadden om te wachten. Was het een voordeel om hem te spreken in aanwezigheid van zijn vrouw, of zou hij juist dichtslaan?

Hakim kreeg de tijd niet om erover na te denken.

'Ga er toch maar heen,' klonk Jolanda's stem door de mobilofoon.

'Kom, we gaan erop af,' zei De Vries beslist.

Ze stapten uit en staken de straat over. Hakim drukte langdurig op de bel. Toen het lampje naast de intercom ging branden, bracht hij zijn mond ernaartoe.

'Politie! Kunt u even opendoen?'

Een vrouw opende een paar tellen later de deur. Twee kleine meisjes klemden zich aan haar vast en keken nieuwsgierig langs haar heen. De vrouw keek hen bezorgd aan.

'Recherche, mevrouw,' zei Klaas terwijl hij zijn legitimatie liet zien. 'Meneer Benhali woont toch hier?'

Ze knikte zwijgend.

'Is hij uw man?'

Ze knikte weer.

'Is uw man ook thuis?'

Dit keer schudde ze haar hoofd. 'Komt u maar even binnen,' zei ze met een verrassend vriendelijke stem.

Ze ging hen voor naar de huiskamer en stuurde daarna de kinderen de trap op naar boven.

Daarna nam ze tegenover de rechercheurs plaats op een paar grote kussens die op de vloer lagen, haar handen gevouwen in haar schoot. 'U zoekt mijn man, dus is hem niets overkomen, voor zover u weet,' concludeerde ze. 'Dan rest wel de vraag waarom u hem zoekt.'

Haar gezicht stond bezorgd, maar ze herpakte zich snel en bood de mannen koffie aan.

Hakim knikte, koffie betekende dat ze welkom waren en mochten blijven zitten. Terwijl de vrouw in de keuken bezig was, keek hij de kamer rond. Het zag er kraakhelder en modern uit, de inrichting was een mengeling van modern design en traditioneel Marokkaanse decoraties.

'Mag ik u vragen hoe uw naam is?' vroeg Hakim.

Ze knikte. 'Mouna Benhali,' antwoordde ze met zachte stem.

'Weet u waar uw man is, mevrouw?'

Ze keek hem recht aan. 'Ik kan me niet voorstellen dat Samir iets zou doen wat tegen de wet indruist,' zei ze rustig. 'Zo is hij absoluut niet. Maar als hij dat wel zou doen, heb ik dan als zijn vrouw niet het recht om te zwijgen?'

Hakim lachte stilletjes. Slimme meid, dacht hij. Ze wist het allemaal precies.

'Dus nogmaals de vraag: waarom wilt u mijn man spreken?'

'Wij moeten hem dringend spreken,' antwoordde Klaas de Vries. Hij greep naar zijn binnenzak. 'Kent u deze vrouw?'

Mouna Benhali keek naar de foto van Kim de Winter en schudde haar hoofd. Er was geen enkele herkenning van haar gezicht te lezen, stelde Hakim vast, en geen moment van twijfel.

'Wat heeft deze vrouw met mijn man te maken?'

'Deze vrouw is verdwenen,' sprak Hakim en dacht intussen

koortsachtig na hoe hij geen lont in het kruitvat hoefde te steken en het huwelijksgeluk van de familie Benhali niet te gronde hoefde te richten.

'Getuigen hebben...' begon hij, maar De Vries hief zijn hand.

'Op de plek waar ze het laatst werd gezien, was een camera,' legde hij omstandig uit. 'En op beelden van die camera staan een tiental auto's waaronder die van uw man. Voor zijn bedrijf op de Javastraat. We willen hem alleen maar vragen of hij iets gezien heeft wat ons kan helpen.'

Hij keek opzij naar Hakim, die zich met een uitgestreken gezicht zat af te vragen waarom hij zelf niet op dit idee was gekomen.

Zonder verder iets te vragen pakte Mouna haar telefoon en toetste een nummer in. Ze luisterde enige tijd, terwijl de rechercheurs haar gespannen aankeken. Ze begrepen dat zij Samir probeerde te bereiken. Er werd niet opgenomen, ze sprak de voicemail in en Hakim vertaalde haar woorden voor De Vries. Ze legde neer en keek de beide mannen toen doordringend aan.

'Mijn man is al een paar dagen in Marokko. Hij komt morgenochtend om kwart over tien aan op Schiphol.'

Ze stond op. Het gesprek was afgelopen.

'Is uw man alleen naar Marokko, mevrouw?' vroeg De Vries nog.

Het zou toch niet zo zijn dat...? Hij verwierp het idee. Kims paspoort was nog hier.

Op dat moment ging Hakims telefoon. Hij nam op en luisterde een tijdje. Af en toe gromde hij een antwoord en legde toen weer neer.

'We moeten weg,' zei hij tegen zijn collega. 'De fiets van Kim de Winter is zowaar gevonden.'

31

Zaterdag 06.00 uur

Niels Overweg trok de dekens over zich heen en draaide zijn kussen om de koele kant boven te krijgen. Op de hoek van de Blasiusstraat en de Camperstraat was haar fiets gevonden. Op die hoek moest iets gebeurd zijn, al kon niemand bedenken wat. Een ontmoeting? Een afspraak? Kim de Winter had in elk geval haar fiets op slot gezet en was daarna in rook opgegaan.

De rechercheurs gaven aan dat de fiets stevig op slot stond; de ketting was om een lantaarnpaal geslagen. Dat duidde toch op haast, werd er gezegd, want normaal gesproken zou ze haar fiets voor de deur neerzetten.

In gedachten ging hij de kruising af waar hij de afgelopen jaren zo vaak overheen gekomen was tijdens surveillances. Toen zat hij rechtop in zijn bed. Aan de achterzijde van het ziekenhuis hing een camera, dat wist hij zeker.

Nog voor zijn wekker afliep, sprong hij uit bed. Hij moest bij de wisseling van de dienst van de nachtwakers in het ziekenhuis zijn. Dan had hij de meeste kans er zo veel mogelijk te spreken.

Hijgend stormde hij een kwartier later de meldkamer van het ziekenhuis binnen. Aan de dienstdoende bewaker legde hij uit waarvoor hij kwam. Niels zag wel dat de man maar één ding wilde, naar huis en naar bed.

'Kijk even in het logboek,' bromde de bewaker. 'Dan kan ik even pissen.'

'Hoe bedoel je?'

'Kijk nou maar. Een dag of wat geleden. Een vent in een hele dikke BMW. Deed niets, zat alleen maar te kijken.'

Als door een horzel gestoken, schoot Niels overeind en liep naar het boek dat op de balie lag. 'Wanneer was dat?'

'Moet je een moord oplossen of zoiets?' De man was op slag vergeten dat hij hoge nood had. Hij pakte het logboek en bladerde even. 'Kijk,' zei hij toen. 'Hier heb ik hem.'

Niels pakte zijn opschrijfboekje en noteerde kenteken, data en tijdstippen. De man was vorige week twee keer in de straat geweest en deze week op dinsdagmorgen.

'Hij zat daar maar in die auto te kijken,' legde de bewaker uit. 'Hij deed verder niets. We wilden eigenlijk de politie bellen, maar omdat er niets gebeurde hebben we dat uiteindelijk niet gedaan.'

Niels graaide naar zijn telefoon en belde Jolanda Blom.

'Wat is het kenteken van de auto van die Samir?' vroeg hij haar.

Even later stak hij peinzend zijn telefoontje weer weg. Er viel een puzzelstukje op zijn plaats. Samir Benhali had dagenlang staan posten in de Blasiusstraat.

Het kostte hem een paar minuten, maar toen had hij de bewaker overtuigd en nam de videobanden onder zijn arm mee.

Zaterdag 08.00 uur

Nadat Anne onder de douche vandaan kwam en een handdoek om haar natte haar had gedraaid, belde Jolanda met het bericht over de ontdekkingen van Niels Overweg. Ze luisterde terwijl ze zich aankleedde, de telefoon tussen haar oor en haar schouder geklemd.

'Die jongen kan een goeie rechercheur worden,' opperde Jolanda. Ze had al een paar keer naar hem zitten kijken, van haar mocht hij morgen beginnen.

Anne bromde een antwoord, intussen worstelend met haar spijkerbroek. 'Heb je nog iets kunnen doen met de passagierslijsten?'

Anne had de stille hoop gehad dat Kim er toch op stond, ook al was haar paspoort in haar huis gevonden. Misschien had ze onder een valse naam gereisd.

'De hele nacht zijn we daarmee bezig geweest; we zijn er nog niet uit. Air Maroc kon vannacht de lijsten niet leveren.'

'Wat vind je zelf van het verhaal van Niels?' wilde Anne weten.

'Kim zat niet in dat vliegtuig,' zei Jolanda stellig. 'Samir is woensdagmorgen op het vliegtuig gestapt voor een kort bezoek aan Marokko. Hij zou zaterdag weer terugkeren. Kim is op woensdag nog bij de directeur van die school geweest waar ze wilde solliciteren en het stadhuis heeft net gebeld en gezegd dat ze daar inderdaad is geweest vanwege dat bewijs-van-geen-bezwaar. Dus kan ze niet met hem mee zijn gegaan en kan hij haar niets hebben gedaan. Ze leefde nog toen hij al onderweg was.'

'Maar vaststaat dat hij afgelopen week een aantal malen in de straat van Kim is geweest, afgelopen dinsdag voor het laatst,' wierp Anne tegen. 'Dat kan toch geen toeval zijn?'

'Voor hetzelfde geld is hij bij Kim geweest en hebben ze ruzie gekregen. Vervolgens liet hij iemand anders de vuile klus opknappen en smeerde hem zelf naar Marokko om een sluitend alibi te creëren.'

Anne werd misselijk bij het idee dat Kim al dagen ergens bij de Diemerzeedijk of de Schellingwouderbrug in het riet lag. Ze had jaren geleden al eens zoiets meegemaakt in die buurt, na een paar dagen zag zo'n lijk er verschrikkelijk uit.

'Wat nu?'

Jolanda's stem deed Anne opschrikken uit haar gedachten.

'Samir moet, zodra hij voet op Nederlandse bodem zet, toch maar aangehouden worden,' besloot ze. 'Huiszoeking in zijn woning en bedrijf en met een stofkam door die BMW. Heb je dat begrepen?'

Ze nam afscheid en hing op. Wachten was geen optie meer.

Zaterdag 14.00 uur

Samir Benhali zat met gebogen hoofd in de verhoorkamer.

De Vries zette het opnameapparaat aan. 'Bent u eerder met de politie in aanraking geweest?' vroeg hij.

Samir schudde zijn hoofd.

'Wilt u hardop antwoorden?' vroeg Hakim streng. 'Hoofdschudden neemt hij niet op.'

'U bent vandaag aangehouden, vooralsnog op verdenking van wederrechtelijke vrijheidsberoving van een vrouw, genaamd Kim de Winter. Die verdenking kan echter nog veranderen wanneer we mevrouw De Winter gevonden hebben. U bent niet tot antwoorden verplicht, alles wat u zegt kan als bewijs tegen u worden gebruikt. Er is een advocaat voor u gewaarschuwd, dus die zal al wel onderweg zijn.'

De Vries onderbrak zijn collega. 'Of hebt u een eigen advocaat die u gewaarschuwd wilt zien?'

Samir staarde de oude rechercheur aan. 'Ik heb er nog nooit een nodig gehad, meneer.'

De Vries wierp even een blik in de richting van de confrontatie-spiegel. Alle bobo's van het hoofdbureau stonden mee te kijken, wist hij. De kunst was om kalm te blijven en de tijd te nemen, ook al hadden ze die niet.

Zoals altijd was 'de das' keurig gekleed. Bij het binnenkomen had hij heel zorgvuldig zijn jasje uitgetrokken en over de stoel gehangen. Het hoorde bij zijn manier van werken. Hij deed altijd alsof hij geen bijzondere interesse in de verdachte toonde, die moest zich vooral aan De Vries' getreuzel ergeren. Toen hij eindelijk op de stoel tegenover de verdachte zat, pakte hij een opschrijfboek uit zijn tas en zorgvuldig legde hij dat met zijn vulpen ernaast voor zich op tafel.

Van hem werd verwacht dat hij via de man tegenover zich het raadsel van de vermissing van Kim de Winter zou oplossen.

Nu moest hij opschieten, want elk moment kon de piketadvocaat binnenstappen. Hij moest dus in recordtijd een sfeer van vertrouwe-lijkheid opbouwen, waarin hij zijn verdachte stap voor stap naar een bekentenis kon leiden.

Nadat hij in de loop van de ochtend hoorde dat Samir op Schiphol aangehouden was, had hij nagedacht over de vraag hoe hij hem het beste op de knieën kon krijgen. Zoals verwacht had Kim hem niet vergezeld, hij was met een zakenrelatie het vliegtuig uit gekomen, een volbloed Nederlandse man met ook al een volkomen schoon strafblad. Als deze Samir daadwerkelijk Kim had vermoord, had hij dat verdomde knap gedaan, besloot De Vries. Het kind was zijn enige kans, de enige mogelijkheid om een eventueel opgetrokken pantser te doorbreken. Uit een map pakte hij de foto's van Kim en Anouk en legde ze voor Samir op tafel.

'Kijk.'

'U kent deze beide personen?' vroeg hij toonloos.

Samir keek van de foto's naar de rechercheur.

'De vrouw wel. Het kind niet.' Hij slikte. 'Althans, ik ken het slechts van een afstand.'

'Want dat is uw dochter,' zei De Vries.

Samir Benhali schoof wat heen en weer op zijn stoel, maar wist dat de waarheid onvermijdelijk was. Even eerder was er met een wattenstaafje wat speeksel uit zijn mond genomen. Hij had er toestemming voor gegeven. Ook toen wist hij al wat de consequentie zou zijn.

Zijn vrouw had hem gebeld en gevraagd waarom de politie hem wilde spreken. Hij was de agenten dankbaar dat ze Mouna niet alles over zijn betrokkenheid hadden verteld. Kim de Winter werd nu al een paar dagen vermist. Hij begreep er niets van, dinsdag had hij haar nog gesproken.

Een paar dagen eerder had hij het kind gezien, huppelend aan Kims hand. Er was een rilling door zijn lijf gegaan. Daar liep zijn dochter, geen twijfel mogelijk. Mohammed had gelijk gehad, ze was meer dan prachtig. Hij had zitten huilen in zijn grote BMW en zich moeten bedwingen. De neiging om naar ze toe te lopen om Kim en het meisje in zijn armen te nemen was bijna niet te onderdrukken.

Hij was destijds een lafaard geweest, met de staart tussen de benen weggerend toen ze in verwachting was en dat terwijl hij van haar hield. Van haar was blijven houden.

Het was de schande voor de familie geweest. Ze was geen moslimvrouw. En ook het feit dat hij, de oudste zoon die altijd bewierookt werd, nu zelf in de fout was gegaan had hem Kim in de steek doen laten. Maar weglopen van de waarheid kon niet; dat had hij altijd geweten. Op een dag zou alles uitkomen en zouden zijn gezag en goede naam een forse deuk oplopen. Destijds was zijn imago belangrijk, vier jaar later leek dat er nauwelijks meer toe te doen.

Mohammed, zijn misselijkmakende nietsnut van een broertje, had hem wakker geschud in de Bijlmerbajes. Een overvaller, een misdadiger die hem op zijn nummer zette zonder dat Samir zelfs maar een weerwoord had.

'Weet u waar Kim de Winter is?'

Zijn hart ging als een razende tekeer. Hij voelde dat de angst langzaam zijn keel dichtschroefde. Als ze nog maar in leven was.

'Meneer Benhali...' drong De Vries aan. 'Waar is ze?'

Samir keek met een wanhopige blik naar de rechercheurs. 'Ik weet het echt niet.'

'Stop met liegen man, dat heb je al veel te lang gedaan.' Hakim keek nors naar hem. De Vries legde bijna ongemerkt een hand op de arm van zijn collega.

'Maar u bent wel bij Kim en Anouk geweest, nietwaar? Thuis, bedoel ik.'

Het was een schot hagel, aan de hand van de informatie uit het logboek en een boel intuïtie.

Samir knikte even kort en wilde juist iets gaan zeggen, toen de deur openzwaaide en advocaat Galesloot de verhoorkamer binnenstapte.

'Heren,' zei hij neerbuigend, 'einde Zaanse verhoormethode.' Hij wees op de foto's. 'Ik wil even met mijn cliënt alleen praten.'

De Vries verstrakte. Te laat, wist hij.

'Heeft de hele familie een abonnement bij u?' sneerde Hakim. 'Eerst zijn broertje de overvaller en nu meneer zelf, de ontvoerder en misschien wel moordenaa...'

'... ik zou niet zo met kwalificaties smijten als ik u was,' beet Galesloot de rechercheur toe. 'Dat kan u weleens een strafklacht opleveren. Mijn cliënt maakt gewoon gebruik van zijn rechten om te...'

'Dat doe ik niet,' zei Samir plotseling. 'Ik wil graag alles vertellen.'

'Ik advi...'

'Houd uw mond!' schreeuwde Benhali. 'Ik heb niet om u gevraagd. Ik heb niets te verbergen, tenminste, niets meer. En ik wil niet dat ook maar iemand het idee heeft dat ik Kim iets aan zou willen doen.' Er sprongen tranen in zijn ogen. 'Ik hield van haar en misschien doe ik dat nog wel.'

'U hoort het,' zei De Vries even triomfantelijk als verbaasd tegen de raadsman. 'Hij wil alles vertellen.'

'Maar ik blijf er wel bij,' snauwde die terug en trok een stoel naar zich toe.

Even later luisterde iedereen ademloos naar Samir. Hij vertelde hoe Mohammed hem in eerste instantie wijs had gemaakt dat Kim een ton van hem zou eisen voor het verzorgen van het kind, maar ook als zwijggeld. Daarom was hij vorige week gaan kijken in de Blasiusstraat. Hij had vroeg in de ochtend voor haar deur gestaan, niet wetend wat te doen, eigenlijk hopend dat ze niet thuis was. Terwijl hij naar de naamplaatjes keek, bleef zijn vinger een centimeter boven de bel hangen. De gedachte aan het kind had ervoor gezorgd dat hij toch op de bel drukte.

'Wie is daar?'

Hij herkende haar stem meteen.

'Samir,' zei hij schor van de zenuwen. Hij schraapte zijn keel, wat moest hij zeggen.

'Wie?' had Kim nogmaals gevraagd.

Hij had gehoopt dat ze meteen de deur zou openen en hem boven zou roepen. Maar ze liet hem gewoon staan; het leek wel alsof zijn naam haar niets zei.

Hij haalde diep adem. 'Samir Benhali!' riep hij toen. 'De vader van je kind, verdomme! Ik moet je dringend spreken.'

Even was het helemaal stil. Zelfs op straat was niets te horen. Hij stond met zijn hoofd gebogen tegen de deurstijl. Hij had het warm, het zweet liep over zijn rug.

'Vier jaar na dato?' klonk eindelijk haar stem door de intercom. 'Vier jaar en nu opeens is het dringend?'

Samir zocht woorden maar ze kwamen niet. Ja, ze had alle recht om woedend te zijn, hem te verachten. Plotseling hoorde hij een klik, de voordeur ging van slot. Voorzichtig stapte hij het halletje in. Terwijl hij de trap op liep naar de derde etage, zag hij haar silhouet op de overloop. Langzaam klom hij verder tot ze elkaar aan konden kijken, hij omhoog en zij naar beneden. Het was net als jaren geleden, want er was niets veranderd. Samir wist het en begreep direct dat zij het ook wist. Wat hij ook had gedaan, hij was nooit weg geweest.

Ze was net zo'n schoonheid als vier jaar geleden toen ze zwanger werd, eigenlijk nog veel mooier. Het meisjesachtige was verdwenen, ze was de mooiste moeder van de stad.

'Mam, wie is daar?' hoorde hij het kind roepen.

Omdat Kim niet reageerde, kwam ze even tevoorschijn. Nieuwsgierig keek ze naar de man op de trap, terwijl ze de hand van haar moeder beetpakte.

Kim draaide zich om en liet zich meetrekken door het meisje. Ze liet de deur open, zodat hij achter haar aan naar binnen liep.

Even later zaten ze tegenover elkaar aan tafel. Het meisje was een bijdehandje, ze kwam uit zichzelf naar hem toe en gaf hem een hand. Ademloos staarde hij naar Anouk. Mohammed had niet overdreven. Ze leek als twee druppels water op Aïsha. Hij glimlachte verlegen, aaide voorzichtig langs haar wang.

Toen vloog het hem aan, de schaamte over alles. 'Ik vind... Het spijt me...' zei hij zacht.

'Anouk,' antwoordde ze, 'is het mooiste wat ik ooit heb gekregen.'

Hij had verwacht dat ze woedend op hem zou zijn, dat ze zou schelden. Het was ongelooflijk dat ze hem nog toeliet in haar huis. Op geen enkele wijze had hij dit verdiend, hij had zich schandalig gedragen. Het ergste was dat hij ook nog een abortus had gesuggereerd.

'Jij hebt je ervan afgemaakt.'

Toen ze dat tegen hem zei, zag hij even woede in haar ogen, maar het was het enige moment geweest waarop zij iets van haar boosheid en teleurstelling over zijn houding liet blijken. Daarna schonk ze koffie in.

Samir boog zijn hoofd.

'Het spijt me,' herhaalde hij.

Ze bleef mooi zoals ze daar zat, niet hooghartig maar met stijl. Hij probeerde zich voor te stellen hoe het geweest zou zijn als hij toch met haar verder was gegaan en niet met Mouna. Ze waren heel verschillend, met haar zou zijn leven er totaal anders uitgezien hebben.

Ze stond op en liep naar Anouk. Ze legde een hand op haar hoofdje en drukte het meisje tegen zich aan.

'Ja, dit is jouw dochter.'

'Prachtig, ze is schitterend,' zei hij met omfloerste stem. Hij had een brok in zijn keel.

'Je bent getrouwd,' zei ze vlak. 'Kinderen?'

Hij knikte. 'Met Mouna. Ik heb twee... Ik heb nog twee dochters. En jij? Heb je een man die voor je zorgt?'

Kim schudde haar hoofd.

'Dat spijt me,' zei Samir voorzichtig.

'Dat hoeft jou helemaal niet te spijten, want ik wil geen man die voor me zorgt.'

Kim schonk voor hen beiden een kop koffie in en voor Anouk een beker melk.

'Waarom ben je hier?' vroeg ze toen.

'Vanwege Mohammed, mijn broer. Hij heeft je bedreigd, toch?'

Verbouwereerd zette ze haar kopje op tafel. 'Is die Mohammed jouw broer? Die overvaller?'

'Ja, hij is de oorzaak dat ik hier ben. Niet de reden, maar dat besef ik nu pas.'

Ze schrok, zag hij. 'Ik ben niet gekomen om je problemen te verergeren, maar om je te helpen. Mohammed zei in de gevangenis dat jij een studiebeurs voor Anouk wil van een ton.'

Kims mond viel open van verbazing. 'Zei dat etterbakje dat?' vroeg ze verontwaardigd. 'Onzin! Ik hoef helemaal niets van jou!'

Ze was beledigd, zag hij. 'Dat begrijp ik. Maar ze is wel mijn dochter en dat betekent dat ik voor haar moet zorgen. En dat ga ik doen, want ik ben al drie jaar te laat.'

Ze lachte schamper. 'Heb je daar geld voor?' vroeg ze.

'Genoeg,' antwoordde Samir. 'Ik betaal je vijftigduizend. Nu meteen als je dat wilt.'

'Ben je helemaal gek geworden?' vroeg Kim. 'Hoe kom je aan dat geld?'

Ze luisterde naar wat hij vertelde over zijn bedrijf en langzaam kwam ze tot rust. Het was eerlijk verdiend geld, bezwoer hij. Uiteindelijk ging ze ermee akkoord dat hij het op haar bankrekening zou storten. Toen zweeg Samir en keek naar de twee rechercheurs.

'Hoe zijn jullie uit elkaar gegaan?' vroeg De Vries.

'Ik vind toch dat ik mijn cliënt nu tegen zichzelf in bescherming moet gaan nemen,' zei advocaat Galesloot. 'Alvorens daarop te antwoorden moet hij weten wat de gevolgen kunnen zijn.' Hij wees naar de deur. 'Ik zou het fijn vinden als u mij even met hem alleen laat.'

'Verhoor wordt om vijf minuten voor twee gestopt,' zei Klaas de Vries formeel en zette de opnameapparatuur uit. Hij beduidde Hakim om hem te volgen en samen liepen ze de verhoorkamer uit. Achter de spiegel troffen ze Anne en Herman van Hoogen aan, die geen woord hadden gemist van Samirs verhaal.

'Jammer,' zei Hakim.

'*It's all in the game*, jongen.' De Vries rekte zich uit. 'Hij zit echt op de praatstoel.'

'Maar,' wilde Anne weten, 'spreekt hij de waarheid of legt hij ons allemaal in de luren?'

Het verhaal van Samir klonk haar logisch in de oren. Ze had sterk de indruk dat hij echte emoties toonde toen hij over de eerste ontmoeting met zijn dochter sprak.

'Als hij liegt, doet hij dat heel knap,' erkende De Vries. 'Ik ben wel geneigd om hem te geloven.'

Anne knikte instemmend. Ze gaf hem een waarderend tikje op zijn schouder.

Herman van Hoogen twijfelde intussen. Samir Benhali was uitgegroeid tot een succesvol zakenman, dus dit kon ook allemaal spel zijn. Galesloot zou hem zeker het advies geven om vanaf nu te zwijgen.

Het rechercheteam was inmiddels uitgebreid tot zo'n dertig man. Het grote aantal tips was moeilijk te verwerken. Door alle publiciteit stond de telefoon al die tijd roodgloeiend. De ochtendbladen hadden op de voorpagina een foto van Kim geplaatst. BUGGY-MEISJE VERMIST! kopte Het Parool.

De toonzetting van de kranten was er een van ongeloof en woede. De moedige alleenstaande moeder die ervoor gezorgd had dat een stel overvallers veroordeeld werd, bleek van de aardbodem verdwenen.

Kim de Winter was in één klap een bekende Nederlandse geworden en alle media besteedden in de loop van de dag ruime aandacht aan haar verdwijning.

Anne keek door het raam van de recherchekamer naar buiten, aan de overkant van de straat stond een groot aantal televisieauto's met schotelantennes geparkeerd. Alle bewegingen van de recherche zouden door de media nauwlettend gevolgd worden.

Er werd geklopt, maar nog voor ze iets kon roepen, stapte Herman haar kantoor al binnen.

'De redactie van Pauw en Witteman heeft gebeld of je alsjeblieft in hun uitzending wilt komen. Meneer Pauw belde zelf, nota bene. Hij laat meedelen dat hij op je rekent vanwege het feit dat Kim en jij destijds nog heel lang met elkaar hebben gepraat na afloop van die uitzending over de liquidaties.'

Anne dacht even na en schudde toen haar hoofd.

'Bel hem maar en zeg dat ik pas kom als ik Kim gevonden heb,' zei ze. 'Eerder heb ik toch niets te melden.'

Zaterdag 15.00 uur

Ook Niels was druk bezig met het opnemen en natrekken van tips. Er waren in de loop van de dag honderden telefoontjes bij de recherche binnengekomen, de meeste hadden niet veel om het lijf, maar op de recherchekamer hoorde hij dat er in elk geval een paar bruikbare tips bij zaten.

Het was een geroezemoes van jewelste, rinkelende telefoons, in en uit lopende rechercheurs. Af en toe keek hij zijn ogen uit, grote operaties als deze op het hoofdbureau waren volstrekt nieuw voor hem.

Door al het lawaai hoorde hij zijn eigen mobiele telefoon haast niet overgaan. Nog net op tijd drukte hij de groene knop in.

'Met Niels Overweg.'

'Hallo Niels, met Aïsha, ken je me nog?'

Niels was op slag klaarwakker. Hij stopte zijn vinger in zijn andere oor om niets te missen. Ze sprak zacht, misschien wilde ze niet dat iemand haar hoorde.

'Mohammed heeft net gebeld,' zei ze. 'Ik kan nu niet praten. Kom naar het Tropenmuseum. Ik sta links naast de ingang.'

Bij de ingang van het Tropenmuseum zag hij haar niet direct staan. Pas toen hij naar de deur liep, kwam ze uit de schaduw tevoorschijn. Een mooi Marokkaans meisje, van wie hij nu pas wist dat ze zestien was. Hakim had hem spottend aangekeken toen hij het Niels vertelde. Als die dat destijds geweten had, had hij zijn geflirt bij haar thuis achterwege gelaten. Normaal stond een Marokkaans meisje van zestien niet alleen op straat; haar vader zou al boos zijn als ze haar neus buiten de deur stak. Ze had net als de vorige keer een hoofddoek om, hij kon alleen haar gezicht zien. Haar koolzwarte ogen keken hem aan.

'Je ouders weten hier dus niets van?' concludeerde hij.

Ze schudde haar hoofd.

'Mijn moeder heeft de hele middag gehuild. Waarom hebben jullie Samir opgepakt? Hij heeft niemand iets gedaan. Hij heeft niets met die vrouw te maken.'

Niels probeerde zich voor te stellen wat er vandaag in huize Benhali gebeurd was en wat de reden was waarom Aïsha de regels van haar ouders aan haar laars lapte.

'En toen belde Mohammed,' zei het meisje.

Niels keek haar aan.

'Wat wilde hij?'

Ze rechtte haar rug en keek hem hooghartig aan. 'Dat zeg ik als je belooft dat je Samir meteen vrijlaat.'

Niels keek haar verbijsterd aan. 'Daar ga ik niet over, Aïsha. Daar heb ik niks over te vertellen.'

'Maar hij is onschuldig!' riep het meisje wanhopig. 'Jullie maken zijn hele leven kapot. Zijn bedrijf, zijn gezin. Mouna heeft mijn moeder gezegd dat ze Samir verlaat als blijkt dat hij een vrouw ontvoerd heeft.'

Niels wees met zijn wijsvinger naar haar. 'Reden te meer om me snel te zeggen wat Mohammed wilde.' Hij klonk bestraffend.

Aïsha twijfelde.

'Beloof me dan dat Mohammed niet nog meer straf krijgt,' smeekte ze.

Hij hief machteloos zijn handen en zuchtte. 'Dat kan ik ook niet! Maar, dat beloof ik je wel, als hij informatie geeft over de verblijfplaats van Kim de Winter, zal het hem eerder helpen dan kwaad doen wanneer je het me vertelt.'

Ze kreeg tranen in haar ogen. 'Ik... Hij wilde juist dat ik je dit meteen zou geven. Ik... ik wilde proberen om Samir ermee vrij te krijgen. Dat was mijn idee.'

Ze stak haar hand uit en duwde een briefje in de zijne.

Niels vouwde het haastig open en hield even zijn adem in. Met haar wat kinderlijke handschrift had ze 'De Zeereep Zandvoort' op het papier geschreven.

'Daar is ze, zegt Mohammed. Ik vroeg nog hoe hij dat wist, maar dat wilde hij niet zeggen. Ik moest het aan de politie geven, want dat kon hij niet zelf. En toen dacht ik aan jou.'

'Wat is het?' vroeg Niels.

'Een camping,' antwoordde ze. 'Dat zei mijn broer, tenminste.' Ze duwde hem in de richting van zijn auto. 'Schiet op, je moet haar redden.'

Hij greep haar bij de arm en zocht intussen naar zijn telefoon. 'Kom,' zei Niels. 'Met een beetje geluk kun je straks je grote broer nog mee naar huis nemen ook.'

Gewillig liet het meisje zich meevoeren.

'Ik heb die "Zeereep" naast de lijst met alle verdachten gelegd,' zei Jan Kuiper, de analist, een half uur later. 'Bingo! Bij die Robbie Groen. Zijn naam, of liever die van de familie Groen, is verbonden aan een huisje dat ze op die camping in bezit hebben. Al jaren, bleek bij navraag.'

'Het AT erheen!' riep Anne. 'Meteen!'

'Er zijn al mensen onderweg,' informeerde Herman van Hoogen haar. 'Ik heb die twee jongens, Overweg en Ayoub, maar direct laten vertrekken. Ze mogen niets op eigen houtje doen, hooguit als het helemaal uit de hand loopt, maar ik wil zo snel mogelijk weten wat de situatie daar is.'

Anne knikte instemmend. De gedachte dat er inmiddels al mensen onderweg waren, stelde haar een beetje gerust. Ze liep naar de kapstok en greep haar jasje. Hier blijven was wel het laatste wat ze nu wilde.

Al ver voor de ringweg zette Niels de sirene aan en klapte het blauwe zwaailicht op het dak. Hij kende de weg naar Zandvoort op zijn duimpje. Als feestbeest had hij zich 's zomers vaak vermaakt in de trendy strandtenten.

Toen ze met grote snelheid in Overveen bij het begin van de Zeeweg uitkwamen, zette hij de toeters en bellen weer uit, haalde het zwaailicht naar binnen en ging rustiger rijden.

'Abel Drie, als je ter plaatse bent, kun je je melden bij de portier aan de slagboom,' kraakte een stem door de radio.

'Begrepen HB,' antwoordde Hakim en keek intussen naar de massa strandtenten die ze passeerden.

'Weleens hier geweest, Hakim?' riep Niels. 'Leuke tenten, moeten we samen een keer naartoe.'

Hij minderde vaart en sloeg links af in de richting van het circuit. Ze reden onder het bord CAMPING DE ZEEREEP door tot aan de slagboom. Toen ze parkeerden en uitstapten was het aardedonker, er was geen mens te zien. Hier en daar zagen ze in een huisje licht branden. Knerpende voetstappen naderden en Niels plukte zijn zaklamp uit zijn binnenzak. De lichtkegel bescheen een man die hem met de handen in de lucht tegemoet trad.

'Politie?' vroeg hij voorzichtig.

Hakim knikte en liet zijn legitimatie zien.

'Ik ben Loomans, de beheerder hier. Ze hebben me vanuit Amsterdam gebeld. Wat is er aan de hand?'

Te nieuwsgierig, deze meneer Loomans, dacht Hakim.

'De familie Groen,' wilde hij weten. 'Die hebben een huisje hier, hoorden wij.'

'Groen? Jazeker. Al sinds jaar en dag. Vader en moeder en hun jongens, ze lijken wel een tweeling. Bijna twee druppels water. Die Robbie zat geregeld in hun huisje, met zijn vrienden. Heel af en toe was zijn broer er ook. Dat is nou echt een gladde jongen. Ik heb er weleens wat van gezegd zelfs, van dat gezuip en gedoe, maar ja, dan krijg je een grote bek.'

'Is die jongen er nu?' vroeg Hakim streng. De beheerder haalde zijn schouders op. 'Geen idee. Ik kan niet alles weten natuurlijk.'

'Waar is dat huisje van Groen?'

'Achteraan,' antwoordde de man behulpzaam en knikte in de richting van de zee. 'Zal ik jullie er even heen brengen?'

Hakim schudde zijn hoofd. 'Het is beter dat je hier blijft, wijs het me maar aan.'

Ze volgden zijn aanwijzingen nauwkeurig op en liepen in de richting die de man had aangewezen. Toen trokken ze allebei hun pistool. Niels draaide zich nog een keer om en beduidde de beheerder zich uit de voeten te maken. De man had geen verdere aanmoediging nodig. Er was iets goed mis bij Groen, dat begreep hij ook wel. Hakim en Niels slopen naar het huisje. Binnen brandde licht, maar er was niets te horen.

Ze zakten hijgend naast elkaar in het zand achter een opgeklapte tuintafel.

'Wat doen we?' fluisterde Niels. 'Wachten?'

Hakim knikte. Het was te stil, vond hij. Maar ze moesten wachten tot het arrestatieteam er was. Als ze nu naar binnen gingen, moesten ze de deur intrappen en als dat niet meteen lukte of wanneer die knul ze aan zou zien komen, was het verrassingseffect weg.

'Verdomme,' fluisterde Niels tegen zijn collega. 'Stel dat er iets met haar gebeurt terwijl wij hier buiten liggen te wachten, dat vergeef ik mezelf nooit.'

Zaterdag 22.15 uur

Kim was er even van overtuigd dat ze dood was. Ze voelde geen pijn meer, het was licht rond haar ogen. Voor het eerst na twee dagen was ze in een toestand van vrede beland. Het kon niet anders, ze was in een andere wereld.

Ze voelde uitsluitend de onhoudbare druk van haar blaas. Ze vroeg zich af of dat bleef doorgaan, ook als je dood was. Anouk. Ze dacht aan Anouk en hoe het met haar gedachten en geest zou gaan wanneer ze straks helemaal verdwenen was, ergens onvindbaar begraven.

Het was leuk voor haar dochter om een dag bij opa en oma te zijn, maar niet voor altijd. Moest Anouk naar Samir, opgroeien in een Marokkaans gezin? Samir had gezegd dat hij twee meisjes had, ongeveer in dezelfde leeftijd. Dat was wel een pluspunt, peinsde ze. Het was logischer. Anouk was per slot van rekening half Marokkaans. En Samir hield van haar. Maar eigenlijk had hij geen recht op Anouk, geen enkel recht. Hij was een lafaard, hij... Kim fronste haar wenkbrauwen. Klopte het dat haar gedachten doorgingen terwijl ze was gestorven? Daphne! Natuurlijk! Anouk ging naar Daphne. Waarom had ze daar niet aan gedacht? Omdat ze dood was? Ze moest gewoon nog even wennen aan het idee.

Ze voelde tranen branden. Huilde je als je dood was? Wat was dan het verschil met het leven?

'Maak haar nu dood,' mompelde Stefan. Hij leunde achterover in zijn stoel en keek naar de ijsberende Evert. 'En hou op met dat nerveuze gedoe, zenuwenlijder.'

De ander maakte een boos gebaar in Stefans richting. 'Fuck it!' zei hij kwaad. 'Ik heb geen zin in allerlei toestanden met een lijk dat we hier uit huis slepen, eikel. Ik wil niet...'

'Het kan me niet schelen wat jij niet wilt. Weet je nog wat ik niet wilde? Precies, aan dit hele verhaal beginnen. Dat wilde ik niet. Heb je naar me geluisterd? Je broertje zit vast, en ook met dat wijf als onderpand krijg je hem niet vrij. Dat heb ik je gezegd.'

'Ik heb de politie toch ook niet gebeld?'

'Nee, maar toen lag ze hier al wel. Dus voor ontvoering ga je hoe dan ook vast, ook als ze haar levend pakken. En dan ga ik ook. Dus... maak haar nu dood.'

'Niet hier. Stel dat ze sporen vinden.'

Stefan haalde zijn schouders op. 'Die vinden ze toch wel.'

'Niet als we haar wegdoen, terugkomen en de tent in de fik steken.'

Zijn vriend keek op. 'In de fik? Het huisje van je ouwelui?' Hij dacht even na. 'Je wilt echt graag van dat wijf af, nietwaar?'

'Ze levert niks op.'

Stefan knikte bevestigend. 'We doen haar weg,' besloot hij. 'Precies zoals je zei.'

Kim hoorde een deur dichtslaan. Angst snoerde haar keel dicht. Niet nog eens, dacht ze. Dat was het verschil met de dood. Niet nog eens. Ze kromde haar lichaam om aan de pijn in haar onderbuik te ontkomen, maar het ging niet. Snerpend sneed het gevoel door haar lijf en deed haar kronkelen.

Langzaam drong het tot haar door, ze moest nog dood. In het donker zou hij haar ergens in de duinen begraven. Het was nog niet voorbij, het ergste moest nog komen. Ze wilde schreeuwen, maar de prop in haar mond belette dat. Ze lag hier al dagen, inmiddels zwaar vervuild. Zelf rook ze de stank niet meer. Ze hoopte dat ze te vies was om opnieuw verkracht te worden.

Toen ze haar fiets op slot had gezet, was ze weggelopen. Net voor de hoek had hij haar beetgepakt, haar haren vastgegrepen en haar meegesleurd naar een bestelbusje. Het ging snel, zo snel dat ze niet meer kon reageren. Voor ze kon handelen had hij haar naar binnen gesmeten, was toen zelf ingestapt en had de schuifdeur dichtgegooid. Hij had haar daarna vreselijk hard met een ijzeren pijp in haar gezicht geslagen. Zo hard dat ze weerloos in elkaar was gezakt en pas een tijd later weer bij kennis was gekomen.

Toen de deur eindelijk weer openging deed ze een poging zich van hem los te rukken, maar het was zinloos geweest. Hij sleurde haar mee het huisje in en sloeg haar nogmaals op het hoofd. Pas toen ze weer wakker werd en hij zich over haar heen boog, herkende ze hem.

'Robbie,' fluisterde ze.

Hij schudde zijn hoofd. 'Evert,' verbeterde hij haar. 'Robbies "betere helft". Maar maak je geen illusies. Ik ben nog veel erger dan hij.'

Nu lag Kim in een hoek van een kamertje en hoorde de twee mannen in de woonkamer heen en weer lopen. Iemand schreeuwde kwaad. Hadden ze ruzie over haar? Het deed er niet meer toe. Ze rolde zo ver mogelijk in elkaar.

'Anouk,' zei ze zacht, 'lieve, lieve Anouk.' Ze zou in elk geval sterven met iets moois in haar gedachten.

Toen Evert zich met de stalen pijp over haar heen boog, bewoog ze niet meer.

Het was doodstil en aardedonker. De gordijnen waren dicht. Er viel geen teken van leven te bespeuren. Op zo'n tien meter van de deur stond een bestelbusje geparkeerd.

'Banden lekprikken?' fluisterde Niels. 'Dan doen we in elk geval iets.'

'Heb jij een mes bij je dan?' Hakim schudde zijn hoofd. Geen heldengedoe, dacht hij.

Op dat moment ging de deur open. De twee agenten verstijfden, in hun half zittende houding achter de tuintafel leken ze net twee robots. Een man met een lang voorwerp in zijn handen liep naar de auto. Hij opende de achterdeur en gooide het ding in de wagen. Daarna liep hij terug naar het huisje.

Nog geen paar tellen later zagen ze twee mannen met iets zwaars tussen zich in naar buiten komen. Het leek een opgerolde deken of een kleed. Aan de achterkant van de bus leek het even alsof ze hun last al jonassend in de wagen wilden dumpen. Hakim en Niels hadden het gebeuren nauwlettend gevolgd. Opeens was er geen reden tot aarzelen meer.

'Politie, sta of ik schiet,' schreeuwde Hakim terwijl ze allebei naar voren sprongen, de pistolen in hun gestrekte handen. Het leek op een film. Beide mannen draaiden zich langzaam om. Vrijwel tegelijk lieten ze het kleed los, dat met een harde klap op de grond terechtkwam. Razendsnel doken ze weg, de één achter de auto, de ander in de richting van de bestuurdersplaats.

Hakim en Niels vuurden tegelijk.

'Pas op!' brulde Hakim. 'Denk om de vrouw!'

Knallen verscheurden de stilte, hun oren suisden verschrikkelijk.

Hakim kreeg de man achter de auto niet meer in het vizier. Hij realiseerde zich dat Niels en hij tegelijkertijd perfecte doelwitten waren door het licht in het huisje achter hen.

'Duiken,' schreeuwde hij, maar het was te laat. Hij zag de vuurstraal nog voor hij de knal hoorde. Naast hem schreeuwde Niels. Zelf schoot hij in het wilde weg een aantal kogels in de richting van de auto, maar of hij iets raakte zag hij niet. De motor sloeg brullend aan; met een schok vloog de auto vooruit. Tot zijn opluchting zag Hakim dat ze daardoor niet over de deken waren gereden. Eén seconde stond hij in dubio, achter de auto aan of bij Niels en de vrouw blijven. Hij had geen tijd om langer na te denken. Hij greep naar zijn telefoon en rende achter de auto aan om nog net te zien hoe die in de richting van de Zeeweg verdween.

Hijgend riep hij het kenteken van de auto door de telefoon en vroeg toen om ambulances.

Niels Overweg voelde intussen een verzengende pijn in zijn rechterbeen. Hij probeerde in het donker te zien waar hij geraakt was. Zijn broekspijp was ter hoogte van zijn dijbeen doordrenkt van het bloed. Schreeuwend probeerde hij de pijn te verbijten en deed een volgende poging om naar de opgerolde deken te kruipen. Toen hij die eindelijk bereikt had, merkte hij dat ze bewoog.

Door de pijn heen voelde hij blijdschap. Kim de Winter leefde! Met beide handen trok hij de deken open en zag haar verschrikte ogen.

'Politie, het is over,' was het enige dat hij kon bedenken.

Toen Hakim bij het huisje terugkwam zag hij Kim huilend in de armen van Niels liggen. In een paar huisjes waren lichten aangegaan en mensen kwamen naar buiten om poolshoogte te nemen.

Het bericht over de vluchtauto kwam binnen toen de twee auto's van het arrestatieteam net de Zeeweg op draaiden in de richting van het Bloemendaalse strand.

De commandant begreep meteen dat de bewuste wagen in hun richting reed. Bij het strand zou de bestelbus hen op de andere rijbaan passeren. Hij gaf opdracht zwaailicht en sirenes uit te doen, waarna hij besloot tot een autoprocedure bij de rotonde in Overveen. Ze hadden gezien dat daar slechts één rijbaan op uitkwam, waardoor de bus ingesloten kon worden.

'Duwtje van achteren,' bevestigde de chauffeur van de Audi waarvan de voorzijde speciaal voor dit soort acties verstevigd was. 'Op het moment dat jullie voor hem rijden en ik jullie remlichten zie.'

'Oké, daarna meteen alle ramen eruit.'

Ze hadden dit al vele malen gedaan, het was een van de procedures om gevaarlijke verdachten in één keer te desoriënteren. De Audi parkeerde ter hoogte van de watertoren, de andere auto in een zijstraat vlak bij de rotonde. In iedere auto zaten naast de bestuurder drie AT'ers.

Toen de bestelbus hem gepasseerd was, wachtte de agent een paar seconden en reed toen de Zeeweg op. Hij zag de vluchtauto ongeveer honderd meter voor zich. Met een beetje extra gas liep hij snel op hem in. Verderop ging de weg over in één rijbaan tot aan de rotonde. Er werd hard gereden, even voor de rotonde kwam de tweede auto van rechts en nog net voor de vluchtauto schoot hij op de rotonde af. Vlak voor de kruising flitsten remlichten op; alles liep op rolletjes. Ze wisten dat de bestuurder van de vluchtauto nu zat te vloeken en zijn aandacht volledig richtte op de stilstaande auto voor hem. Met een doffe dreun ramde de Audi de vluchtauto van achteren, waardoor beide inzittenden een behoorlijke klap in hun nek kregen.

Nog geen seconde later werden alle ramen uit de bestelbus geslagen. Het effect was enorm, de twee mannen zaten verstijfd voor zich uit te kijken. Van enig verzet was geen sprake; zo mak als lammetjes werden ze geboeid en met een kap over het hoofd afgevoerd.

32

Het kostte Anne enige moeite om de kamer van Kim te vinden.

Voorzichtig deed ze de deur open en keek om de hoek. Anouk zat boven op het bed, Kims ouders zaten ieder op een stoel ernaast. Ze stonden allebei op en gaven Anne een hand. Er lagen geen andere patiënten op de kamer.

'Ik wil u graag bedanken voor alles wat u voor onze dochter hebt gedaan,' zei de man formeel.

'Dat... hoort zo. Dat is mijn werk,' maakte ze er maar van, terwijl bij haar eigenlijk nog steeds het gevoel overheerste dat ze persoonlijk gefaald had. Uiteindelijk had de politie Kim niet tegen het kwaad kunnen beschermen. En dat terwijl Kim de Winter haar burgerplicht nota bene volledig had waargemaakt.

Ze dorst Kims vader niet aan te kijken, mompelde nog dat het een schande was dat ze het niet hadden kunnen voorkomen, maar de man kon het niet verstaan. Toen ze Kim omhelsde had ze een brok in haar keel en moest alle zeilen bijzetten om niet in huilen uit te barsten. Ze drukte haar een tijdje tegen zich aan, heel voorzichtig wreef ze met één hand over haar rug.

Kim zag er slecht uit, ze was erg vermagerd in haar gezicht en had blauwe plekken op haar armen. Anne had geen idee wat haar allemaal mankeerde. Nadat ze elkaar loslieten bleef ze op de rand van het bed zitten.

'Weet jij nog hoe lang geleden we elkaar bij *Pauw en Witteman* ontmoetten?'

'Ik weet het niet,' antwoordde Kim schor. 'Een maand? Twee?'

Het lijkt wel een eeuw, dacht Anne.

'Je stem...'

Kim zweeg even. 'Schreeuwen,' zei ze toen. 'Ik heb hem stuk geschreeuwd, maar toen sloegen ze zo hard dat...'

'Schreeuwen,' herhaalde Anne.

Kim knikte. 'Van angst.'

Ze schudde meelevend haar hoofd, wat moest Kim geleden hebben. Ze had er geen idee van of Kim er al over wilde praten. Onderweg naar het ziekenhuis had ze nog even contact gehad met Jolanda Blom. Het grootste deel van het onderzoeksteam was afgebouwd, een paar rechercheurs waren begonnen met het verbaliseren van alle gebeurtenissen.

Jolanda had Anne gevraagd Kim voor te bereiden, want vandaag wilde de recherche al foto's van haar maken om haar verwondingen vast te leggen. Het overige letsel moest uit de doktersverklaring blijken. Morgen wilde men met de verhoren van Kim beginnen.

'Kom Anouk,' zei Kims moeder, 'we gaan even naar het winkeltje.' Ze keek geheimzinnig naar haar kleindochter. 'Iets kopen.'

'Daphne was hier net.' Ondanks haar vermoeide gezicht moest Kim glimlachen.

'Ik geloof niet dat ik de belangrijkste reden was,' zei ze toen met moeite.

'Vertel op?' vroeg Anne verbaasd.

'Die agent die gewond is geraakt.'

Anne knikte. 'Niels Overweg.'

'Volgens mij kwam Daphne voor hem,' fluisterde Kim. 'Er broeit wat, denk ik.'

'Ik meen me te herinneren dat ik Niels Overweg uitsluitend naar jouw nicht heb gestuurd voor informatie over jou.' Anne keek bedenkelijk. 'Zo zo, dus onze jonge adonis heeft de gelegenheid gebruikt om iets moois te beginnen. Komt hij door de keuring?' vroeg ze toen.

'Ik ben bang dat de keuring al heeft plaatsgevonden,' lachte Kim schor.

Anne keek haar half begrijpend aan. Snel veranderde ze van onderwerp. 'Zeg Kim, zal ik morgen de directeur van die school bellen vanwege die verklaring en zeggen dat het allemaal goed is? Want jij staat volgend schooljaar voor de klas, dat beloof ik.'

Kim knikte blij, maar Anne zag dat ze doodmoe was. Haar ogen vielen bijna dicht.

Dit was in ieder geval een van de weinige concrete dingen die Anne voor haar kon doen. Ze pakte Kims handen en fluisterde dat de recherche langs zou komen voor de foto's en de komende dagen ook voor verhoor. Kim leek wakker te schrikken en barstte in snikken uit.

'Kom maar,' zei Anne en trok haar tegen zich aan.

Zo zaten ze een tijdje totdat Kim weer wat rustiger werd.

'Ik dacht dat ik al dood was,' snikte ze opeens. Hortend en stotend vertelde ze wat er gebeurd was. Ze had tot het uiterste gevochten, maar het had niet geholpen, haar kleren waren van haar lijf gescheurd. Ze sloeg haar handen voor haar gezicht, ze beleefde alles opnieuw.

'Ik stond naakt in de hoek,' zei ze zacht met haar schorre stem. 'Ik kon geen kant meer op, ze kwamen van twee kanten op me af. Ik heb nog geschreeuwd en gevochten, maar...' Ze kwam even omhoog. 'Ik heb die ene in zijn gezicht gekrabd, maar hij sloeg er daarna als een dolle stier op los. Toen hij boven op me zat, drukte hij mijn keel dicht en kon die ander...'

Anne zag de doodsangst in Kims ogen. Het moest een nachtmerrie geweest zijn. Ze vroeg zich af of dit ooit verwerkt kon worden. Bij het afscheid kuste ze Kim op de wang.

'Ik kom gauw weer op bezoek,' zei Anne bij de deur.

Toen ze de gang op liep, kwam van de andere kant een man haar richting op. In zijn handen droeg hij een grote bos bloemen.

Even vroeg ze zich af of ze iets tegen hem moest zeggen en hield in. 'Meneer Benhali,' zei ze.

Samir keek haar verbaasd aan.

'U kent mij niet, maar ik u wel. Van achter een confrontatiespiegel. Mijn naam is Anne Kramer, hoofd recherche. Ik heb uw verhoor gevolgd. En het verbaast me om u hier te zien.'

Hij knikte. 'Dat begrijp ik. Maar de moeder van mijn dochter ligt daar, mede door toedoen van mijn broer. Dan is niets logischer dan dat ik hier ben.'

'Ook dankzij uw broer,' zei Anne. 'Hij luisterde een gesprek af in de gevangenis waarin haar verblijfplaats werd genoemd en heeft ons ingeschakeld. Uw broer is geen lieverdje, maar hij verdient wel een kans, denk ik.'

'Ik onthoud uw wijze woorden, mevrouw,' antwoordde hij. 'Als u me wilt verontschuldigen?'

Anne deed een pas opzij en liet hem door. Zielstevreden keek ze hem na. Anouk had in elk geval een vader overgehouden aan dit vreselijke verhaal en, zo vond Anne, het leek haar een goede. Ze kon de betekenis van zijn bezoek niet overzien, maar dat maakte niet uit. Dat was een zaak van Kim en Samir.

Ze liep door naar de uitgang toen een man binnenrende en bijna tegen haar op botste. Ze keek hem verbouwereerd aan.

'Peter? Wat doe jij hier?'

'Zeker zijn dat de aangifte wordt opgenomen,' hijgde hij. 'Hafkamp wil onder geen voorwaarde dat we ook maar één foutje maken in deze zaak.'

Ze keek hem strak aan.

'Ik lieg,' gaf hij toen toe. 'Ik hoorde dat je hier was en ik wil dolgraag met je praten...'

Een fractie van een seconde deed de verleiding haar intrede. Maar toen rechtte Anne haar schouders en schudde langzaam haar hoofd.

'Nee, Peter,' zei ze. 'Je had een kans, een enorme kans. Maar je hebt hem verspeeld.'

Zonder hem nog aan te kijken liep ze langs Peter de Bree naar het parkeerterrein. Daar zat ze nog vijf minuten zwijgend in haar auto.

Zolang er nog zulke godvergeten klootzakken op deze aarde rondliepen als de mannen die Kim de Winter hadden ontvoerd, zouden sukkels als Peter de Bree geen enkele prioriteit van haar krijgen. Met alles wat ze in zich had zou ze dit soort ongedierte blijven bestrijden. De Kims van deze wereld hadden daar het volste recht op.

33

De afgelopen zes maanden waren moeilijk geweest. Kim stond nu dagelijks voor de klas op 'haar' basisschool in de Dapperbuurt. In de volksmond sprak men van een zwarte school. Eigenlijk vond Kim dat onzin, in haar groep zaten twintig Amsterdamse kinderen met verschillende achtergronden. Ze waren druk en lief, haar grootste probleem was de taalachterstand bij meer dan de helft. Ze deed allerlei extra dingen om die achterstand in te halen.

Wekelijks was ze onder behandeling bij haar psychotherapeut. Daardoor was ze in staat geweest deze maanden te overleven; heel langzaam werden de beelden van een half jaar geleden vager. Dat had dozen vol tissues gekost, maar stukje bij beetje krabbelde Kim de Winter overeind.

Het was november en al donker toen ze laat in de middag met Anouk thuiskwam. Ze vierden een klein feestje. Samen hadden ze boodschappen gedaan, want Samir kwam eten. Ondanks de kou werd ze warm van het idee, vanavond zou ze op de bank bij hem wegkruipen. Hij was de afgelopen tijd geregeld langs geweest. Ze hadden afgesproken dat hij eerst zijn eigen problemen moest oplossen. Ze wist dat hij een moeilijke tijd achter de rug had. Hij had een scheiding aangevraagd, zeer tot verdriet van Mouna, zijn ouders en haar familie. Kim wist dat Samir dat verschrikkelijk vond, het maakte zijn besluit om zijn leven met haar te delen niet eenvoudig.

Anouk danste van plezier, Samir kwam, ze zou weer op zijn rug zitten en rondgereden worden. Het moment kwam dichterbij dat Kim haar ging vertellen dat Samir haar papa was. Ze wist nog niet precies hoe ze dat moest aanpakken, maar wel dat ze het niet te lang kon uitstellen.

Toen ze thuiskwam lag er op de deurmat een envelop van het Openbaar Ministerie. Even had ze de neiging om de brief ongelezen weg te gooien.

In de brief stond dat het Gerechtshof haar zaak terugverwezen had naar de officier van justitie. Hij kreeg opdracht om haar alsnog te vervolgen. De datum van de zitting was nog niet bekend.

Kim wilde gillen, krijsen. Ze zou het liefst het papier verfrommelen, haar kind pakken en vluchten, waarheen dan ook. Toen won haar verstand. Ze haalde diep adem. Samir kwam zo. Ze stond er niet meer alleen voor als alles opnieuw begon.

Namenlijst

POLITIE/JUSTITIE

Anne Kramer, hoofdinspecteur Bureau Zware Criminaliteit

Herman van Hoogen, plaatsvervangend chef Bureau Zware Criminaliteit

Jolanda Blom, teamchef

Floor van Raalte, wijkteamchef

Klaas de Vries, rechercheur

Hakim Ayoub, rechercheur

Niels Overweg, hoofdagent

Peter van Bree, officier van justitie

Eerenberg, hoofdcommissaris van Amsterdam

Hafkamp, hoofdofficier van justitie Amsterdam

Galesloot, advocaat Mohammed en Samir Benhali

CRIMINELEN

Mohammed Benhali, bijnaam Mo, lid criminele groep Amsterdam-Oost

Mustafa Gul, bijnaam Mussie, lid criminele groep Amsterdam-Oost

Robert Evert Groen, bijnaam Robbie, lid criminele groep Amsterdam-Oost

Benito Ruimgaard, bijnaam Bennie, lid criminele groep Amsterdam-Oost

OVERIGE PERSONAGES

Jacob, echtgenoot van Anne

Wout, zoon van Anne

Marit, dochter van Anne

Kim de Winter
Anouk, dochter van Kim
Daphne, nichtje van Kim
Mouna Benhali, vrouw van Samir
Ko de Winter, vader van Kim
Nienke, dochter van de winkelier

Nawoord

Deze roman is ontsproten aan mijn fantasie. Wel heb ik in mijn jarenlange politiepraktijk schrijnende gevallen meegemaakt die enigszins te vergelijken zijn met de ervaringen van Kim de Winter in dit boek. Ik noem die mensen weleens slachtoffer van onze juridische procedures.

Soms waren dat politiemensen die tijdens de uitoefening van hun beroep uit noodweer moesten schieten om zichzelf of anderen te beschermen. Als ze daarbij iemand om het leven brachten, wat voor alle betrokkenen natuurlijk verschrikkelijk is, pleegden de agenten als schutter een strafbaar feit, namelijk doodslag of zware mishandeling. Daarna startte steevast een jarenlange juridische procedure om vast te stellen of betrokkenen beroep konden doen op een strafuitsluitingsgrond. In sommige gevallen duurde dit zo'n drie tot vijf jaar, nog los van eventuele civiele schadeclaims. De praktijk wijst uit dat enkele van deze collega's, ondanks jarenlange begeleiding, het niet gered hebben en er geestelijk aan onderdoor zijn gegaan.

Datzelfde geldt ook voor burgers die in verband met het beschermen van eigen lijf of goed een aanvaller dodelijk of zwaar lichamelijk letsel toebrengen. Ook in die gevallen bleek dat betrokkenen jarenlang verwikkeld raakten in een ongehoorde juridische strijd. Zelfs al volgde er, na jaren procederen, ontslag van rechtsvervolging, dan nog voelde men zich geestelijk niet vrij om het leven weer op te pakken.

Mijn ervaring is dat ons recht weinig rekening houdt met mensen die plotseling oog in oog komen te staan met het kwaad en zich daartegen verzetten. Soms worden die mensen op grond van de bestaande rechtsregels wel erg snel van slachtoffer tot verdachte gebombardeerd. Juridisch klopt het allemaal, menselijk kun je er vraagtekens bij zetten.

Summum ius, summa iniuria schreef Cicero. Het hoogste recht is het hoogste onrecht.

Over *Vergelding*, de spannende politieroman over een
kroongetuige in de wereld van de zware misdaad en het
eerste boek in de Anne Kramer-reeks, schreef de pers:

'Het is een heel, heel spannend boek geworden. Ik heb het echt
in één ruk uitgelezen.' Felix Meurders, *Spijkers met koppen*

'Hartstikke leuk boek. Ik kan het iedereen aanraden.'
John van den Heuvel, *RTL Boulevard*

'De genadeloze hardheid van de Amsterdamse penoze,
de liquidaties en de zoekende en soms chaotische
opsporingsmethoden van de politie, het komt echt en overtuigend
over. Joop van Riessen blijkt een goed verhaal te kunnen
vertellen. *Vergelding* leest gemakkelijk en snel weg als een
ontzettend spannende thriller. ★★★★' *Algemeen Dagblad*

'Baantjer mag wel oppassen, want Joop van Riessen
meldt zich aan het crimefront.' *RTL Boulevard*

ISBN 978 90 468 0720 0